高山戏

剧目选

尹利宝　编著

武都高山戏系列丛书

中国文联出版社
http://www.clapnet.cn

图书在版编目（CIP）数据
高山戏剧目选 / 尹利宝编著. -- 北京 : 中国文联出版社，2018.7
（武都高山戏系列丛书）
ISBN 978-7-5190-2977-7

Ⅰ. ①高… Ⅱ. ①尹… Ⅲ. ①高山戏—地方戏剧本—作品集—中国 Ⅳ. ①I236.42

中国版本图书馆CIP数据核字(2017)第219530号

高山戏剧目选

编　　著：尹利宝

出 版 人：朱　庆
终 审 人：奚耀华　　复 审 人：王柏松
责任编辑：王素珍　　责任校对：王洪强
封面设计：王熙元　　责任印制：陈　晨

出版发行：中国文联出版社
地　　址：北京市朝阳区农展馆南里10号，100125
电　　话：010-85923037（咨询）85923000（编务）85923020（邮购）
传　　真：010-85923000（总编室），010-85923020（发行部）
网　　址：http://www.clapnet.cn　　http://www.claplus.cn
E - mail：clap@clapnet.cn　　wangsz@clapnet.cn

印　　刷：北京新华印刷有限公司
装　　订：北京新华印刷有限公司
法律顾问：北京市德鸿律师事务所王振勇律师
本书如有破损、缺页、装订错误，请与本社联系调换

开　　本：710×1000　　1/16
字　　数：320千字　　印　张：22.5
版　　次：2018年7月第1版　　印　次：2018年7月第1次印刷
书　　号：ISBN 978-7-5190-2977-7
定　　价：52.00元

:::序:::

尹利宝

我一直疑惑只讲故事没有剧本留存的高山戏何以传承了数百年，后来发现，历代“戏模子”超长的记忆、固定曲牌的易于传唱和固定使用是其主要原因，其特别的排演程式也算得上一个重要缘由。

“戏模子”讲故事，然后按故事内容分派角色，最后由演员根据相应曲牌唱腔串演故事——这是老艺人们传承久远的排演模式，这种模式似有较多弊端，但它却让高山戏文化经久不衰。

听村里人说，自我父亲成为“戏模子”后，这种排演模式始被打破，取而代之的是有剧本创作、讲究舞美与唱腔设计的“新戏”演出。“新戏”是村里人的说法，它与先“讲故事”再“演故事”的展演相比质量自然有了很大的提高——这是高山戏文化传承的进步与突破，也是高山戏文化发展的历史必然。“新戏”虽然好看，但排练耗时很长，所以，我父亲在导演“新戏”的同时，一部分节目则交由他的弟子尹志贤、尹社宝去导演。尹志贤、尹社宝承袭了“讲故事”的排练方法，他们除了导演一些艺人们传承下来的经典故事外，自己也编写了许多故事。

农闲的时间是有限的，写大戏、排大戏的时间很难挤出。因此邻里之间的琐事、婆媳之间的烦事、妯娌之间的小事都成了编者们首选的素材。尹志贤、尹社宝导戏的十多年是高山戏先“讲故事”再“演故事”的传承模式逐步走向消亡的十多年。尹志贤长我三十余岁，但按村里辈分我们却以兄弟相称，他和尹社宝导戏的这十多年是我学习高山戏文化最重要的阶段，当然，我父亲潜移默化的影响与直接指导更为重要。支撑我剧本创作与高山戏理论研究基础的大多应是那段时期的记忆。

人生如戏，在乡亲们的观念里，戏里的人和生活中的人并没有多大的差别。乡亲们的人生观简单明了：善要有善果，恶应有恶报。这些憨直明了的是非标准是我们创作剧本的首要考虑，这就是《刘四告状》《讨债》《吕达卖姜》等剧本的创作背景。

我父亲毕业于武都师范，他为高山戏文化的传承付出了毕生心血。他七岁演戏，十九岁开始编戏、导戏，多次代表鱼龙公社参加区、县级文艺调演，屡次获奖。有人粗略统计，他为鱼龙上尹、瓦房、张湾等村培养的“戏模子”不下二十人，他编写的高山戏表演唱、折子戏、剧本与零散创作的三句半、快板、小品、移植剧目统计起来至少在二百多本（个）以上。他写的《老少换》开创了高山戏有本演戏的先河。“他是高山戏从口传心授时代进入文本时代的开创人，武都地区专业剧团新编高山戏音乐创作的启迪者，成功申报高山戏国家级非物质文化遗产的奠基人，最有影响的高山戏‘戏模子’。”（杨鸣键《高山戏音乐》）我和我父亲合写的部分折子戏与剧本，一些是当时演出需要的匆忙应制之作，如《讨债》《刘四告状》；有的则是我从他尘封多年的书箱中翻出来的手稿进行修改与完善，如《钉缸》等。

李文忠是明朝开国皇帝朱元璋的外甥，他与高山戏有着千丝万缕的联系。写好这个剧本一是为了纪念这位神勇、儒雅、亲民的大将，二是因为当下高山戏发展的需要。《李文忠》（现更名为《米仓魂》）是我的首个大戏本，在这个剧本创作过程中，在陇南开研讨会四次，上兰州请教杨智老师五次，自己修改六十遍以上，目前也就是这个模样。《青橄榄　紫橄榄》构思了十多年，2013年开始动笔，2014年开了一次研讨会，修改也有二十多次，修改中剧作家杨智老师、杨晓文先生多有指导，目前就这个模样，我也是尽力了的。

作为一名高山戏文化继承者，“书到用时方恨少”一直是我最深切的感悟。近年来，有朋友说，我进步了。他们何曾知道，我的背后有多少热心于高山戏文化发展的领导、专家、老师们给予我的无限关怀与鼓励。与他们的关照、厚爱相比，我的这点进步实在微不足道。

本想把自高山戏被发现以来创作、上演过的高山戏剧目结集出版，可是，我询问了许多老者，找遍了许多相关资料，那些曾经在舞台上辉煌一时的高山戏剧作大多没有了文本的留存。好在樊忠英老师拿出了近年来创作的《红女的传说》，娄炳成、夏青、龙青山老师拿出来他们集体创作的《西狭颂》；好在细心的张治平老师（高山戏著名作曲家）与谢建设团长（原五一剧团团长）多方奔走、四处相告才为我们找来了《开锁记》《山里人》《认亲记》《婆婆　妈妈》这些镌刻着时代印痕的剧本——正因为有了这些前辈们的支持与帮助才使得这本书有了一些历史文化的厚重。

高山戏讲故事、演故事的传承模式已然断代，许多传承下来的故事尚需整理，当代创作的高山戏剧本遗失之漏洞亟待修复。匆忙中出版《高山戏剧目选》除了求得方家的批评指正外，以此抛砖引玉让广大高山戏爱好者参与到高山戏剧本的创作与研究中才是我最主要的思想。

是为序。

2014年7月于钟楼公园

目 录

传统剧>>>

现代剧>>>

传统剧

老少换

尹维新

时　间　古代

地　点　阶州

人　物　马成宪　须生

王媒婆　丑角

肖甘民　小生

吴喜春　小旦

赵巧巧　老旦

杜县令　丑角

县役若干

第一场

【马成宪背褡裢上。

马成宪　（唱）　人家过年大团圆，

我老马过年光旦旦。

托王婆给我办亲事，

情礼备足肩上担。

想我马成宪——粮满仓，钱满柜，吃穿不愁好清闲，只差女娇怀里暖，做梦想娶个好续弦（二老婆）。

【圆场。

（唱）　走了一里又一里，
过了一弯又一弯；
低头行走抬头看，
王媒婆家不远在眼前。

【下。

第二场

【二幕启。王媒婆家。王媒婆兴冲冲上。

王媒婆　我，王媒婆，今晨早起，梳洗没毕，那南坪肖甘民就找上门来，央求找个媳妇！娃娃长得一红二白，像水里淘了的一样；偏偏小小就没了娘老子，穷得锅盖贴锅底，哎！话又说回来，穷归穷，那找个婆娘也还是应该的。

【肖甘民满脸汗涔涔地上。

肖甘民　王媒婆，柴劈光了！

王媒婆　好！好！你真是脚勤手快的好娃娃呀！唉，就是你的事难哩！我可没办法。

肖甘民　王婆婆！你行点儿好，我三生不忘大恩。

王媒婆　唉，俗话说，狗捉猫，三升荞。叫鸡还要一把米哩！你连自个儿的肚子都混不饱。慢说没个合适的，就能寻一个，那沽人的肠子也是要面灌的啊。

肖甘民　这个吗？你老人家放心，只要把事办成，我，我有的是劲——

王媒婆　（旁白）我有的是“金”？！莫非这娃把办老婆子的钱也积攒下了？

（唱）　有钱能叫鬼推磨，
终身大事我担承。
走东家，串西门，

几天就把事办成。

肖甘民 （接唱） 多谢王媒婆一片心，

有恩后报不忘情。

【肖甘民转身欲下，马成宪匆匆上，被肖甘民撞个满怀。

马成宪 哪个没长眼的，往老子身上撞！

肖甘民 啊呀，请大爷起来。

【帮马成宪捡东西，扶马成宪起，拍土。王媒婆出。

王媒婆 啊！这不是马成宪老哥吗？快请屋里坐。

【肖甘民下，马成宪进屋。

马成宪 老嫂子新年好啊？

王媒婆 好着哩！好着哩！你呢？

马成宪 唉！独木难着（燃烧），独人难活。要得好，还靠你王媒婆哩！（送褡裢）

王媒婆 哎哟！太有心了，难怪我昨晚做了个好梦！（看礼物）

马成宪 （旁白）老贼婆子，不给我找个年轻美貌的，再跟你算账！

王媒婆 马老哥，为你的亲事，方方圆圆，东西南北，我跑着没歇气。

马成宪 再不要像去年那样，把个男人引来当老婆子哄我！

王媒婆 嗨嗨，那是老嫂子把你的心思没弄清，还当你要打杂跑堂的伴儿哩；这次嘛，就给你挑一个顶合心的人儿！只要肯花钱！

马成宪 银子有的是，给你十两。

王媒婆 十两就想摘朵花？

马成宪 只要好，五十两都成啊！

王媒婆 五十两！这还可以。那吴家坪有个姑娘，年轻漂亮，就怕不好说。

马成宪 俗话说，十媒九谎，不吹不哄不成事！

王媒婆 对，对着哩！我今儿大早正要上吴家坪，依我说，你也去看看。

马成宪 好倒好，只是我要上安家寨做桩好生意。

（唱） 天上无云不下雨，

地下无媒不成亲。
这件大事托给你，
春暖花开谢媒红。

王媒婆 （唱） 好好好，行行行，
老哥只管放宽心。
愿你命好生意好，
我再累也去吴家坪。

马成宪 实话说，我去了哇，人家一看这胡子——哈哈——

王媒婆 我把你老鬼啊！

马成宪 哈哈，只好麻烦老嫂子，我走了。

王媒婆 老少年慢走，不远送了。

【马成宪下。

王媒婆 呸呀！把你这老不死的，年上六十还缠死缠活要年轻漂亮的哩！不尿泡尿照一照，脸上的褶子一碗麦皮都填不平了。（茶瘾发作）啊——呀呀，叫这老东西害得茶都没喝成。

【摇摇摆摆下。赵巧巧上。

赵巧巧 （唱） 失群孤雁无伴侣，
没丈夫的女人更苦情。
眼前艰辛还犹可，
将来孤身靠何人？
想托媒婆找老伴儿，
相依相助度光阴。
心事重重不择路，
抬头已到王媒婆家门。

赵巧巧 眼前已是王媒婆家门口，我来叫她一声："王媒婆老姐，在家吗？"

【王媒婆上。

王媒婆 又是哪个光棍汉，求他老娘来了？呵，原来是巧巧啊，你真是个稀客，快进来坐。你找老姐……

赵巧巧 老姐，我——求你来了。

王媒婆 （旁白）我的娘哟，马成宪想找个老伴儿，她也想找个老伴儿！（对赵巧巧）老姐妹，你来得好啊！咱姐妹俩慢慢谈谈心里话！

【赵巧巧走进。

王媒婆 （唱） 我王媒婆婆，本领大，
一张巧嘴哄千家。
欣喜今春财源广啊，
有吃有穿有钱花！

【王媒婆进内。

【幕落。

第三场

【野外，肖甘民兴奋地上。

肖甘民 （唱） 前几天把王媒婆见，
她言说亲事有眉眼。
今日且去细打探，
但愿鸳鸯成对两相欢。

【内传狗叫声，吴喜春匆匆地退出，欲倒；肖甘民上前扶住。

肖甘民 姑娘不要害怕。

【肖甘民捡石子做打狗状。吴喜春紧张地坐于路边石上，肖甘民上前看。

肖甘民 （旁白）啊呀！看叫狗吓成啥样子了。（对吴）请问大姐，你到哪里去呀？

吴喜春 （羞怯）我……我到王家河。

肖甘民 呵！正好同路，我帮你把东西提上。

吴喜春 没有啥，我自己提。

肖甘民 去走亲戚？

吴喜春 不，我是去……看戏。

肖甘民 看戏提个大笼子，可不方便啊！

吴喜春 还要去王大娘家。

肖甘民 是王媒婆？

吴喜春 嗯——

肖甘民 （高兴）我也去王媒婆家，笼子我帮你提。咱们一起走。

【肖甘民接笼子，两人对视。

吴喜春 小伙他——

肖甘民 （旁白）这姑娘她去王媒婆家？

吴喜春 他——

肖甘民 （旁白）莫非——她——就是王媒婆给我说的那个？

（旁唱） 姑娘她为什么步子放慢？
因何故低头默默不言？
我这里把姑娘仔细观看，
好一个美貌女叫人喜欢！

吴喜春 （旁唱） 少年他瞅着我笑容满面，
莫不是那马家少年？
那日里王媒婆把他夸赞，
巧相遇解开我心中疑团。

肖甘民 请问大姐，你家住哪里？尊姓大名？

吴喜春 吴家坪，我……叫吴喜春，不知大哥尊姓？

肖甘民 噢！喜春姐姐。我叫肖甘民，家在南坪。

吴喜春 （旁白）哎呀！家在南坪，又不姓马。我，我弄错人了！哎呀，这、这……

肖甘民 姑娘脸红耳赤，神色慌张，莫非王媒婆都给她说了？（试探地）大姐，我们南坪可是好地方啊！

吴喜春 嗯，人人都说南坪好，我……

肖甘民 你没去过？

吴喜春 我没去过。

肖甘民 你要到咱们那里一转，你就喜爱。

（唱） 人人都把南坪赞，
土地肥沃米粮川。
山清水秀人情好，
大姐一看定喜欢。

吴喜春 （旁唱） 少年他把南坪赞，
心中用意我了然。
但愿王媒婆婆牵红线，
求他与我来成全。

肖甘民 喜春姐姐过桥了，我来扶你。

【双双上桥，肖甘民扶吴喜春过桥，圆场。

吴喜春 （旁唱） 聪明精干好少年，
途中巧遇惹人欢。

肖甘民 （旁唱） 好个农家青春女，
燃起我心中火一团。

肖甘民 她——

吴喜春 他——

（同唱） 要把心意与他（她）谈，
同心偕做并蒂莲。
要把心意与她（他）谈，
双双配成巧姻缘。

【同下。幕落。

第四场

【幕启。王媒婆家。

【王媒婆出。

王媒婆 （唱） 亲口说定会元宵，
只来了一个赵巧巧，
其余三人怎不到？
急得我心中似火烧。

（白）这些短命鬼啊！眼看快晌午了，还不见人！

【肖甘民、吴喜春同上。

王媒婆 吆！这两个娃来了！

肖甘民 （拉王媒婆，轻声地）王婆婆，我们两口子一起来！

王媒婆 （旁白）看把你想得俊的！（对吴喜春）喜春，你两个咋遇到一起了？

吴喜春 半路相遇，我们说……

王媒婆 你们都说啥来着？

吴喜春 没说啥！

【肖甘民拉王媒婆到台前。

肖甘民 王婆婆，我看出来了，她就是我那……那口子 。

王媒婆 不对，不对，你的那口子在后头！

肖甘民 在眼前！

工媒婆 在后头！（推肖甘民下）钱没一个，还想要她。我还要讨马成宪的银子哩！（对吴喜春）我当你不来了，把我想着呵。

吴喜春 那少年他……

王媒婆 我的娃呀！那家日照床，风扫地，睡下连身倒，起来不用扫。唉，你要跟他，可惜娃了。

吴喜春 那家是人干下的嘛？

王媒婆 （旁白）嗯，这味道可不对啊！喜春，你给我说实话。

【肖甘民上。

肖甘民 王婆婆，后头只有一个老大娘给你做活哩！

王媒婆 那老大娘就不算个人吗？

（唱） 老大娘又怎么样？

一样与你配鸳鸯。

无儿无女无亲眷，

正好看门做饭汤，

结伙做伴儿缝衣裳。

肖甘民 （唱） 荒唐荒唐真荒唐，

小伙怎娶老婆娘？

青春如花结同心，

我爱这个好姑娘。

王媒婆 吃了灯草哩，说了个轻巧，拿来——（伸手）

肖甘民 啥？

王媒婆 银子——五十两！

肖甘民 你莫为难人嘛！

王媒婆 没钱就难，人家马成宪有的是钱哩！

【马成宪应声上。

马成宪 来了，来了，老嫂子叫我哩。

【肖甘民生气地站一边。

王媒婆 我的娘呀！才说哩，你就来了，真是有福的老……老……老小伙子吆！你看——（指吴喜春）咋着呢？

马成宪 老嫂子啊，是她？

（唱） 好一个天生美貌女，

看得我心上着了迷。

老马我老来福气大，

迎了朵牡丹娇滴滴。

捧上白银五十两，
有情后补莫嫌弃。

王媒婆 （唱） 白银一锭明晃晃，
喜得我走路打癫狂。
双手接过怀中揣，
你老哥有钱就是强。
你坐你坐，我倒茶来！

马成宪 呵！我坐啊，那少年走开，我——哈哈，要坐了。

王媒婆 哎呀，马老哥你可要坐得稳稳当当，莫把手中鹦哥吓跑了。

马成宪 啊对，啊对，稳当点儿坐。

王媒婆 不要笑！

马成宪 对，装个秀才，不笑。

【马成宪坐吴喜春身边，吴喜春起，走至肖甘民身边，马成宪盯吴喜春。

吴喜春 （起身至王媒婆）大娘，这个老汉是干啥的？

王媒婆 （结舌）他——闲转门儿的，你害怕吗？

吴喜春 这个老汉不正经，只顾往人脸上瞅哩！

王媒婆 看看看，我的娃呀，往你脸上瞅一下，就把你瞅下一块子了？

吴喜春 嘴努得像猪八戒，叫人坐都坐不住。

王媒婆 怕啥哩嘛！屋里这么多的人，他能把你吃了？

吴喜春 大娘，我们走家！

王媒婆 和谁？

吴喜春 （指肖甘民）他。

王媒婆 先莫忙！我还没安顿好哩。你先进屋里面歇会儿。走，我的娃，里面炕热得很！别急别急。（拉吴喜春下，急转身到台前）哎，这一下把烂面擀下了！

（唱） 说媒混口几十年，
哪有今日人作难。

一只鸡娃两只鹰，
给了这个那个馋。
有心撒手不去管，
用了人家许多钱。
有心颠倒两相配，
乱点鸳鸯也麻烦。

（白）哎，吃人的茶饭毒人的药，要人的钱财捆人的索啊！那两个死娃娃半路上把肠肚都倒出来了，叫我咋脱身哩嘛！（想）有了，（做偷梁换柱的动作）你们都看着，有好戏（唱）哩！

【高兴地下，引赵巧巧、吴喜春上。

王媒婆 （对赵巧巧）看着了吗？跟上那个财神爷，有你享的老来福呢！

赵巧巧 谢老姐，多亏你了。

王媒婆 喜春！（指肖甘民）看他又年轻，又精灵，又标致，又能干，大娘我没哄你吧？

吴喜春 多亏大娘。

王媒婆 嘿嘿！死女子，前一晌我就跑上门给你说了，那是打上灯笼都找不到啊，今儿信了吧！不要忘了给大娘做花鞋来啊！哈哈哈——

【吴喜春笑着退后，马成宪上前。

马成宪 老嫂子，姑娘的心咋着哩？跟我不跟？

王媒婆 她心思好得很，不跟你老少年，跟谁啊？

马成宪 娘吆——她就是我的了。

王媒婆 对着哩啊，她不是你的还是我的不成？正经点儿，不要高兴得太早了。

马成宪 是是是，我正经得很着哩！老嫂子，那个老婆子是做啥的呀？

王媒婆 看把你个老少年，光你要婆娘，不兴人家找男人？

马成宪 啊——哈哈——我晓得了，你给她拉了个小伙子。好！好！好！很像小伙子他老娘。哈哈哈——

王媒婆 不要嚼舌根子，叫人听着拔你的胡子。

马成宪 不吵了，不吵了，我听老嫂子的话。唉，老嫂子，我们走了。

王媒婆 哈哈哈——看把你给急的。我还没安顿好哩，坐着去吧！

马成宪 不急不急，我坐着等你安顿。

王媒婆 甘民，来，我的娃，还生气着呢？人家给个针，你就当棒槌使哩！你没看，我给人家老马说下的老伴儿现成着哩。

肖甘民 我早就想着王婆婆哪会哄我哩。

王媒婆 王婆婆没人背柴你是晓得的。

肖甘民 我背，我背。

王媒婆 对，对，对，给我要多背柴。不要有了老婆，忘了媒婆。

王媒婆 娃是厚道人，忘不了他王婆婆。（对马成宪）马老哥，你和你的巧巧今后可要好好生活啊！

马成宪 记下了，记下了。我和巧巧不会忘了老嫂嫂的。哈哈哈！

王媒婆 马老哥，甘民狗娃，我把话先说清楚，你们可都是两相情愿的啊。

马成宪
肖甘民 （合）情愿的，情愿的。

王媒婆 事过之后可别找我媒人的麻烦！

马成宪
肖甘民 （合）岂敢！岂敢！

王媒婆 那你们就都回去吧，让老大走前面。

【马成宪、肖甘民、吴喜春、赵巧巧四人同出门。

王媒婆 你们慢走啊——

马成宪 谢老嫂子了。

赵巧巧 多谢老姐。

肖甘民
吴喜春 难为大娘了。

【四人下。

王媒婆 口是扁的，嘴是软的，舌头是卷的。哈哈哈——天上的星星多，地下的能人多。能人多，能人少，有谁能能过我王媒婆啦！哈哈哈——（王媒婆下）

【野外，马成宪、肖甘民、吴喜春、赵巧巧四人上。

马成宪 （唱） 正月里看灯花儿朵朵黄，
老马我心里喜洋洋。

肖甘民 （唱） 喜鹊枝头喳喳唱，
夫妻情义似水长。

马成宪 小伙子，你们等着，我打壶酒来，咱们喝几口解解乏。（急下）

肖甘民 我们不会喝，大娘，这——他——

赵巧巧 就少喝点吧！你大爷今儿个高兴！

吴喜春 大娘，我们都不会喝酒，我们就不等了。

肖甘民 大娘，代我俩谢谢马大爷，我们先走了。

赵巧巧 那你们就先走吧。

【赵巧巧送肖甘民、吴喜春下，坐于路旁树下休息。

【马成宪提着酒壶兴高采烈地上。

马成宪 好酒，好酒。唉？人呢？

赵巧巧 走了，等不住你，走了。

马成宪 走哪里去了？

赵巧巧 回家了。

马成宪 我的老婆子呢？

赵巧巧 啊？还有哪个是你老婆？

马成宪 就是那个小姑娘啊！

赵巧巧 那咋是你的？

马成宪 不是我的还是谁的？

赵巧巧 那是人家小伙子的。

马成宪 那——你是谁的？

赵巧巧 我？

马成宪 臭婆娘，一块儿走了半天了，连自个儿男人都没认下。

赵巧巧 唉，我等你着哩。

马成宪 啊，我才明白了，那个短命死的，他把我老婆拐跑了。

（唱） 我三番五次把钱花，
才找了一朵牡丹花。
小东西缺德不像话，
我要与他找嘛达！

赵巧巧 你要跟谁找嘛达啊？

马成宪 跟肖甘民，还有你！

赵巧巧 啊？！还有我？

马成宪 你你你！你嫌他穷！不跟！哼，你都跑不脱！

赵巧巧 老杂毛子，你抓我咋哩？我才不跑！

马成宪 走，追那小伙去！走快！走快！（追下）

【肖甘民、吴喜春兴高采烈地上。

肖甘民
吴喜春 （合唱） 一轮红日金艳艳，
彩云朵朵映山川。
人逢喜事精神爽，
夫妻双双回家园。

肖甘民 （唱） 回家去——
我耕耘犁耙种好田，

吴喜春 （唱） 我担水做饭勤纺棉；

肖甘民 （唱） 夫妻和睦勤又俭，

吴喜春 （唱） 相亲相爱苦也甜；

肖甘民 （唱） 心心相连向前干，

肖甘民 （唱） 起早——

吴喜春　（唱）　晚睡——

（合唱）　不偷闲——

幸福花儿开不败，

欢欢喜喜到百年，

到百年——

【马成宪匆匆地上。

马成宪　（唱）　肖家娃娃且慢走，

哄骗拐带不体面。

我好心请你把酒饮，

你勾引我妻理不端。

【赵巧巧上。

赵巧巧　（唱）　赶得我心跳气又喘，

四肢无力行路难。

肖甘民　马大爷，你的老婆在你后面跟着哩，为啥说我勾引她？

马成宪　呸！你把事都做下了，还假装正经，这不是我的妻子吗？

（唱）　小娇女呀你睁眼看，

这是一个穷光蛋，

快快跟我把家转，

有你吃来有你穿。

【马成宪拉吴喜春。

吴喜春　走开！

（唱）　有吃有穿我不羡，

看你钱财比水淡。

哪里来的死老汉，

无故拉扯为哪般？

马成宪　（唱）　骂声贱妇好大胆，

竟敢撒泼骂老汉。

肖甘民 （唱） 她骂老汉理没欠，
问你为何胡乱缠？

马成宪 （唱） 你莫火上把油添，
我骂我妻理当然。

肖甘民 （唱） 骂声老贼不要脸，
抢夺我妻理不端！

赵巧巧 （唱） 你瞧瞧水影把自家看，
好个不知羞耻的马老汉。

马成宪 （唱） 你你你给我靠边站，
我要与他、她去见官。

肖甘民 谁还怕你哩？

赵巧巧 算了算了，晓不得伤脸吗？

肖甘民 大娘，别害怕，走，官是人见的。

马成宪 老乞婆你去不去？

众 走！

【众拉拉扯扯地下。

【幕落。

第五场

【幕启。县衙。县令，人役上。

杜县令 （念）三字经，我会念，百家姓，我会看，“学而时习之”读了没一半，数载寒窗，坐得我心慌意乱；多亏我爹有钱，给咱买了个小小的知县；嗨嗨，有嘴我会辩，有眼我会看。当了知县，两年有半，大小官司，判了几件？（问人役）

人　役 大人，这个……

杜县令 嗨嗨，这个你们都不记得了。拿酒来。

【坐堂。告状的四人上。

马成宪 大人，告状。

杜知县 呸！你跟我要账？

马成宪 大人，我是告状，不是要账。

杜县令 呵，你是告状的。叫什么？告何人？

马成宪 我叫马成宪，状告肖甘民。

杜县令 肖甘民在也不在？

肖甘民 大人，小的在哩。

杜县令 呵，都在哩。歪木头弹三线，老婆舌怕的是三对面。好办好办，马成宪，你告肖甘民因甚缘故？讲来。

马成宪 他大白天勾引我的女人就跑了！大人，你说怪不怪？

杜县令 不怪、不怪，世上怪事多得很哩！噢，也怪啊：少年他自有少年妻，为何勾引你的妻？

马成宪 那不是他的妻子，是我的……

杜县令 呵，我明白了，是他勾引你的女子，你不爱这个女婿，是也不是？

马成宪 不是，不是。

杜县令 没给够彩礼，是也不是？

马成宪 不是，大人，这是他的……

杜县令 我看得明白，那是你的妻子，他的丈母娘。

马成宪 不是，不是，这是他的婆娘。（指赵巧巧）

杜县令 肖甘民！

肖甘民 大人，老爷，小的听着哩。

杜县令 你看看，这两个娃咋弄着哩，把你老丈人都气糊涂了嘛！

肖甘民 禀告大人，这是我的妻子。（指吴喜春）

杜县令 我看得明白。

肖甘民 那是他的老婆子。（指赵巧巧）

杜县令 我也看得明白。

肖甘民 那马成宪……

杜县令 我看得明白。哎，你好生无礼，该打板子了，为何叫你丈人的名字？

肖甘民 他不是我丈人。

杜县令 啊？我不明白了，马成宪不是你丈人？

肖甘民 不是的。

杜县令 那老妇人也不是你的丈母娘？

肖甘民 不是的。

杜县令 这个——那么，那老妇人是马成宪的姐姐？妹妹？

肖甘民 不是的，赵大娘是王媒婆给马老汉说下的老伴儿。

杜县令 噢，原来还是个老新媳妇。少是夫妻老是伴。这对着哩嘛！

肖甘民 我的妻子也是王媒婆给我说下的。

杜知县 这王媒婆倒也有功，对着哩嘛！

马成宪 大人啊，不对，不对，他把你哄了。

杜知县 叫他们滚了？叫他们滚了，这案子咋办？

马成宪 那真是王媒婆给我说下的。王媒婆把我的钱都用上了。

杜知县 老混账！没钱，谁白跑腿？王媒婆说的是哪个来？

马成宪 小的那个。

吴喜春 你胡嚼舌根子！

杜知县 哈哈哈！呸！老头想娶娃娃妻！嗨！你听着，我问问，小姑娘，哪个是你的心上人？

马成宪 你快说啊！说我是你的心上人！

肖甘民 叫她说，没叫你说，看把你给急死家。

杜知县 再不说，我把你判给马老汉，看你怕不怕。哈哈哈！

吴喜春 大人，（指肖甘民）是他，他是的。

杜知县 看看看，老马想吃嫩草，听见了没？

马成宪 大人，她坏了良心，你可要明断啊！

杜知县 要判，要判。小姑娘，你叫什么名字？

吴喜春 大人，民女叫喜春。

马成宪 哎呀！大人，她叫巧巧，她又哄你了。

杜知县 莫乱吵！你巧她不巧，多大了？

吴喜春 民女十七。

杜知县 小伙多大了？

肖甘民 小的十八。

杜知县 十七十八，正合缘法。去吧！

肖甘民 谢大老爷！

【肖甘民、吴喜春起身欲下。

杜知县 回来，回来，回去好好给老爷我传个美名儿，晓得了嘛？

肖甘民 晓得了。

【肖甘民、吴喜春高兴地下。

杜知县 老妇人叫什么名字？

赵巧巧 我叫巧巧。

杜知县 看看看，这不是你的巧巧嘛！你这匹老马，耳朵不行了。巧巧多大了？

赵巧巧 五十岁。

杜知县 老马，你青春几何？

马成宪 六十。

杜知县 五十、六十配了个扎实。去去去！

马成宪 我的娘娘呦！

赵巧巧 我等你着哩。

马成宪 啊——你——

赵巧巧 天都快黑了，快回家吧！

马成宪 啊！我冤屈啊——

人　役　乱喊个屁！老子站了多半天比你还冤屈。滚！不滚我可要（欲打）——

马成宪　（大呼）哎哟——我的巧巧唉！

赵巧巧　在哩！在哩！老马吆——走，走，快，走地了。

【赵巧巧拉马成宪下。

——剧终——

讨 债

尹维新 尹利宝

时 间 古代

地 点 米仓山

人 物 采 莲 女 三十多岁

钱 五 男 三十多岁

牛 四 男 三十多岁

【米仓山白雪皑皑。

【山脚下，采莲家歪斜的石板房被积雪覆盖。

【幕后伴唱。

山入云端，路漫漫，

人生似梦幻，怎解良善？

怎解良善？怎解良善？

【采莲衣衫褴褛上。

采 莲 （接唱） 家断柴米与油盐，

钱五出门不见人还。

忙里忙外苦不堪言，

难做人呀做人难！

（张望，叹息）哎——钱五这狗食（方言，相当于“东西”）家里缺粮断米几天了，打发出去买米，还不见人回来。哎——那狗食只怕又去赌博去了！

【钱五肩上扛半袋米上。

钱　五　采莲——采莲——我回来了。

采　莲　你还晓得回来？年三十了家里揭不开锅，你还晓得回来？（接米袋子，看，惊讶）咋是半袋米？

钱　五　米店里把米卖完了！

采　莲　米店里还能把米卖完？

钱　五　快过年了，买米的人多，所以——

采　莲　那剩下的钱哩？给我——

钱　五　钱我兜里装着哩！（吞吞吐吐）钱——我先拿上！

采　莲　拿来！

钱　五　我先拿上！

采　莲　你拿上，那就是肉包子打狗哩——有去无回。（搜身）拿来！

钱　五　别搜了——别搜了！我的先人！钱——钱我可给赌上了！

采　莲　你——你狗吃的！你不是赌咒发誓说，你不再赌博了嘛！我可咋活哩！

（唱）　可怜我采莲瞎了眼，
嫁给你赌徒受此熬煎，
家里家外我一人承担，
襁褓娃儿要我经管。

钱　五　别哭了！钱在世上哩！

（唱）　借点钱来把本捞，
赢些钱来让你瞧。
吃香喝辣随你要，
绫罗绸缎任你挑。

采　莲　呸！你狗食，不说你和我了，娃可要吃饭哩。你——你竟敢把我娘家里借来过年买米的钱拿去赌博，你——你——（拿起扫帚，打）我把你打死算了！

【采莲打得钱五无处可藏。

钱 五 （跪地求饶）别打了！别打了！我的先人！你把我打死，娃可没爹了——

（唱）

我的个好老婆呀，
你呀莫发火。
你听我给你呀照实说：
钱五知错就改错，
从今往后不赌博。
我若是呀再赌博，
牛长上牙马张格（同“角”）；
我若是呀再赌博，
河坝的石头滚上坡；
我若是呀再赌博，
那热头（太阳）哎——
西头出来东头落；
我若是呀再赌博：
十冬腊月着（被）雷打，
五黄六月着雪砸，
睡在房上着车压、着马踏，
放个屁把脚跟砸，
白杨树上哎——
结上一个大西瓜，
喝口凉水崩掉牙，
黄鼠狼哎见了哪呀——
大公鸡叫干大（爹）；
我若是呀再赌博，

骡子下了个骡娃娃哎，
我明儿就生下一个胖娃娃，
胖娃娃——

采　莲　你赌咒发誓都几百遍了，这次若再不改，这个穷家儿你就别再回来了。看你，哪里像一个男人——游手好闲，不务正业！哼！

钱　五　嗯嗯嗯！娘子批评得是，教育得好！（起身）走走走！外面冷！别把你冻着了！（进屋）

【牛四上。

牛　四　（唱）
太阳出来照四方，
牛四我心里好舒畅。
迈步儿来在大道上，
大道上人来人往好匆忙。
嗨——好匆忙！
转步儿来到钱五家，
我今儿个要讨赌博账，
讨来了银两过个年，
过罢年我就上赌场。
嗨——上赌场！
牛四我今年手气旺。
我的心里有主张，
攒够了银两搬（娶）婆娘，
哎哟哟哟哟搬婆娘，
嗨——搬婆娘！
哎——钱五——

【钱五、采莲出，钱五躲藏在一旁。

采　莲　哦——是牛四哥，快进屋。

牛　四　钱五呢？

钱　五　（战战兢兢）在——在哩，牛四哥好！

牛　四　好个屁！和你这种不讲信用的人打交道，能好吗？钱呢？

采　莲　啥钱？

牛　四　啥钱？啥钱，你男人给你没说？

钱　五　（急拉牛四于一旁）四哥，这是咱们男人家的事，别让（指采莲）她们妇儿女子（方言“妇女”）知道。

牛　四　屁话！你当的咋世的男人？天天说着给我还钱哩，啥时见你还了？

采　莲　（追问）又是赌博账，是不是？

牛　四　就是！

（唱）　　钱五欠我许多钱，

保证打过好多遍。

近日还钱人不见，

你说这事该咋办？

采　莲　他借你多少钱？

牛　四　四十串。

采　莲　四哥，年过了给你还，成不成？

牛　四　离城十万八千里！这都拖了一年了，再不还我就拆房撤屋，砸锅卖铁，要不，（手摸胸口装的契约）我就——

采　莲　哎哟——四哥，娃还在屋里睡觉着哩，这房子你可拆不得啊！

（唱）　　叫声四哥听我言，

将我那猪娃儿来还你的钱。

牛　四　（冷笑）哈哈哈——猪娃儿！

（唱）　　你那猪娃儿我不要，

那要我费心费饲料。

采　莲　（唱）　　叫声四哥再听我言，

将我那嫁妆来还你的钱。

牛　四　嫁妆？嫁妆能值几个钱？（手再次摸契约）要不——

【钱五见状，疾声呵斥。

钱　五　牛四！你别欺人太甚！钱我给你还！

牛　四　（毫不示弱）还！还！你穷得锅都揭不开了，还？你拿啥还？（恼羞成怒拿出契约）不让拆房了咱就按契约上的办！

钱　五　哎呀呀！我的四哥，（跪地）这可使不得啊！

采　莲　啥？啥契约？

牛　四　啥？这是你家钱五写的卖身契约，白纸黑字写着哩，去年赌输的四十串钱和前几日赌输的二十串钱，年底还不上就用你和你的娃来抵债。

采　莲　（大惊失色）啊——我把你这个猪狗不如的畜生哎！

（唱）　听此言，心如刀剜，
采莲我命运实悲惨。
都说世上黄连苦，
哪能抵我苦采莲。
无奈我，瞎了眼，
跟上个赌徒受艰难，
活着无望，苦难无边。
活着无望，苦难无边。

【牛四从房中抱娃出。

牛　四　欠债还钱天经地义，看你们咋办。（娃哭声起）娃我先抱走了。（对采莲）明天，我八抬大轿来接你！（匆下，哭声渐远）

采　莲　啊——（追娃时倒地，钱五上前抱采莲）

【幕后女声伴唱起。

哎哟——
哎嗨哟哎——哎嗨哟哎——
赌博好，好赌博，
家破人亡如刀割，如刀割。

钱五哥呀，钱五哥，

你听着呀，你听着，

你把那家产，赌完了，赌完了——

【男女声伴唱起。

啊——苦采莲——

啊——苦采莲——

【采莲起。

采 莲 （顺着牛四的方向追下）我的娃——

钱 五 采莲啊——（追下）

【切光。

米仓魂

尹利宝

时　间　明初

地　点　阶州米仓山

人　物　李文忠　男　明朝大将军

陆　鸿　男　隐士

陆　媛　女　陆鸿之女

哈赤喇　男　驻米仓城大将军

蓝　玉　男　副将

老夫人　女　哈赤喇母亲

帖木尔　男　米仓城副将

华　中　男　监军

冯　胜　男　副将

随从、刘公公、番兵甲、仙女甲、乡绅甲、乡绅乙、把式一对、旦角两对、仙子、元士卒、明士卒等

序　幕

【幕启。

【八月，米仓城下，残阳如血。

【攻城的明军与驻守米仓城的番兵正在酣战，战鼓、厮杀声此起

彼伏。

【李文忠、蓝玉、华中上，李文忠看着歪斜的战旗和伤亡的明军将士悲痛万分。

冯　胜　（忽见李文忠，喜极而泣）李大将军！大将军你终于来了！（对众将士）李大将军来了！李大将军来了！

众将士　（行跪拜礼）大将军！

李文忠　（扶冯胜）将军请起！众将士快快请起！快快请起！（对冯胜）沐将军呢？

冯　胜　还在攻城。

李文忠　米仓城防守如此严密，我军伤亡如此惨重，尔等怎逞匹夫之勇？

冯　胜　我——（看看华中）华监军他——

华　中　（急上前）大将军，守城鞑靼生性刁蛮，非强攻硬取不可啊！

李文忠　（生气地）攻城月余，伤亡数千，“强攻硬取——”哼！你这监军可真会当！（对蓝玉）鸣金收兵，帐中议事！

蓝　玉　得令！（众下）

华　中　区区一个大将军神气啥？不强攻——哼！不强攻——我看你能有啥手段把那些鞑靼给收拾了！

随　从　大人说的是，这固若金汤的米仓山城——看他如何收拾！

华　中　哼——（下）

【切光。

第一场

【几日后。

【远景：米仓山层峦叠嶂。

【近景：古树参天，道路崎岖。

【李文忠商贩装扮，上。蓝玉挑夫装束，挑盐巴、茶叶随其后。

李文忠 （唱） 望米仓层峦叠嶂势擎天，

蓝　玉 （唱） 看鸟道蜿蜒崎岖临深渊。

李文忠 （唱） 奉圣命助沐英前来征战，

蓝　玉 （唱） 不曾想米仓山遇到艰难。

李文忠 （唱） 米仓城严防守非同一般，
大明军屡战败不可等闲。
但愿得乔装行找出端倪，
但愿得少杀伐定这边关！
叫蓝玉快行走莫要怠慢，

蓝　玉 （唱） 路崎岖挑重担委实艰难。

李文忠 哈哈哈——挑着东西走这样的山路的确难为了你。好好好——就在此处歇息！

蓝　玉 （气喘吁吁地）歇息一下！歇息一下！

【树下歇息。

李文忠 我这装扮可像？

蓝　玉 是像个商贩，可更像教书的先生。

李文忠 哈哈哈——（看见远处，无比感慨地）山峦如洗，风景如画——的确是个好地方！只是道路太过崎岖，往来交通甚为不便。当务之急凿壁修路，互通商旅才好啊！

蓝　玉 当务之急是肃清残元，实现大明天下一统才对！

李文忠 哈哈哈——说得好！说得好！是我想得远了。你看，那米仓城屏障天然，的确易守难攻！

蓝　玉 要不，圣上怎让你来接替沐英将军。

李文忠 哈哈哈——你却不知这也有那李宾的推荐之功！

蓝　玉 李宾？就是被华监军认作义父的那个宦官总管？

李文忠 那些奸宦，平日里向圣上屡进谗言，说我结党营私、居功自傲——

蓝　玉 这定与你那“不必多杀伐，不必出海征倭，不必蓄养宦官”的

“三不必”奏章有关。将军啊！

（唱）　　奸宦得宠朝纲混乱，
　　　　城狐社鼠独揽大权。
　　　　朝中无人敢直言进谏，
　　　　怕引火上身自惹麻烦。

李文忠　（唱）　　大明朝初建立民弱国贫，
　　　　息干戈奖农耕富国利民。
　　　　为一统今日里狼烟未尽，
　　　　又岂容奸宦流暴戾恣睢。

（慨叹）唉！这是一场没必要的战争啊！

【突然，林中有人大声喊“有奸细”。李文忠不慎中箭，接着，冲出不计其数的番兵。李文忠、蓝玉稍作抵抗，逼退于密林深处。

【幕内，蓝玉喊“大哥——”；李文忠喊“兄弟——”；众番兵大喊“追啊——”

【切光。

第二场

【孔堤县。

【远景：青山绿水，竹林小桥，篱笆人家。

【近景：陆家屋舍古色古香，院内古槐树下有石桌、石凳。

【院子里，陆媛舞剑。

【幕后伴唱。

　　　　山水边，茅屋前，
　　　　仗剑舞蹁跹，
　　　　风展衫袖意飘然，
　　　　美景良辰在人间。

清晨起，南归燕，
双飞舞廊檐，
莫道山中岁月，
却是天上人间。

【音乐忽变，激越而慷慨。

陆　媛　（唱）　我有昆吾剑，
挥舞云水间。
配之心无邪，
霜刃不曾现。

【李文忠身负重伤，踉踉跄跄地上。

李文忠　小姐——（倒地）

陆　媛　（收剑，急上前）公子？公子？你醒醒！你醒醒！

【陆媛犹豫，进屋，端水出来，再犹豫，揽李文忠于怀中，小心翼翼地喂水。李文忠苏醒，见一女子，大吃一惊，晃晃悠悠地站起。

李文忠　（行礼）多谢小姐救命之恩！

【内喊“抓住奸细重重有赏”。

李文忠　谢小姐！（欲走）小生告辞了！

陆　媛　你——你往何处？

李文忠　小生怕连累了小姐，我——

陆　媛　前有悬崖，后有追兵，你已无处可去！（思考）不如到家里躲藏。

李文忠　可是——

【内，帖木尔喊“到前面查看！”众番兵答：“是！”

陆　媛　你若再推三阻四就真连累了我！快！（拽李文忠急下）

【番兵在帖木尔的带领下上。

番兵甲　将军，这是陆家宅院——

帖木尔　搜！

番兵甲　是！

【一群番兵欲进屋，陆媛仗剑出。

陆　媛　谁敢？

帖木尔　哦——陆小姐，我们在搜查——

陆　媛　你们是私闯民宅！

帖木尔　陆小姐，今日之事不比往常。将军有令，挨户搜查，不能遗漏任何地方。

陆　媛　我这草屋民宅能有你搜的什么稀罕之物？你等竟如此放肆！

帖木尔　稀罕之物？哦——小姐误会了。不是稀罕之物，是奸细。

陆　媛　奸细？

【番兵在院中查看。

番兵甲　将军，这儿有血迹。

【帖木尔上前查看，情急中，陆媛用剑划破了手腕。

帖木尔　小姐，这地上的血迹？

陆　媛　刚才练剑没留意划破了手腕，我在屋内正要包扎，却听到了你们的叫喊声。（伸出手臂）你看，到现在还流血不止呢！

番兵甲　（拉帖木尔于一旁）将军，小姐是老夫人的义女，大将军的（用手示意）相好，再搜查怕——

帖木尔　（犹豫）这——（拍打番兵甲的脑袋）那你们等着！我一个人去里屋看看。（欲进屋）

【陆鸿右侧上，哈赤喇带若干番兵左侧上。

哈赤喇
陆　鸿　（大声呵斥）且慢！

陆　媛　（上前）爹——

哈赤喇　（对陆鸿行礼）叔父！（对陆媛）媛妹！

陆　鸿　（回礼）大将军！

哈赤喇　（生气地看了看帖木尔，对众番兵）瞎了你们的狗眼！叔父家里怎会藏有奸细？

陆　鸿　你们这是？——

哈赤喇　叔父勿怪！明攻我不下，近日派来了大将李文忠——那李文忠非等闲之辈——他来，本想我米仓会有一场恶战。谁知，前日他却退了围兵，放了关卡。李文忠用兵向来鬼神莫测。故我让（指帖木尔）他们近日要严加提防外来人等。今早，米仓城外发现了两个做买卖的外乡人。本当抓来询问，谁知，这些狗食却给人家放了冷箭，吓跑了他们。（对番兵）快走！日落西山也要给我抓到那俩人！（行礼）叔父，今日之事小侄改日登门致歉。告辞了！

【哈赤喇带领众番兵浩浩荡荡下。

陆　鸿　（关切地）你的手？

陆　媛　没事！

陆　鸿　（看哈赤喇已走）你可藏了人？

陆　媛　没有！

陆　鸿　没有？（试探性地）没有的话——那我就请大将军进屋喝杯茶再走。

陆　媛　（急上前阻止）爹——你不是平日里教导我要救人于危难嘛！

陆　鸿　如今世道战事连连，你知哪个是好人，哪个是坏人？

陆　媛　就是，就是，爹爹说得对。可那人身负重伤，我欲留他，他却怕连累咱们仍要独自离去。你说，这样的人像歹人吗？再说，我看他的箭伤实在不轻，咱不能见死不救吧！所以——（撒娇）爹——你还是快进屋看看去！救人要紧。

陆　鸿　（无奈地）你——

【陆媛推陆鸿下。

【切光。

第三场

【两天后。

【山村清晨。

【陆家院外，陆鸿、李文忠饮酒对弈。

陆　鸿　（唱）　　溪流竹轩外，

李文忠　（唱）　　晨光映亭台。

陆　鸿　（唱）　　一壶咂杆酒，

李文忠　（唱）　　山岳寄情怀。

【同笑。

陆　鸿
李文忠　哈哈哈——

陆　鸿　公子好酒量！

李文忠　先生好胸怀！先生心远地偏，得先生教诲，晚生三生有幸！

陆　鸿　不敢不敢！公子博学多识，与公子——相见恨晚啊！（叹息）唉——

李文忠　先生何故叹息？

陆　鸿　唉——适逢战乱，老朽哪能如公子所言做到心远地偏啊！

李文忠　哦？——

陆　鸿　公子不知，我阶州自古缺盐少粮。米仓大战已有月余，今米仓民众多有体乏无力、不思饮食者——此乃缺盐之症。近日老朽发现这田地里劳作的人除了妇孺老弱，已少有壮年男子了。

【陆媛端茶上。

陆　媛　定是被抓去当了劳役或军丁。

陆　鸿　“田园寥落干戈后，骨肉流离道路中”——这仗不该打！不该打啊！

李文忠　（思考）我有十担盐巴，可低价卖给乡亲，以解眼下之急！

陆　鸿　（惊异地）公子还有盐巴可卖？

李文忠 哈哈哈——先生忘了，晚生可是个大客商啊！

陆　鸿 公子心慈仁善，解我百姓燃眉之急。（施礼）老朽替米仓百姓谢你了！

李文忠 （还礼）先生多礼了。（诙谐地）可别忘了，我这小命可都是先生、小姐救的，哈哈哈——

陆　鸿 哎！元廷以偏见治国，那些元兵向来视我汉、回、羌族为异类。今遇大敌，他们草木皆兵乃正常之事。（幽默地）公子是个大儒商，你的命可不是小命啊！哈哈哈——

【哈赤喇和两随从抬着礼物突然而至。

哈赤喇 哈哈哈——好香的酒！叔父好兴致，小侄给你赔——（看李文忠）赔礼来了。

【哈赤喇、李文忠四目相对，各自狐疑起来。

哈赤喇 （唱）　看此人——
看此人气宇轩昂绝非凡。

李文忠 （唱）　看此人——
看此人身着铠甲好威严。

哈赤喇 他是？——

陆　媛 他是贩卖茶盐的生意人。

李文忠 军爷是？——

陆　鸿 是驻守米仓城的大将军！

哈赤喇 （唱）　两军交战在眼前，
他贩茶盐在此间？
莫不是军情他来刺探？
若不是奸细却为哪般？

李文忠 （唱）　大将军目光犀利不和善，
大将军神色疑虑不一般。

陆　媛 （唱）　大将军疑云一团人心不安，

与公子狭路相逢又遇麻烦。

陆　鸿　（唱）　看情形我当要随机应变，

察言色巧言辞解围当前。

陆　鸿　哈哈哈——这才叫有缘千里终相见。（上前，对哈赤喇）来来来，大将军。（对李文忠）来来来，贤侄，我们品酒论茶。

【哈赤喇、李文忠对面坐，陆鸿上首坐了。

陆　鸿　（指着哈赤喇对李文忠）大安，我与大将军父亲是故交，大将军和媛儿同年，儿时即有婚约，所以以叔侄相称。（指李文忠对哈赤喇）大将军，大安姓刘，是老朽姑妈之孙，今到我阶州，一是做点买卖，二是看望于我。哎！岁月如梭，我们叔侄俩这都十多年没见了！（忽然想起了什么）哦——他长你和媛儿两岁，应是你俩兄长。

哈赤喇　（起身，满脸狐疑，行礼）兄长好！

李文忠　（起身，若有所思，还礼）不敢，不敢，大将军好！

哈赤喇　兄长哪里人氏？如今战乱纷飞，怎么——

李文忠　愚兄也是北方人，幼时随母亲流落到南方，受母亲嘱托来这孔堤看望伯父——不想遇上了米仓大战。

哈赤喇　这孔堤地方虽小却是我米仓城腹地。前几日，就有奸细窜入，让我甚为忧虑。好歹没让我抓住，若抓住，（观察李文忠神色）看我不把他头悬城楼才怪。

李文忠　这事我也听伯父说了，若真是奸细，大将军却应重视才是。

哈赤喇　那是自然。兄长从南方来，想必知道那李文忠吧？

李文忠　世人皆知。

哈赤喇　可曾听说李文忠骁勇善战、善要计谋？

李文忠　是有耳闻。

哈赤喇　今番明王朝派他来督战，看来是势在必得啊！

李文忠　如此，大将军当小心为妙。

哈赤喇 兄长既是做茶盐买卖的人，想必有可卖的盐巴？

李文忠 盐巴？——

（唱） 他话里有话把我探，
他步步相逼意了然。
我要不露神色遂其愿，
我要深思熟虑谋周全。

哈赤喇 （追问）兄长有多少盐巴可卖？

李文忠 哦——（思考）有，当然有。（指墙角扁担）这样二十担有余。

哈赤喇 二十担？我若全部买来——不知兄长卖是不卖？

李文忠 大将军解了愚兄的燃眉之急，当感激不尽，因何不卖？

哈赤喇 五日内可否运到？

李文忠 五日？（略微思考）好！就五日吧。只是——只是怕大将军的人不让我的下人们进城啊！

哈赤喇 哈哈哈——兄长过虑了！过虑了！（对陆鸿）叔父，今年八月十五的寿宴可要比往年更隆重一些。

陆　鸿 （不解地）隆重？战时民生疾苦，因何——

哈赤喇 八月十五是咱喝团圆酒，（唱）祝酒歌的日子。咱们的庆贺之日却是那明军望月兴叹，思恋故土的时候。假以时日——（看李文忠欲言又止，转移话题）哦——兄长先住在叔父家里，运盐巴的事让叔父代劳吧！

李文忠 一切听从大将军的安排。

陆　鸿 大将军，老朽有句话不知当讲不当讲？

哈赤喇 但讲无妨！

陆　鸿 大将军，如今天下大局已定，再打下去只会累我阶州无辜百姓，这仗打不得！

哈赤喇 伤亡惨重的是明军！这仗因何打不得？

陆　媛 （对陆鸿）爹爹，大将军是三军统帅，这仗打得打不得，岂是咱这三等汉民说了算的！

哈赤喇 媛妹说哪里话！叔父可是我尊敬的人。（对陆媛）媛妹，我正要向叔父说说咱俩的事呢！母亲说，咱俩的婚事该——

陆　媛 如今旌旗蔽日人心惶惶，将军哥哥这会儿怎又谈起这陈芝麻烂谷子的事！

哈赤喇 （尴尬地）这——

李文忠 （打破僵局）大将军，来，愚兄敬你一杯。

哈赤喇 谢兄长。（喝酒，对陆鸿、陆媛）叔父、媛妹，我还有事，改日再见。告辞了！（急下）

陆　鸿 （望着哈赤喇的背影，无奈地）唉！

【灯光转。

【院外。

元兵甲 大将军相信那贩盐的公子了？

哈赤喇 汉、回异族狡黠至极，信与不信那二十担盐巴一试便知！让帖木尔监视其行踪，万不可让他出了孔堤县！

元兵甲 是！

【切光。

第四场

【清晨。

【幕后唱。

潺潺溪水响呟响山涧，
双飞彩蝶舞哟舞蹁跹。
溪水哟唱啊，唱出了动人和弦，
彩蝶哟舞啊，舞出了情意绵绵。

【陆媛挎竹篮与李文忠上。

李文忠 小姐，你慢些走！

陆　媛 再慢就让那两个跟屁虫跟上了。好不容易出得门来，（沐浴着山风，忘情地）啊——多美的山景啊！我要赋诗，我要歌（唱）！（略微思考，吟诵）和风习习精神爽，禽鸟脱困步匆忙，转眼来到窄狭子，莺歌声声响耳旁。

李文忠 哈哈哈——（戏谑地）好诗！好诗！“禽鸟脱困”，哈哈哈——你把自己说成禽鸟了，哈哈哈——

陆　媛 （发现口误，追打）你才是禽鸟！你才是禽鸟！

【两人在山涧追打，目光相遇，爱恋之情油然而生。

【幕后伴唱。

（男唱）　梦中的仙女吆闭月羞花，

（女唱）　梦中的才俊吆伟岸挺拔。

陆　媛 （唱）　他鬓若刀裁高束乌发，

李文忠 （唱）　她面似桃花肩披绿纱。

陆　媛 （唱）　他玉树临风身姿美，

李文忠 （唱）　她沉鱼落雁娇羞花。

陆　媛 （唱）　他温文尔雅，

李文忠 （唱）　她美玉无瑕。

陆　媛 （唱）　他呀他——

李文忠 （唱）　她呀她——

陆　媛 （唱）　他的深情似太阳把我冰冻的心儿融化，

李文忠 （唱）　她的温情如潮水冲开了我紧闭的情闸。

陆　媛 （唱）　他是我梦中的他，

李文忠 （唱）　她是我心里的她。

【两人不约而同地。

陆　媛
李文忠 你——

陆　媛　你先说。

李文忠　你先说。

陆　媛　公子可会使剑？

李文忠　（机警地）怎么了？

陆　媛　（递剑）给，我这佩剑送给你！

李文忠　这可是你的随身之物！这么贵重的东西——

陆　媛　看你说的，你要把那么多的盐巴廉价卖给我米仓百姓，这雪中送炭的恩情我们可没办法还啊！再说，你到米仓不是被追杀就是被跟踪——这世道一乱，好人就没法安生！给，你拿上它可以防身！

李文忠　好好好，恭敬不如从命。（思考）那我——也送你一样东西。

陆　媛　送吧！送吧！你把这满山的花花草草摘来都送给我吧！

李文忠　（从脖子上取下玉佩）这是我娘给的，娘过世十多年了，我一直戴在身上。娘说，它能保人平安。

陆　媛　哈哈哈——没想到你一个大男子也戴这种饰物。你们这些转过大地方的人啊就注重这些烦琐的礼数。好，拿上就拿上！（接过玉佩，细看，惊讶）啊！这色泽，这花样分明是给姑娘家准备的，你怎么——哦——是你传家之宝吧！（发现口误，连忙改口）我是说这和我们的家传宝剑一样。我——（越解释越说不明白，有些不好意思）

【远处传来犁者的叫喊声：哦——牛娃儿——转过来吆—

陆　媛　有人要（唱）犁歌了，（拉李文忠）来来来——咱给他跳舞！

李文忠　（为难地）我——我——我可不会！

陆　媛　我教你。

【伴舞。

【幕后犁者。

（唱）　　云霞似锦绣，

山涧鸟声鸣，
农夫黎明起，
叱牛入深林。

【两人载歌载舞。

陆　媛　（唱）　　犁铧翻泥浪，

李文忠　（唱）　　挥汗细耕耘，

陆　媛　（唱）　　播下幸福籽，

李文忠　（唱）　　笑迎五谷丰。

【音乐变，舒缓而悠扬。

陆　媛　（忘情地）哈哈哈——

（唱）　　泥土地飘来山花芬芳，

李文忠　（唱）　　山涧风送来犁歌悠扬，

陆　媛　（唱）　　叮咚咚涧水耳边边响，

李文忠
陆　媛　（同唱）　　双飞的燕莺歌声最亮。

【造型。

陆　媛　（无比欢乐地）哈哈哈——哈哈哈——不玩了，不和你玩了，我要采药了！

【陆媛边采药边哼唱。

李文忠　（被眼前景象所感动，感慨不已地）“人各习礼让，社稷呈祥和，风雨常调顺，民生悉安康！”这才叫真正的生活！

陆　媛　发什么呆啊！也不帮忙采药？

【移步换景。

李文忠　小姐，你看！那么陡峭的地方竟然有一条路。

陆　媛　哦——那是窄狭古道。走，那儿的草药最多，咱们一同过去。（过河，爬坡）看，再往南走就是吊子峪了。吊子峪出去不远就是望子关。

李文忠 （惊异地）哦？望子关？ 吊子峪？（思考）谁起的这些名字？听起来挺怪的！

陆　媛 有段故事呢，想不想听？

李文忠 说说看！

【边走边说。

【窄狭子山景。

陆　媛 看，这儿就有草河车。（绕过几个大石头）这草太难找，（挖草根）就连爹爹也多半找不到。

李文忠 这草药是——

陆　媛 爹爹说是给干娘准备治气喘、咳嗽的药。

李文忠 你们和你干娘的关系真好！

陆　媛 那是自然！我们两家是世交。干娘看我小时候乖巧就把我认成了干女儿。

李文忠 难怪你见了大将军一点儿也不害怕。

陆　媛 他是我干哥哥，我怕他干嘛！你还别说，他虽然凶巴巴的，但对干娘却言听计从极其孝敬——当然了，对我也和善得很！

李文忠 你俩有婚约，大将军自然对你——

陆　媛 （佯怒）你可别跟着胡说、乱说！什么狗屁婚约，我才不管哩！我只当他做大哥。

李文忠 哈哈哈——好好好，不胡说、乱说。（岔开话题）先生真是神人，什么都懂。

陆　媛 （自豪地）那是自然。除了看病，爹爹还是这阶州城最有名的“戏模子”哩！

李文忠 “戏模子”？什么意思？

陆　媛 意思——意思是——哎呀！就像关汉卿那样既能写戏文又能带领大家演戏文的人。

李文忠 哦——（思考，想起了什么）哎呀！你刚才说的那段故事与今日的米仓之战有些关联，也很有寓意，何不让先生把它编写成戏文——以荐老夫人？（认真地）通过老夫人说服大将军是米仓城息兵罢战的最好方法！

陆　媛　这？——

【李文忠几个箭步跃上山头。

陆　媛　你要去哪儿？

李文忠　我要再看看窄狭古道——

陆　媛　再下去更危险——

李文忠　放心吧！

陆　媛　当心——（跑下）

【灯光转。

【舞台一角。

帖木尔　大将军让咱们监视那个贩盐公子，不曾想却给他监视个情敌出来。

番兵甲　将军，此事报还是不报？

帖木尔　狗食！（拍打番兵甲的脑袋）此事不报还等什么？（下）

【灯光转。

【舞台另一角。

华　中　所言属实？

随　从　细作亲眼所见。李文忠的确在孔堤，而且还和一个漂亮小姐你（唱）我和，卿卿我我——听说还在准备贺寿哩！

华　中　（思考，自语）你（唱）我和——卿卿我我——贺寿——（短暂的思考，阴笑）哈哈哈——好好好！（耳语）

随　从　（大惊失色）啊——八月十五？华监军，你是要——

华　中　狗食！这叫借刀杀人——只要把人弄死了，咱就立了大功！

【切光。

第五场

【几日后。

【夜，陆家，墙角一侧。

李文忠 （唱）　看皎皎明月高空悬，
思米仓之战心难安。
阶州地地域偏远人皆良善，
阶州地民风敦厚世外桃源。
陆先生知民生眼光长远，
陆小姐解民意义胆侠肝。
桃源地怎堪兵革战乱，
桃源地生灵涂炭情何堪？
窄狭子闻奇谈触动心弦，
编故事劝将军思虑再三。
怕的是大将军固执己见不听劝，
怕的是阴险小人趁势作刁难，
怕的是劝谏之谋不周全，
怕的是静水无端起波澜。

【蓝玉翻墙进。

李文忠 （机警地拔剑而出）谁？看剑！

蓝　玉 （过了几招，见李文忠，下跪）大——大——（小声地）大将军，是我——

李文忠 （上前　把扶住蓝玉）兄弟！我的好兄弟！你来就好了。

蓝　玉 大将军，你没事就好！你若有事，我万死难逃其咎啊！

李文忠 乔装出营是我的主意，差点害你丢了性命。

蓝　玉 大将军没了音讯，沐英将军本要治我罪责，因见我已熟知这一带地形，故让我找你下落，戴罪立功。

李文忠 沐将军知我无事？

蓝　玉 沐将军说米仓城城门紧闭，番兵毫无异动，你应该没事。

李文忠 沐英将军的确是个将才。（忽而想起什么）那米仓，这孔堤重兵把守，你是怎么去的望子关？莫非——莫非你也发现了——

【异口同声地。

李文忠 窄狭古道——

蓝　玉 大将军，十多万大军屯兵望子关已有数日，再不战——不好向圣上交代啊！

李文忠 将在外君命有所不受，少些杀伐总是好事。

蓝　玉 大将军，你身处险境，不如今夜随我离去再谈攻城大计？

李文忠 （自语）攻城大计？攻城大计——（久久思考，耳语）

蓝　玉 （惊异地）军盐？八月十五？

李文忠 对！依计行事就是。

蓝　玉 是！（欲下）

李文忠 等等，告诉两位将军，只可虚张声势，不可滥杀无辜！更不可伤及百姓！

蓝　玉 是！（下）

【陆媛出。

陆　媛 公子——

李文忠 哦——小姐还没睡？

陆　媛 还有几日就中秋了，今年的中秋让人夜不成眠。你——（欲言又止）

李文忠 小姐有话请讲。

陆　媛 你要把那么多盐巴卖给大将军，我不知你是做对了还是做错了？

李文忠 小姐的意思是——

陆　媛 李文忠智勇双全尤擅攻城，他来米仓督战——我阶州军民一场浩劫在所难免。爹爹说，寿宴上如果干娘也劝不动大将军，那这一战的时间拖得越长，我米仓百姓的灾难就越大。若如此，你卖给大将军的那几十担盐巴，却像给战争的大火浇上了几十担燃油。

李文忠 先生说的是啊！

陆　媛 若如此，你却似做了一件有罪的事。

李文忠 （叹息）哎！我也正想此事。但愿咱们编演的故事能触动老夫人，但愿大将军听得进去老夫人的劝谏！

【切光。

第六场

【八月十五。

【寿宴现场。

陆　鸿 寿宴开始！

【把式、旦角上，唱“送财”曲。

八月十五月当空，
家家户户挂红灯。
红灯挂在厅堂中，
将军府上闹腾腾。

俩把式 （行礼）恭祝老寿星：福如东海，寿比南山！

四旦角 （行礼）恭祝老寿星：寿比南山，福如东海！

【把式舞的表演自然质朴，众人交口称赞。

【暗转。

【戏中戏。

【窄狭子、吊子峪、望子关景象。

【幕后樵歌：

悬崖峭壁一线天，
鸟道百转危路悬。

一声吆喝千山应，

吊子峪里有美谈。

【梦幻般的场景。

【陆媛装扮仙子与众仙女上。

【仙子频频回望。

仙女甲 姐姐，你怎么了？

仙　子 这地方我怎么如此眼熟？

仙女甲 今日咱们过了万水千山，姐姐怎么会对这个地方眼熟？莫不是看上了那个（唱）歌的樵夫？

【众仙女笑。

仙　子 少贫嘴！

仙女甲 走吧！娘娘的蟠桃会咱们可不敢耽误。

【陆鸿装扮的萨真人上。

萨真人 仙子留步！

【仙子示意，众仙女下。

仙　子 见过真人！

萨真人 仙子，此地叫窄狭子，五百年前你一家皆罹难于此啊！

仙　子 （不解地）一家？罹难于此？

萨真人 五百年前，仙子动了凡心和一个叫闻生的书生相恋，生儿育女本也恩爱。谁知，战乱突起。那闻生带着仙子一家逃至此地，因饥饿缠身、道路险峻，仙子的一儿一女相继坠崖身亡，仙子你不忍悲痛也跳崖于此——

仙　子 （惊异地）啊——难怪我到此处心跳不已。

【幻化出一家人幸福和乐的景象。辽远的回忆被勾起。

（痛苦地）我苦命的娃呀！

萨真人 你夫闻生痛不欲生，在山谷中焚烧了所有藏书以祭亡灵，所以此处叫“吊子峪”；走出山谷，闻生频频回望不忍离去，遂化巨石，故此地叫“望子关”。你看，（指着巨石）他已在此受了五百年风吹，五百年日晒，五百年雨淋啊！

仙　子　啊！我苦命的夫君！

（唱）　　望夫君泪雨滂沱，

　　　　听前事心如刀割。

　　　　想一家鱼水和乐，

　　　　叹人间聚少离多。

萨真人　“异念纷驰总是魔”。仙子，天理循环因果报应啊！你不知，你那夫君前世可是一员嗜杀好战的大将，后世与你结缘却也与你的贪恋红尘有关啊！仙子，昨夜观音菩萨传咒，今日是你们一家人团聚的时候了！（口中念念有词，大喝一声）解——

【巨石崩裂，李文忠装扮的闻生拽两小儿上。

仙　子　（施礼）谢观音菩萨！谢真人！（看见闻生）夫君——

闻　生　娘子——

两小儿　娘——

【造型。

【在弥漫的云雾中退场。

【换衣。

【暗转，场景复原。

老夫人　好好好！演得好，演得好啊！情真意切，育人为善。善哉！善哉！

众宾客　演得好！演得好！

乡绅甲　这个戏文虽演情爱，却与老夫人参悟的佛学及我米仓一带盛传的道学思想颇有渊源，可谓匠心独具啊！

老夫人　哈哈哈——“戏模子”就是“戏模子”。回头让那后宋、洪化各地的艺人们多学着点！

【大家一片喝彩，哈赤喇面色不悦。

【元士卒急上，耳语，与哈赤喇急下。

【陆鸿、陆媛、李文忠上。

老夫人 （对陆鸿、陆媛、李文忠）你们把望子关与窄狭子的典章故事改编得很有教义。说说，是谁的主意？

陆　媛 （指李文忠）是刘公子的主意。

老夫人 刘公子？哦——就是给我米仓百姓低价卖盐巴的那位大善人？刘大安？

李文忠 （施礼）老夫人万寿！

老夫人 公子仁慈心善，（观察）一表人才啊！

李文忠 谢老夫人谬赞。

陆　媛 干娘，今夜女儿这剑就给你不舞了。我看啊，我就是舞得再好怕也比不了这个戏文了，你一股脑儿夸他得了！

老夫人 哈哈哈——小气！小气鬼！哈哈哈——

陆　鸿 老夫人——

老夫人 （打断话语）先生！

（唱）　陆先生平日里野鹤闲云，
今日里戏里有话面带忧愁。
他和那公子编演小戏用心良苦，
老妇我岂是那愚钝之人不解情由。

（对陆鸿）先生，（对李文忠）公子，你们急民之所急，忧民之所忧——用心良苦啊！米仓之战我也揪心。我明白你们的意思，回头我就劝说我儿——（寻找哈赤喇）哎？人呢？

【突然，哈赤喇手执弯刀带十几个番兵上，将李文忠团团围住。

哈赤喇 （对李文忠）难怪你敢编个戏文影射于我。来呀！把他给我绑了！

【众皆惊异。

老夫人 我儿！你——

陆　媛 哥？

哈赤喇 母亲，恕孩儿不孝。（对陆媛）媛妹，他——他是奸细！是李文忠！

【众人惊恐万分。

陆　媛　他？（惊疑地）李文忠？

哈赤喇　（把书信递给陆媛）你看看吧！这可是他们监军写的亲笔信。

李文忠　（对陆媛）小姐，我——就是李文忠！

【众人无比恐慌。

哈赤喇　哈哈哈——李文忠，李大将军，你可真够胆大！两军对垒，你一个大将军竟潜入米仓刺探军情，此事怕亘古未有吧！哈哈哈——你机关算尽太聪明，却没算到自家人会把自家人给出卖了。来呀！给我绑了！

【众元兵欲绑李文忠。

陆　媛　（冲进包围圈，用身子护住李文忠）慢！

哈赤喇　媛妹！

（唱）　李文忠他乔装扮，
狼子野心已昭然。
米仓城内养虎患，
生死存亡旦夕间。

陆　媛　（不知所措）这——

李文忠　大将军！

（唱）　明王朝天下一统难改变，
米仓城不应该妄动旗幡。

哈赤喇　哼！

（唱）　我米仓多年来一隅偏安，
我米仓何时曾擅动旗幡？
只因你明王朝再动刀剑，
借一统举刀兵罪恶滔天。

李文忠　大将军！

（唱）　　元廷治国有偏见，
天下一统民生安。
将军你智勇双全人良善，
当为社稷，息兵、避战、谋和谈。

哈赤喇　哈哈哈——和谈？明王朝攻我米仓已有月余，这是和谈？你李大将军乔装改扮，亲自潜入我米仓境地刺探军情，这也是和谈？

陆　媛　哥！

（唱）　　干戈不息苦交战，
万千黎民泪不干。
多少丁壮刀下死？
多少冤魂难归还？
多少妇人无夫子？
多少哭声上云烟？

陆　鸿　大将军，如今大明天下一统百废待兴，和谈是上策啊！

【元兵卒突上。

元兵卒　报——大将军，明军对我米仓城进行了突然的攻打。

哈赤喇　（怒视李文忠）好你个歹毒的李文忠！来呀！把他给我绑了，押至城门杀一儆百！

【元士卒捆绑李文忠。

【众皆哗然。

陆　鸿　大将军！米仓城再坚固却也难敌十多万大军的轮番攻打。你抓了李文忠会更加激怒明军——（对老夫人）老夫人，李文忠深得大明皇上青睐、白万将士尊崇。杀了他，我阶州与大明朝可真就结下了不解的仇怨。到那时我阶州难免尸骨遍野啊！

哈赤喇　回、汉异族狡黠之极！留下终究是祸害！

老夫人　好你个口无遮拦的大将军，你怎么说话了？老身也是汉人，也是你们眼中狡黠之极的异类？

哈赤喇 母亲——我——

老夫人 哼！我看你这大将军和那元廷一样的愚昧。都是炎黄子孙，却硬要将人分个三六九等出来。你倒说说，蒙、汉、回、羌——这些人哪个不是我炎黄子民？我看，大元王朝的衰败就与你们的那些迂腐之见不无关系。你放了李大将军！老身有话要说。

哈赤喇 （不情愿地）母亲！

老夫人 （呵斥）放了他！

【哈赤喇不情愿地挥手，众兵卒给李文忠松绑。

【气氛有点儿缓和。

老夫人 （对李文忠）大将军——

李文忠 （对老夫人行礼）老夫人！

（唱） 老夫人一腔热血系黎民，
老夫人爱民如子大胸襟。
元大厦倾倒已注定，
文忠乔装有用心：
不想刀光剑影争输赢，
不想妄动干戈苦黎民。

老夫人 李大将军，那和谈之事——

【突然，一兵卒急上。

兵　卒 报——禀大将军，我军城门大开，明军蜂拥而至。

【众人惊异。

哈赤喇 （惊讶）啊？城门怎会打开？守城的脱脱、帖木尔将军们呢？

兵　卒 都缴械投降了——城门是被明军打开的。

哈赤喇 何处来的明军？

兵　卒 孔堤窄狭子。大将军，这——这将军府被层层包围了啊！

哈赤喇 （万分惊异）啊——怎么会这样？怎么会这样？（把弯刀架到李文忠脖子上）李文忠！我杀了你！

【场面一片混乱。

陆　媛　（把剑架在哈赤喇脖子上）住手！哥，元廷已经消亡，米仓城门也破。你——你怎么还执迷不悟啊！

哈赤喇　（惊异地）媛妹，你——你——

【蓝玉带众明军急上。

蓝　玉　放下刀剑！

哈赤喇　（转视蓝玉）你？你——那个挑盐巴的挑夫？

蓝　玉　是，在下西征左副将蓝玉，正是给大将军你挑过盐巴的挑夫。（忙给李文忠行礼）大将军，你受苦了！（对哈赤喇）李大将军运筹帷幄——从窄狭古道潜入的士兵和随我挑盐巴的那些随从可都是我大明以一当十的精壮士卒。大将军，你的米仓城破了！

哈赤喇　（怒视李文忠）李文忠，你——（悲恸欲绝地）啊——天亡大元，天亡我哈赤喇啊！（冷笑）哈哈哈——（无比自责地）我——我——（欲举刀自刎，李文忠急忙阻止）大将军上有古稀老母，下有黎民百姓，怎可轻生？

老夫人　（老夫人急上前阻止）我儿不可轻贱性命！李大将军——

李文忠　（行礼）老夫人，阶州城的众乡邻们！今日取了米仓也就是取了阶州，文忠承诺：一、不杀阶州一将一卒；二、阶州兵马仍由（对哈赤喇）大将军掌管；三、阶州地域偏远民生疾苦，文忠将奏请圣上免赋税十年；四、即日起，文忠将带领阶州军民夯筑白龙江堤坝，根治连年水患；兴建窄狭子栈道，以便交通往来。乡亲们——这才是阶州万代福泽的大事啊！

【众乡邻齐声喝彩。

老夫人　（严厉地）我儿还不快谢过李大将军？难道要你这七十老母跪谢不成？

哈赤喇　（行跪拜礼）大将军！我——

李文忠　（扶哈赤喇）大将军快快起身！（给陆鸿行礼）文忠恭请陆先生

任阶州通判。

陆　鸿　（急扶李文忠）大将军怎行如此大礼，不可——不可——老朽已厌倦凡尘之事——

老夫人　先生你可说了假话！你若真厌倦了，怎会给我们藏这么个商人将军？哈哈哈——

陆　鸿　我——我——

【众笑。

老夫人　先生无须推诿。你有学识，有善心，平日里正可教导教导我儿，磨合磨合他那鲁莽的性格，监管监管他那些没用的属下。再说了，你做了通判，李大将军对这阶州城就更放心了！

李文忠　（行礼）文忠恭请先生！

众　恭请先生！

陆　媛　爹爹，你就应了吧！

陆　鸿　我——哈哈哈——看来老朽只有从命了！

【众笑。

【暗转。

刘公公　华监军，你不是说万无一失吗？李大总管这次可真的雷霆大怒了——李文忠不但没死，听说还在筑堤坝，在修栈道。等他功成名就回到朝廷，那“三不必”的奏章可就要拿你我开刀了！

华　中　奴才该死！奴才该死！这种结果，奴才着实没有想到。

刘公公　（轻蔑地）哼！你没想到的在后面哩！（耳语）

华　中　（大惊失色）啊！这——

刘公公　嚷嚷！你嚷嚷什么？这才叫永绝后患！

华　中　是是是！（拭汗）永绝后患！永绝后患！

【切光。

第七场

【数日后。

【远处，窄狭子栈道与白龙江堤坝之景象遥相呼应。

【近处，将军府前，军民同乐。

众　（唱）　吆嗬嗨——

陆　媛　（唱）　新醅酿美酒，

众　（唱）　美酒待嘉宾。

陆　媛　（唱）　一曲众人和，

众　（唱）　军民乐融融。

陆　媛　（唱）　牵起友谊手，

众　（唱）　歌舞享太平。

陆　媛　（唱）　你我炎黄子，

众　（唱）　华夏皆亲人。

【哈赤喇、陆鸿、李文忠依次出场。

哈赤喇　（唱）　夯筑堤坝哟，万代福泽，

众　（唱）　哟嗬嗨，哟嗬嗨，万代福泽。

陆　鸿　（唱）　白龙江水哟，喜（唱）欢歌，

众　（唱）　哟嗬嗨，哟嗬嗨，喜（唱）欢歌。

陆　媛　（唱）　从此后，孔堤天险变通途，

众　（唱）　变通途呀变通途。

李文忠　（唱）　从此后，华夏一家乐融融，

众　（唱）　乐融融啊乐融融。

众乡邻　（行礼）见过大将军！

李文忠　（还礼）乡亲们多礼了！

乡绅甲　窄狭子栈道的修建是我孔堤千百年来的大事，若不是大将军倡导，我等想都不敢想。

乡绅乙 是啊！自此，我孔堤与那成、秦二州，商旅互通，买卖往来可方便多了。咱孔堤人再也不缺粮少盐了！

陆　鸿 白龙江堤坝的夯筑更是功德无量。从此我白龙江水导达沟渎毋有障塞，阶州水患除矣！

哈赤喇 大将军，今日是白龙江河堤与窄狭子栈道竣工之日，这双喜临门的第一碗酒当敬大将军！

众乡邻 当敬大将军！

李文忠 哈哈哈——这些日子大家都辛苦了，文忠回敬乡亲们。来，共饮此杯！

众乡邻 共饮此杯！

【众喝酒。

【幕内喊："圣旨到——"

【刘公公和华中等人急上。

刘公公 李文忠帐内接旨——闲杂人等回避——

【众下。

【灯光转，将军帐内。

刘公公 奉天承运皇帝诏曰：西征大将军李文忠贻误战机，私卖军盐，罪不可恕。诏令：李文忠占阶州后即刻斩杀哈赤喇一干元将将功折罪，倘再违圣意杀无赦！钦此！

李文忠 （叩拜，接旨，两手发抖）吾皇万岁——（久久地思考）罪不可恕？杀无赦？（冷笑）哈哈哈——

（唱）

刘公公把圣旨宣读一遍，
好似一惊雷响震破青天！
成和议军与民皆遂心愿，
滥杀伐结民怨理实不端。

华　中 李大将军，这阶州鞑靼生性好战，不杀如何华夏一统？不杀怎样兴国安邦？华中不知，大将军为何总为这些番邦异类屡屡抗旨不遵？

李文忠 （愤慨地）本将也不知，华监军一干人缘何非要置这些人于死地而后快？

华　中 大将军！

（唱）　　贩卖军盐罪不轻，

抗旨不遵怒圣颜！

李文忠 哼！

（唱）　　说什么异族好战，

谈什么触怒圣颜。

怎不说专权奸宦，

怎不说万民积怨？

和平一统天下安，

同室操戈为哪般？

华　中 大将军，义父嘱托——此次旨意大将军若再违背——定脱不了干系！

李文忠 哼！我倒要看看到底有多大的干系！

华　中 杀了鞑靼一了百了，不杀，不正说明你与他们有勾结吗？

李文忠 哼！你一纸书信倒清白得很！

【华中无言以对，给刘公公示意。

刘公公 实在作难了，朝廷却也考虑到了另一个简单易行的办法。

蓝　玉 办法？

【刘公公取出御酒放于桌案上。

刘公公 （对李文忠）这是御酒。圣上意：元残部将不好斩杀可用——（指御酒）此酒毒性极大，只需一盅就会毙命。（讨好般地）大将军，圣上的忍耐也是有限的！恩赐御酒这一大让步，你可万万不能再有违背！

蓝　玉 这酒真是圣上所赐？

华　中 哼！御酒御酒——不是圣上所赐，难道是我自家酿造不成？

李文忠 （看着御酒思考良久）你们下去！

刘公公 大将军！趁今日时机——招呼那些降将上来共饮此酒，岂不——

李文忠 下去！

华　中 大将军，圣意要我等——

李文忠 呸！你个腌臜泼才，奸邪小人，平日里舅父对尔等多有娇惯，尔等不思报国，却借舅父之名飞扬跋扈、欺上瞒下。来呀，拉出去斩了！

【外面进来两个手持大刀的精壮士卒。

士　卒 是！（欲拖华中下）

华　中 我乃圣上钦派，你敢？

李文忠 想当年，几十万匈奴铁骑本将军尚不屑一顾，今日里，岂会怕你这奸佞小人？来呀！拉出去斩了！

蓝　玉 大将军不可啊！

华　中 （连忙下跪）大将军息怒！大将军饶命！卑职出去就是！出去就是！（阴险、诡异地）这酒确为皇上恩赐，喝不喝在于你自己，不喝——不喝也罢——

李文忠 滚！

华　中 （唯唯诺诺地）唉！是是是！（和刘公公歪歪斜斜地溜出）

李文忠 哼！小人得志，气杀人也！

【蓝玉看着华中的背影欲言又止。

【一阵沉寂。

李文忠 传哈赤喇将军！

蓝　玉 是。（下）

【李文忠看着御酒，拿在手中，思绪滚滚。

李文忠 （冷冷地）御酒——御酒！（冷笑）哈哈哈——

（唱）　　御酒啊，御酒，你这御酒！

　　　　　你是明目的酒？你是安神的酒？

　　　　　你是断魂的酒？你是索命的酒？

皇上啊皇上，水能载舟亦覆舟，
舅父啊舅父，安民何须多杀戮？
我文忠，我文忠随你十几载，
我文忠，我文忠随你东征西伐何时休？
这御酒啊，这御酒，
这御酒若能给你解心忧，
这御酒啊，这御酒，
这御酒若能换得和睦共处血不流。
文忠明志，文忠饮酒！
（大笑）哈哈哈——
文忠饮酒！文忠饮酒！

【欲喝，想起什么，在桌案上疾笔书写。写完后端起御酒一饮而尽。

【陆媛上。

陆　媛　（看见御酒）难怪好半天不见大将军的面，原来却在偷喝御酒。听说御酒好喝得不得了，我也尝尝！

【欲取酒壶，被李文忠夺过，放在嘴边喝干。

李文忠　你不能喝！

陆　媛　哈哈哈——大名鼎鼎的李大将军原来也如此小气！不给喝就不喝了！

陆　媛　（忽然发现了桌上的帛书）哟——李大将军真会忙里偷闲。这会儿还写诗！（把两封帛书抢了过来，李文忠欲夺。陆媛却躲在桌子的另一边读了起来）陛下，阶州将帅性情直爽，国之栋梁，臣文忠喝酒相谏，保其性命。所奏“三不必”乃举国大事！望明鉴。愚甥文忠顿首叩拜！（看着李文忠）愚甥？愚甥？哦——差点忘了，你李大将军可是当今圣上的亲外甥哩！（看着帛书）这是奏章哪是诗啊！（再读另一封书帛，李文忠欲夺却已手脚无力，只好瘫坐椅上）哈赤喇将军，愚兄喝酒明志只为减少杀伐，你等万不可再生事端负我心意。只望恪尽职守、造福民众，遇事务必多请教于先生。切记！切记！请照顾好小姐。文忠绝笔！

【李文忠脸色苍白，嘴角发紫。

陆　媛　文忠绝笔！文忠绝笔！（大惊失色）啊——大将军你？你怎么了？

李文忠　（笑）小姐不必惊慌，这御酒有毒。

陆　媛　那你怎么喝了它？

李文忠　哈哈哈——小姐，难道没听说“君叫臣死，臣不得不死”？（淡然地）文忠一命，若换得舅父之醒悟，社稷之安危，哈赤喇诸将之性命，死何足惜？（笑）哈哈哈——（沉思）文忠这一生没负天下苍生，没负舅父，（慨叹）只是——

陆　媛　（声音哽咽）大将军——

李文忠　小姐休哭，文忠戎马一生，与小姐萍水相逢，却得小姐处处关怀——文忠——只是——（指着案上宝剑，疼痛难忍）只是你送的剑——我——

陆　媛　将军别说了，（手忙脚乱，对外大喊）快来人——快来人——（拿出玉佩）看！你给我的玉佩我可是天天戴在身上的。（指着李文忠的剑）我把它送给你——你可不能说不管就不管啊！（绝望地对外大喊）快来人啊——

李文忠　（摆手示意）小姐啊！

（唱）　难忘你割腕救命，
感念你赠剑之情。
遇小姐三生有幸，
遇小姐不枉此行。
知小姐冰清玉洁良善之心，
知小姐胸怀大爱不让须眉。
曾记得娘亲坟前草成堆，
只梦见花甲爹爹鬓发白。

顾不得这人间情爱，

忘却了这烟火世情。

只落得无愧于心，

只盼得天下安宁。

小姐啊——

若有来生定相依相偎，

小姐啊——

若有来生定白头偕老。

（看着陆媛深情地）文忠阶州一行能与先生相交，得小姐错爱，死亦足矣！

陆　媛　（痛苦、深情地）将军啊——

（唱）　　休提那庭院解围，

休提那未了世情。

本想伴君共终生，

本想随君鬓发白。

可如今——

可如今你匆匆离去要独行？

眼下中我一腔悲苦诉于谁？

将军啊——

我怎忍你独伤悲？

将军啊——

我怎让你燕独飞！

随你去，陆媛无愧，

随你去，陆媛不悔。

李文忠　不可——万万不可——小姐！

【清唱。

（唱）　　泥土地飘来山花芬芳，

陆　媛　（唱）　　　山涧风送来犁歌悠扬。

【李文忠时断时续地演唱。

李文忠　（唱）　　　叮咚咚涧水耳边边响，

【陆媛抱着李文忠的身体泣不成声，独自完成了演唱。

陆　媛　（唱）　　　双飞的燕莺歌声最亮。

【哈赤喇上，捡起帛书看，全身发抖，抽出弯刀。

哈赤喇　（悲愤地）大将军！我——

李文忠　大将军万不可——再起战——战事——

【李文忠紧闭了双眼。

【音乐起，“咦——吆——哎——”的伴唱凄楚哀怨。

陆　媛　（歇斯底里地）啊——

【陆鸿、蓝玉、冯胜与众乡邻急上。

（对哈赤喇）哥，不可负了大将军啊！（对陆鸿）爹爹！女儿对不住你了——（拔剑自刎）

陆　鸿　（欲制止，为时已晚，老泪纵横地）不能！女儿啊——

【伴唱更让人撕心裂肺，更让人寸断肝肠。

哈赤喇　（丢掉弯刀，跪地，歇斯底里地）大将军啊——

众　（跪地，歇斯底里地）大将军啊——

【切光。

尾　声

【窄狭子处，孔堤寺雄伟壮观，李文忠塑像庄严神武，寺内香烟袅袅。寺外香客络绎不绝。

【字幕：李文忠死，朝野震惊。孔堤民众修一寺庙尊其“福神”称“大安爷”，并建戏楼，（唱）戏纪念。大明皇帝痛惜万分，亲写祭文以记之。阶州免赋税十年，哈赤喇等受封。李宾、华中等篡改旨意，陷害忠良，凌迟处死。

【寺内音乐平淡、幽远。

【庙中传出隐隐约约的《启神赞》唱曲。

孔堤山上一棵松，
历经春夏与秋冬。
头顶一片祥云罩，
大爷神威镇乾坤。

【在乐声中缓缓落幕。

高山戏发源地鱼龙窄狭子每年四月十八日（相传为李文忠的生日）有赶庙会、唱大戏纪念李文忠的民间习俗。“文革”前后，李文忠寺庙、古戏楼被拆除，后来鱼龙王沟、杨坝、卯家等地村民在鱼龙寺原址上集资修建了“大安爷”庙宇以表纪念——该庙宇遗址尚存。

李文忠与高山戏的关联有许多值得研究、探讨的地方。创作《米仓魂》（更名前为《李文忠》）剧本既依据了一定的历史真实，也有着较多的艺术虚构。2011年2月《李文忠》在《陇南文学》上发表后受到了许多专家关注，在大家的鼓励、帮助下，在著名剧作家杨智的指导下，作者历时三年数易其稿完成了创作。

钉　缸

尹维新　尹利宝

时　间　阳春三月

地　点　孔堤县王家坪

人　物　吕文文　小炉匠　小生

王大娘　中年妇女　老旦

王小香　王大娘闺女　小旦

【幕启，王家坪山岳连绵，青松翠柏，村里树木葱茏、桃红柳绿。

【王大娘家的房屋建在山脚之下，房前有一棵大柳树，树下有一个石墩，石墩上放有簸箕，簸箕里盛满玉米粒。

【王大娘腰系围裙，兴致勃勃地上。

王大娘　（唱）　阳春三月好风光，

满园桃花扑鼻香。

枝头喜鹊喳喳叫，

蜜蜂却为采花忙。

哈哈哈——我就是王家坪的王大娘哎——（对观众）啥？你们问我干啥着哩？哦——我呀，一个妇道人家能干啥？还不就是拾柴磨面、背土垫圈，上厅堂下厨房，屋里屋外都要忙！唉！我命苦！几年前自我那口子去了后，啥重担都落在我身上了。好在我那闺女儿懂事、听话，不给我惹乱子。哦——说起我那小香闺女啊！啧啧——那可是我打心的锤锤子，护心的油啊！娃心地善良，模样儿——啧啧啧！这几年娃出落得像水里淘了的样，模样儿那俊的，啧啧！比十年前的我可要好看多了！那赛不了潘安、胜不了宋玉的男娃儿啊，多看我娃一眼啊——想都别想！

【鸡鸣、鸭叫声。

王大娘　嗨——这成天忙啥着哩唉，鸡、鸭都没喂哩！（对着鸡）你莫叫，你莫叫。（对内）小香——快抓把食来！鸡都围着我身子乱叫哩！

【内，小香应答“来了”，小香端着鸡食上。

小　香　（一边喂食，一边说）娘——你把那石墩上的玉米粒给抓一把嘛！

王大娘　嗨——鸡聪明得很，能吃，早吃了。这些东西都晓得嫌粗粮哩！

【王大娘抓起树下簸箕里的玉米给鸭喂食，母女俩一阵忙活。

小　香　娘！玉米晒好了要装缸，咱家那口缸又破了，你也不找个炉匠修一修。

王大娘　这几天娘不是有事嘛！

小　香　娘！今儿个就逢集。你去集上看看，如有小炉匠可请来钉一下缸。

王大娘　不知道有没有炉匠。

小　香　娘！

（唱）　每年三月二十六，
人山人海聚街头，
买卖往来全都有，
何须为缸傻犯愁？

王大娘　哈哈哈——我可真是缸里头活人着哩！我还以为过几天才二十六哩。

（唱）　我娃在家看好门，
为娘赶集上街寻，
一请炉匠把缸钉，

二买蔬菜转回程。

好好好，娘这就去。去，到屋里给我拿笼笼儿去。

小　香　唉！

【小香从屋里取出竹笼和自己的针线，一个交给母亲，一个自己拿着。

小　香　给，娘。快去快回！

王大娘　好好好！娘去去就回。（欲下）

小　香　（指腰里系着的围裙）娘，你看！

王大娘　哈哈哈——看！娘这可真个是老糊涂了！（解围裙）给，拿上，娘走了。

【目送，端凳子，坐在树下做针线活。

【幕后伴唱。

春风送来缕缕香，
小香坐在柳树旁。
飞针走线绣花忙，
莲花叶儿浮水上。
先绣清清水波浪，
再绣几朵莲叶黄，
风吹荷花点头笑，
上有蝴蝶飞得忙。
后绣一对小鸳鸯，
鸳鸯戏水影成双，
鸳鸯情深花解意，
情物要送有情郎。

【由远及近传来拨浪鼓与“钉缸了！”的吆喝声。

【吕文文肩挑扁担，手持拨浪鼓叫喊着上。

吕文文　焊锅了——补缸了——哎——

（唱）　　肩上挑个小炉箱，
　　　　　手持拨浪鼓转四方，
　　　　　转四方，寻市场，
　　　　　炉匠手艺美名扬。

【小香起身，闻声观望。

吕文文　嗨——今天咋搞的就没个生意做。（擦汗、坐在炉箱上）待我休息休息。

小　香　（唱）　　忽听院外喊声亮，
　　　　　急忙起身看端详。
　　　　　为何不见老娘在，
　　　　　却见少年坐路旁？

待我问个明白。（上前）哎！那位客人，你可来了。

吕文文　嗯！我来了。

【吕文文回答着，转过头来和小香四目相对，两人不禁有些惊异。

吕文文　（自语）怪怪怪，这儿怎有生得如此美貌的姑娘来！？

小　香　（自语）怪怪怪，怎么有如此俊俏的炉匠来！？

【吕文文呆看小香，小香有些不自在起来。

小　香　哎！我问你，我娘呢？为何不见？

吕文文　（半晌才回过神来）你娘不见了？我岂知道。

小　香　我娘不是请你去了？

吕文文　请我去了？

小　香　是啊！你不是小炉匠吗？

吕文文　就是，我就是小炉匠。

小　香　那你从何处而来？

我嘛——

（数板）　　今日街头逢大会，
　　　　　我今挑担赶会来，

十字路口没买卖，
信步转到乡下来。
过了北裕河，
翻了仓河坡，
来到王坪上，
钉缸又补锅。
谁家若有活，
拿来我都做。
大姐姐家里可有活路？

小　香　哦——我家里正好破了一个缸，不知你能不能钉。

吕文文　哈哈哈——大姐唉！你不是就钉个缸嘛！

（唱）　没有打虎艺，
岂敢进深山。
不会钉破缸，
怎敢转四方？

（数板）你若有破锅、破碟、破碗、破缸都拿来，还有那水壶、铁勺、破瓷脸盆都抱上。可焊即焊，能钉即钉，钉个巴儿，铸个缝儿，保证修好，让你欢畅，如个意儿。

小　香　（唱）　好一个伶牙俐齿的小炉匠，
口气不小敢逞强。
不知本领怎么样？
今日倒要看端详。

吕文文　大姐，把你家破缸搬来，我来钉。

小　香　哎呀，我可搬不动，要等我娘赶集回来才成。

吕文文　家中再无别人？

小　香　家中只有老娘和我，无别人。

吕文文　那我帮你搬。

小　香　这——

吕文文　害怕我拿你家东西？

小　香　没有，没有，（难为情地）只是——只是——

吕文文　只是啥？

小　香　只是怕麻烦了你。

吕文文　不麻烦，不麻烦。

【二人进屋，搬出缸来。吕文文坐，开始钉缸，小香在一旁观看。

【幕后伴唱。

桃花树头喜鹊唱，
柳树底下人一双。
绣花姑娘不绣花，
凤眼单看小炉匠。
小炉匠啊小炉匠，
姑娘望你动情肠，
为何不叫把手帮？
为何迟迟口不张？

吕文文　唉！大姐，给口开水好吗？

小　香　（正看着出神，突然听到叫喊，半晌回过神来）噢！有有有！我给你倒，我这就给你倒去。（下）

【小香倒水出，小炉匠接杯子时与小香双手一碰，两人心跳不已。

吕文文　多谢大姐，请问你家姨娘何时归程？

小　香　你是说我娘？

吕文文　嗯！

小　香　我不知道，怕是还在寻炉匠着哩！

吕文文　我不是来了嘛，她还寻谁？

小　香　我娘又没见着你，她如何晓得你来？

吕文文　哦——对对对！（自语）那就难了。

小　香　你说啥？

吕文文　我是说——我是说，那就有点难了？

小　香　啥难了？

吕文文　大姐，你看钉了半天，小问题解决了，可要让缸经久耐用还得给这缸箍个圈哩！

小　香　那你就箍吧！

吕文文　可我得有个帮手。

小　香　那我帮你！

吕文文　你能行？

小　香　为何不行？

吕文文　我说大姐，你家真就你母女俩？

小　香　真就我俩。

吕文文　所言不假？

小　香　为何有假？（自语）小炉匠为何只顾问我家人？他，难道？有歹心？他难道——娘不在家且让我听他如何再问。

吕文文　大姐姐，我有话不知当讲不当讲？

小　香　你当讲就讲得，不当讲就不讲了！

吕文文　姐姐唉——

（唱）　想你母女度时光，
难免有些不周详。
天阴下雨挑水难，
耕地种田辛苦忙。
我乡有个少年郎，
给我托下事一桩，
倘若遇见合适亲，
让我说媒尽力量。

小　香　（松了口气，有些害羞地）（自语）原来是这样！

（唱）　炉匠不必多言讲，
我不出嫁去他乡。
在家要把娘供养，
母女早就有主张。

吕文文　（唱）　俏姑娘且莫慌，
此人正无父母娘。
只是单身度时光，
招赘愿把女婿当。
要问少年啥长相，
正好与我同年同岁同高同胖同模样。
两家三人合一家，
确是美事一大桩。
不知姑娘是何意，
仔细想来慢思量。

小　香　（背唱）　他煞费心思来言讲，
小香我句句听周详，
分明说的就是他，
却说是乡亲少年郎。
我低头不语细观望，
他确是肩宽体壮、落落大方、两眼放光、一表人才的少年郎。
我——我——我——
我若与他百年好，
岂不叫人喜眉梢。
我若与他结了伴，
有了依靠心安然。

炉匠，我娘快回来了。你，你，你快给我家缸箍圈吧。

吕文文　你要给我帮忙哩！

小　香　帮帮帮，我给你帮！

【两人一齐箍圈，小香荷包丢在地上，吕文文看见，捡起，把荷包装在衣兜里。

【王大娘手提竹篮上。

（唱）　　匆匆赶到大街上，
　　　　四处寻找小炉匠。
　　　　人山人海找不上，
　　　　买菜回到家门上。

【发现吕文文和小香在箍缸。

唉——找了半天都找不到小炉匠，这会咋在我家门口干活哩？（欲上前询问，看他二人配合默契、神情专注，甚是惊异）他们这——他们这——

【王大娘大声咳嗽了几声，吕文文、小香闻声散开。

王大娘　哎哟——我说这是哪里冒出来的小炉匠啊？（看着小香）还瞒着我捉迷藏哩——

小　香　娘！你回来了？人家刚来不久。

王大娘　刚来不久？刚来不久缸都快箍好了？

吕文文　（上前，行礼）大娘好！

王大娘　（仔细看着小炉匠）好？好？（旁白）再"好"一下我的女儿都快叫你给骗走了！（自语）不过，这小娃看着倒还面善，眉清目秀的也不招人厌。（看看小炉匠，看着缸）啧啧——看你年纪轻轻还有这般手艺！好！钉得好！哎？小香，傻愣着干吗？还不快给倒杯水去？

小　香　唉！（下）

吕文文　谢大娘！水我喝过了。

王大娘　哦——饭也吃过了？

吕文文 饭没哩。

王大娘 哦——

【小香端水上，王大娘从她手里夺过水杯。

王大娘 （假装生气地）人家早喝过了！老娘赶了一程儿路，口都渴着裂开了缝，也没人晓得倒杯水。（大口喝了一口）哎哟哟——烫死了！（欲打小香，小香躲在一边）这死娃娃！你不给喝就算了，还把娘谋害死不成？

【吕文文、小香想笑都不敢笑，只好捂住嘴在一旁观看。

王大娘 （看着他俩，嗔怪）又不是烫的你俩，你们捂嘴干啥？

吕文文 大娘，我们正箍圈哩，你家缸太大，（指小香）她的手劲太小所以圈还没箍好。

王大娘 哦——（指着小香）这么大的人了连这忙都帮不上！去，做饭去！我来帮。

【小炉匠转身坐在缸边开始拾掇。

小　香 唉！（转身欲走，又回过头来）娘！做啥饭哩？

王大娘 （唱）　　你可真个气死我，

遇上急事主意没。

快去把那油饼烙，

多打荷包蛋，油水要放多。

适量放调和，洋芋片、豆腐点、青菜杆切

得要顺眼！

小　香 唉——

【小香下，小炉匠起身。

吕文文 大娘，小炉匠整日出门在外，啥人都遇过，脸势看多了，哪有像你这般热情的人啊。

王大娘 看这娃嘴上像擦了蜜！出门人都不容易，你出了力做了活，若连饭都吃不饱、吃不好，你娘老子在家能放心得下？

吕文文　大娘，我若有娘老子也不这样四处漂泊了。

王大娘　怎么？你没有亲人？

吕文文　嗯，就我一人，做这些活计只为混口度日。

王大娘　那你老家在哪里？

吕文文　吕河坝。六年前家乡闹洪灾，全村啥都淌完了。

王大娘　那你？

吕文文　我正好到远方的朋友家去了，捡了一条命。

王大娘　哦——娃，莫说了，莫说了。

（背唱）　听这娃儿把身世讲，
不由我内心悲伤。
你看他，人机灵肩宽体壮，
却不幸，无家归流落四方。
我看他和我娃似有意，
却不知这娃怎思量，
且让我先去问小香，
再试探这娃才周详。

哎，我说娃儿，天还早着哩，你别着急。我看饭做得快了没，吃过了再钉！吃过了再钉！（下）

【吕文文起身，望着王大娘的身影。

吕文文　（纳闷）唉——

（唱）　一年一度转四方，
无依无靠度时光，
今日转到工坪上，
遇见热情母女俩，
深情厚爱让人敬，
不由叫我动衷肠，
有心要把情意表，

不知大娘何主张？
左右为难心头慌，
前思后想难开腔，
有心下次再商量，
这种机会难遇上。

吕文文 （看缸，若有所悟地）哈！有了。
（唱） 我不钉缸砸破缸，
惹下风波再思量。
生出枝节慢慢讲，
话里听话有主张。

【“咣当”一声，缸破了。

吕文文 哎哟——不好，大娘，你快出来看啊。

王大娘 （急上）咋了？咋了？

吕文文 砸了！

王大娘 哪里砸了？（看吕文文的手和腿）伤得重不？

吕文文 大娘，我——我把缸不小心砸了。

王大娘 （旁白）这下好了，老娘我今儿有话茬了。（对吕文文）哎哟——我把你个尕炉匠，你咋把我的缸给砸了？你——你——你给我赔！

吕文文 （唱） 开口叫声王大娘，
今日怪我太慌张。
粗心砸了你的缸，
改日赔缸送门上。

王大娘 （唱） 叫声尕炉匠，
谁叫你砸我的缸？
改日赔缸我不让，
今日就要赔我缸。

吕文文　（唱）　叫声王大娘，
请你听端详，
砸烂你的麻籽缸，
与你赔个明光光。

王大娘　（唱）　叫声小炉匠，
你说话好比唱。
我不要那明光光（指好缸），
我就要我的麻籽缸。

吕文文　（唱）　再叫王大娘，
请你莫要慌。
砸烂旧缸赔新缸，
新缸不要赔银两。

王大娘　哎哟——你真说得比唱得好听！我啥缸都不要，就要我的原旧缸。

吕文文　大娘唉——你咋突然间变得不讲道理起来了？

王大娘　大娘？你现在叫我亲娘都不成！

吕文文　不成？不成了告去！

王大娘　哈哈哈——
（唱）　她大舅县衙是知县，
她二舅县衙是师爷，
她三舅把那状师任，
她四舅是那捕快头。
哼！还怕告不倒你？

吕文文　哈哈哈——大娘！
（唱）　我堂哥京都当宰相，
二哥官小是都堂。
三哥做州官，
四哥县衙门里坐正堂。

五哥会拳棒，
六哥管钱庄。
七哥是大夫，
八哥会木匠。
九哥会打铁还会泥水匠，
只有老十我最小，
只是一个小炉匠。
五湖任我闯，
四海随我往。
我无爹无老娘，
无儿无妻房，
你要状告我，
要去奔哪方？

王大娘 哎哟——好个伶牙俐齿的娃！我几个娃她舅，倒引出你这么多当官的、耍拳的、乱七八糟做活的堂哥来！你编了这一通是吓唬你老娘哩？老娘还不认这个账！哼！你——你不赔，（看看炉匠的炉箱、扁担等物件）老娘我就把它们扣下来。（转身去拿炉匠物件）

吕文文 （旁白）哎哟！这随便开个玩笑，难道真闯下祸了？（对王大娘）我是开玩笑的啊！（看情况不妙，急忙上前阻挡）大娘！哎哟——大娘！这可是我过日子的命根子啊！你把它们扣下，那你是不想让我活命哩！你不能拿，你不能拿——

【吕文文上前夺箱子，和王大娘一来一往抢夺时王大娘倒地。

王大娘 （跌倒）哎哟——好你个贼炉匠！你——你——你把老娘的腰闪断了。

吕文文 （急忙上前，一边扶王大娘一边给揉腰）大娘——我的亲娘哎——你就饶了我吧！

【吕文文扶王大娘时怀中的荷包掉在了地上。

王大娘　（假装腰被闪，正在享受吕文文的按摩）哎——对，就这儿揉揉，哎——往上，死娃娃，太上去了，往右，对，往右一点。（突然发现了地上的荷包，立即弯腰捡起）别揉了！别揉了！这——这是啥？

【小香出。

小　香　娘——你们是咋了，屋里听着闹哄哄的？

王大娘　（手拿荷包，看着女儿问）这是啥？这是谁的？

小　香　我的。

王大娘　我晓得是你的！

王大娘　（到吕文文跟前）这是谁的？

吕文文　我的。

王大娘　你的？

吕文文　嗯！我丢在地上，你方才捡起来了，不是我的是谁的？

王大娘　（对小香）你的？（对吕文文）你的？哎哟——一个物件两个主。你俩这不是戏弄老娘哩！

小　香　娘——没的那回事！

王大娘　没的事？这做了几个月的情物都送上了，还没的事！（旁白）我这不是瞎操心嘛！

小　香　娘——是小炉匠他——

【小香满脸羞涩地站在树边。

吕文文　大娘！是我——我捡的——

王大娘　捡的？你墙上找镜儿，炕上寻被儿里！捡的？你再捡个给老娘瞧瞧？

吕文文　大娘，我——

小　香　娘，我——

王大娘　你们啥都别说了，（看着吕文文）小炉匠，你砸了我的麻籽缸，兜里还把荷包装，你可会谋划得很啊——我问你，你可是真心到我家的？

吕文文 大娘，到你家？

王大娘 啊——

吕文文 （看机会来了，万分激动）大娘我真心得很啊！

王大娘 啥？

吕文文 （忽有所悟地）娘——你娃我真心得很啊——

王大娘 哈哈哈——这还差不多。你这娃这脑壳着实聪明。为娘就看上你这点。走！（看着羞涩的小香）傻丫头，吃饭走！（欲下，突然对吕文文）哦——我说娃儿，明儿个把你那当宰相的堂大哥、当都堂的堂二哥、会木匠的八哥们都叫来，咱们亲戚们总得见个面，商量着也好给你们办喜事！哈哈哈——

吕文文 娘，你别挖苦我了，我哪有那么吃劲（厉害）的亲戚哩——

王大娘 哈哈哈——

——剧终——

《钉缸》创作于1978年，“戏模子”尹维新写成后一直放置于书箱之中。三十年后，尹利宝征得尹维新同意，于2011年11月合作修改、完成了剧本创作。

刘四告状

尹维新　尹利宝

时　间　古代

地　点　米仓山

人　物　刘　四　丑角

刘　母　老旦

王玉莲　小旦

知　县　丑角

衙　役

第一场

【山村，傍晚，鸡犬相闻。

【刘四沿着羊肠小路歪歪斜斜上。

刘　四　（唱）　正月里来正月连，

养下的儿子好耍钱，

晚上耍到鸡儿叫哎娘娘哟，

白天耍到哎日头落。

哈哈哈——众人爷们（指观众）好！我姓刘名四，叫刘四。这几天，着（让）我把我娘给我买猪娃娃的钱给耍输了。钱输了、心酸了、我就不敢回家了，一遛筹（一阵阵）我就跑着

（到）这搭（这儿）了。大过年的，趁此机会我给（手指观众）我太爷、我太婆、大嫂子、小姨子、二姑夫、三姑妈拜个年。祝大家在新的一年里做官的官运亨通，步步高升；务农的、教子的、贩盐的、卖米的（口齿不清，越说越慢）要单的给单，要双的给双（倒地）。

【刘四在台子一侧昏睡。刘母上。

刘　母　（高声喊叫）刘四——刘四——刘四！（自语）狗食，三天三夜没回家了，不晓得咋哩去了。哎——四儿——四儿（恰被熟睡的刘四绊倒）我娘娘吆！（转身一看大惊）哎哟——这，狗食！你看！这可把夜给熬下了！这都睡着（到）路上了。（轻声叫）四儿——四儿！（刘四不应）四儿！（久喊不应，刘母忽有所悟地）刘四！押钱了！

刘　四　（在睡梦中起身应答）押！押！押十串！

刘　母　（揪住刘四的耳朵生气地）押！押！押！我让你押！我让你押！你这狗食，好吃懒做，一天就知道个赌。我，我把你打死算了！（打刘四，刘四四下里躲闪）

刘　四　娘——娘——你可打我着咋哩啦？

刘　母　咋哩？我问你，我让你买的猪娃娃呢？

刘　四　大猪儿还没养下哩！

刘　母　那买猪娃娃的二十串钱呢？

刘　四　娘！我可（同“又”）给输了！

刘　母　啊？输了？我把你这个天报的（上天惩罚的）唉——那可是我买猪娃子（小猪）的钱啊——我、我、我把你打死哩！

刘　四　（边跑边说）娘、娘，我的亲娘哎——我可是你打心的锤锤子，护心的油啊（心肝宝贝）！你把我打死，谁可养活你哩啊？

刘　母　哎哟——我把你“天杀的”，那可是我攒了半年的钱啊。我——我——

【刘母昏倒在一旁，刘四急上前扶住。

刘　四　娘——娘——你可死不得啊！你死了，我可没人管了。

刘　母　我——我死了一了百了，（推刘四）你走，你要去！你要去！那才是你的正道。

刘　四　娘，娘，不要了！ 不要了！你娃我再要，那就——十冬腊月让雷打，五黄六月着（让）雪砸，睡在床上把腰闪，吃着撑死都没人管……

刘　母　你狗食，咒都赌了几百遍了，谁信？

【刘四扶刘母时，又摸着了几串钱，刘四兴高采烈。

刘　四　娘——娘，你还有钱哩，你咋骗我哩？

刘　母　（见钱被偷，大惊失色）哎哟～——我的天啊，狗食，那可是我的护身钱啊——你把它给我！

【刘母与刘四抢夺，刘母倒地，刘四捡起钱转身就跑。

刘　四　娘——娘——你放心，我捞本钱去！我捞点儿本钱就回来了！（急下）

刘　母　（慢慢起身）我的老天爷唉——我咋命这么苦啊！你走！ 你走！你走了就没我这个娘了。这个家都让你踢腾完了，我还守啥着哩！

【幕后伴唱。

【刘母踉踉跄跄下。

第二场

【秋风萧瑟，落叶满地。刘母衣衫褴褛、手拄拐杖上。

刘　母　（唱）　　好苦哟——吆嗬吆嗬咦——

可怜（的家）哟哎，

可（的）哎怜。

实哟可（的）哎怜哎哟嗬哟嗬咦——
老婆我生来好苦命，
丈夫早早命归阴，
饥寒交迫度残生，
留下一儿是祸根，
输完牛马输家产，
房内房外全输空。

【刘母饥寒难耐，倒地。

【王玉莲上。

王玉莲 （唱） 秋风吹来叶满川，
绣房里走出个王玉莲。
柏木的筒子柳木的圈，
黄杨木的扁担压两肩。

【王玉莲见倒地的刘母大惊失色，急忙救起。

第三场

【刘四衣衫褴褛，无精打采地上。

刘　四 （对戏台右侧人员）大哥，给点儿钱买口饭吃啊！

【台侧人员：滚远点！年轻轻的就讨饭？

刘　四 （口里嘟噜着，对戏台左侧人员）大哥，给口饭吃啊！

【台侧人员：滚远点！你不务正业的赌徒！

【刘四饥寒交迫坐于戏台前。

（唱） 刘四我运气实在坏，
家产输了没人爱。
可恨我将我娘逼门外，
不知老娘她在不在？

娘唉——娘！（哭）我找我娘哩唉。娘——娘——（下场）

第四场

【王玉莲家里房屋宽敞豁亮，院内布置井然有序。

【王玉莲给刘母梳头，其乐融融。

王玉莲
刘　母　（同唱）　日头出来一点红，
照着阶州一座城。
老少一起晒日头，
一家人儿乐融融。

【刘四讨饭在王玉莲家门口，发现刘母。

哎哟～——难怪寻不着，我娘原来在这里享清福着哩！你看她红光满面的——我的老天！原来在这里享清福着哩！（到刘母前，突然跪地）娘——我的亲娘吆！

刘　母　（大惊失色）啊——你——你——

刘　四　我，我是你的四儿啊！娘！

刘　母　你——你——谁是你娘？谁是你娘？（顺手拿起墙边扫帚就打）谁是你娘？谁是你娘？你滚！你娘早死了，你滚！

【刘四狼狈地逃出门外。

刘　四　我娘娘吆——这老不死的把我不认了！她吃蜂蜜喝油着哩，把我就不认了！哎？这，这是谁家？

【幕后应答：王实在家。

刘　四　家里都谁啦？

【幕后应答：王实在和他的女儿。

刘　四　（胸有成竹地）嗯，对了，对了。（对着玉莲家里高声喊叫）你，你们都等着！都等着！看我怎么收拾你们！（急下）

第五场

【米仓山树木葱茏，风景怡人。

【轿夫抬着轿子和知县上。

知　县　（唱）　　米仓山野风光美，

山绕山来水环水。

轿子上下闪得紧，

我问轿夫累不累。

轿夫，停轿！

俩轿夫　是！大人。

【知县下轿，俩轿夫擦汗。

知　县　哎——我说你两个狗食累不累啊？

俩轿夫　不不不，不累！大人。

知　县　不累？不累你俩狗食咋抬的轿？把老爷我的腰差点都闪断了？

【俩轿夫急忙上前捶背的捶背，按腿的按腿。

俩轿夫　大人，这山路一会儿高，一会儿低。这轿子自然就闪了——让小的们给你捶捶，准好！

【刘四突然从旁冒出来。

刘　四　（下跪）大人告状！

【知县吓了一跳。

知　县　我的天，你个死家的！你把老爷我可吓着了！

刘　四　大人，草民刘四告状哩！

知　县　呸呸呸！告状！告状！老爷观个风景你都来告状，你是不想让我清闲咋的？告状，告状，你——你——你把老爷我腰闪断了，老爷我告你的状！说！告谁呢？

刘　四　（数板）　　叫大人请听言，

草民刘四三十三，

家中只有母子俩，
米仓山上有家园，
我状告老头王实在，
夺母霸妻实在坏。

知　县　夺谁之母？

刘　四　夺我之母。

知　县　霸谁之妻？

刘　四　大人，你没弄明白——

轿夫甲　呸呸呸！还有大人弄不明白的事？

知　县　（对俩轿夫）我呸！明白就明白，不明白就不明白。明白了不能装不明白，不明白了不能装明白。你俩明白不明白？

俩轿夫　不明白，不明白，大人。

知　县　这还差不多。（对刘四）说！接着说。

刘　四　大人，那王实在仗势欺人。他把我娘骗去给他当婆娘去了。

知　县　啥？有这等事？那你爹咋了？

刘　四　我爹早早就过世了。

知　县　哈哈哈——你爹过世了，你娘改嫁了，这是好事一桩啊。

刘　四　大人啊——我娘是他骗走的啊。他把我娘骗走了，我就没家可守了，丢下刘四不管了，我问我娘不喘了。

知　县　哎呀呀——看来那王实在，他就不实在啊。

刘　四　不实在！不实在！

知　县　（吟诵）　米仓山上观风光，
遇上一案好荒唐。
老娘改嫁儿告状，
今日大堂问端详。

轿夫乙　大人，好诗！

知　县　你明白？

轿夫乙 明白！

知　县 我呸！不明白就不能装明白。（对刘四）你明白了？

刘　四 不明白。

知　县 我呸！连这都不明白还告哪门子状？叫人衙！传刘四他娘和王实在县衙问话！

轿　夫 是！

【知县上轿回县衙，刘四尾随其后。

第六场

【县衙公堂内上有“明镜高悬”匾额，下有衙役若干。

知　县 传原告、被告上堂！

衙　役 传原告、被告上堂！

【刘四、刘母、王玉莲上堂，跪于两边。

知　县 报上名来！

刘　四 草民，刘四。

刘　母 民妇，谷芥子。

王玉莲 民女，王玉莲。

知　县 王实在呢？

王玉莲 家父在杭州做绸缎生意，半年多没回家了。

知　县 （问衙役）可是实情？

衙　役 是！大人。

知　县 刘四！

刘　四 草民在。

知　县 你娘是啥时候嫁给王实在的？

刘　四 晓不得。

知　县 糊涂！你娘是啥时候嫁给王实在的你都晓不得，你当的是咋世的儿子？我，我干脆问你娘。（对着刘母）哎？你，你叫啥来着？

刘 母 禀大人，民妇姓“谷”叫“芥子”，小时候命苦，人都叫我苦芥子。后宋川牛蹄关人，三十年前嫁到米仓山，丈夫名叫刘苦苣。

知 县 嗨嗨嗨，你们的娘老子（父母）真奇怪，人家给娃取名字不是荣华富贵，就是福禄长寿之类的。你看看你们，苦芥子嫁给了刘苦苣，刘苦苣丢下了苦芥子，哪怕你们多恩爱，苦芥子都没了苦苣菜。说，接着说。

刘 母 婚后不久，丈夫去世，给我留下了个小儿子——

知 县 你的儿子在咋咋（在哪里）？

刘 母 （指刘四）外不那（那就是）。

知 县 哦——那你啥时改嫁给王实在的？可有媒证？

刘 母 （痛哭）大人啊——王实在是啥样子我都没见过，我命苦啊——

知 县 莫哭了，莫哭了！你这一哭，我心都像猫抓的一样难受。

刘 母 大人，我丈夫死后，我屎一把尿一把把那（指刘四）狗食拉扯（喂）大。谁知他长大后游手好闲，耍赌成性，把一点儿家产全都给我输光了。后来，他竟将我赶出门外，把房都顶了赌债。我走投无路，乞讨度日。三个月前，我饿昏在路边，是玉莲闺女可怜我，将我扶回了她家，像亲娘一样地伺候我，我才活到了今天。（指刘四）那狗食，他见我过得好，想认我这个母亲哩。他心术不正，我怕连累了玉莲，也怕跟上他没好日子过，就没认他。他，他现在是恶人先告状啊

知 县 呸呸呸！（起身到刘四前）歪木头弹三线，老婆舌怕的是三对面。我把你这个不仁不义、不忠不孝、不学无术、不知廉耻的狗食！我呸——我——叫衙役！

衙 役 是！

知 县 把这刘四重打四十大板，押入牢中，待后治罪。（转身对谷芥子）谷芥子老人你俩起来回话。

刘　母　（起身）谢大人!

知　县　你老人家现在可有去处?

【刘母比较为难，玉莲插话。

王玉莲　回大人话，我父亲憨厚老实，乐善好施，小女子愿将老人家接回家，养老送终。

知　县　如此甚好！如此甚好！王玉莲你年纪轻轻就有如此善心确实难能可贵。衙役!

衙　役　是!

知　县　从本官俸禄中取白银十两嘉奖王玉莲，给苦芥子老人每年取白银四十两给她当低保便是。

刘　母
王玉莲　谢大人!

衙　役　（不解地）啥？大人?

知　县　低保！低保！就是贫困百姓的最低生活保障——哎呀呀！我说你俩个狗食，咋连低保都不晓得，再不紧好好学习！你两个干脆写个辞职报告滚回家去算了!

衙　役　是是是！明天就学！明天就学!

——剧终——

红女的传说

樊忠英

人　物　红　女　农家姑娘

红女娘　农妇

仙　妪

玉　郎　农家少年

小　妹　玉郎妹

婆　婆　农妇

大　林　农家青年

石　头　农家少年

秀　秀　村姑

唐二叔　村民

赵大伯　老农

陈二婶　农妇

村中男女若干人

护法韦驮

灵　官

黑风妖

狐　精

小　妖　二人

第一场 遇仙

【远景：蓝天、彩霞、棕榈、松篁；近景：山石、芭蕉、细柳、桃花。白龙江上，春意盎然，一派南国风光。

【幕启，音乐起，幕后唱和。

（领唱）喜鹊儿叫来黄莺儿唱呀！

（合）黄呀，黄莺儿唱呀！

（领唱）绣房里走出个俏呀俏姑娘。

（合）俏呀，俏姑娘！

（领唱）满脸的春风她神气儿爽呀！

（合）神呀，神气儿爽呀！

（领唱）欢天喜地她出了庄呀！

（合）欢天喜地她出呀，出了庄呀！嗨咦哟哟嘀咦得儿哟……

【红女农家姑娘，鬓边戴一朵红花，古装（应为唐代服饰）背背篼上。圆场。天真地向后台挥手。

红　女　（喊）娘，走快点儿呀！

红女娘　（白）唉！你把我等一下，真是才离窝的麻雀儿，跳蹿着蛮飞哩！

红　女　（白）嗨！一天把人关在屋里不叫出来，好不容易今儿才跑到这蓝天底下，滚在这大山的怀里！你看，这山也好，水也好，风也好，树也好，还有这满山遍野的野草儿、山花儿，五颜六色的，香喷喷的，真是太好了。娘！你说人家能不高兴吗？

（唱）　你看那高山顶上的彩云飘，
江边的杨柳春风儿摇；
你看那草儿青青花儿笑，
小鸟儿直冲云天上九霄。

红女娘　（白）嗨！看把你高兴的！好，娘也凑个热闹问你几句，有本事你给我答上来！

红　女　（笑白）好，娘高兴了尽管问！我就不信我还答不上来！

红女娘　（笑白）好，你听着！

【母女同舞。

红女娘　（唱）啥花儿红？

红　女　（插白）嗯！

红女娘　（唱）啥花儿黄？

红　女　（插白）噢！

红女娘　（唱）啥子花开十里香？

【红女折一枝野山椒，拿在手里舞动。

红　女　（白）娘，你听着！

（唱）杜鹃红，

红女娘　（插白）嗯！

红　女　（唱）枇杷黄，

红女娘　（插白）噢！

红　女　（唱）野百合开花十里香。

红女娘　（唱）啥花儿热？

红　女　（惊白）啊？

红女娘　（唱）啥花儿凉？

红　女　（惊白）噢嗬！

红女娘　（唱）啥子花开摇来摆去像铃铛？

红　女　（笑白）娘，你听我的！

（唱）　六月里石榴热，
正月的水仙凉，
吊金钟摇来摆去像铃铛。

红女娘　（唱）　盏盏花夸你对得好！
刺玫花夸你对得香！

红　女　（唱）　　　你看那蝴蝶儿上下翻飞逗人爱，

　　　　　　　　　　蜜蜂儿来来去去分外忙！

红女娘　（白）娘问不住你，不问了！来，坐下歇一会儿，喝口水，好打蕨菜去，咱娘儿俩也该忙一阵子了！

红　女　（白）好，说歇就歇！

【娘俩坐大树下。红女娘从背篼里拿出个葫芦，让女儿喝水，互让，喝水。玉郎、婆婆、石头、秀秀上。

玉　郎　（白）哟，大娘，你娘俩也上山来啦？

红　女　（白）唉！你们也来啦，干啥去？

石　头　（白）我跟玉郎去拾点柴。

玉　郎　（白）我娘和秀秀到草山上采山葱儿花去，你去不去？

红女娘　（白）我娘俩就在这儿打点蕨菜，不进山了。你们快去，我俩等你们，咱一块儿下山。

婆　婆　（白）好！好！你就多打点儿吧，有我一份！

【玉郎、婆婆、石头、秀秀攀岩而上，站高处。红女、红女娘打蕨菜。

石　头　（白）玉郎哥，（目视红女）你看一下，多美！唱几句吧，带劲点儿！

玉　郎　（笑白）好，唱就唱两句看。

　　　　（唱）　　　隔山不算路儿远，

　　　　　　　　　　隔河不算路近边；

　　　　　　　　　　只要阿妹把头点，

　　　　　　　　　　抬腿就到妹跟前。

红女娘　（笑白）我看你咋对家！

红　女　（俏皮地唱）你的心计实在多，

　　　　　　　　　　山歌儿撂了一面坡；

　　　　　　　　　　有心了你就常记着，

　　　　　　　　　　不要光在嘴上说。

红女娘　（大声地笑白）听见了没有，赶紧拾柴去，不要卖嘴了。

【玉郎、石头下。

红　女　（白）看我怎么收拾你！

红女娘　（白）好了，咱打蕨菜去！

红　女　（白）好！

【母女打蕨菜，音乐起，采薇舞。

（内唱）　打蕨菜，上南岗，
摘掐折捡手脚忙。
红蕨儿嫩来茎儿胖，
白蕨儿清脆满口香。
莫嫌那毛蕨儿个头小，
益寿延年保安康。
山歌儿阵阵送悠扬，
锦屏山上好风光！

红　女　（白）娘，我的背篼满了，你的满了吗？

红女娘　（白）满了！满了！

红　女　（白）听人说这山里的天气说变就变，有这样的事吗？

红女娘　（惊白）说不得！说不得！山里说话灵得很，你说下就会下。今儿还早哩，咱吃点干粮，等你婆婆他们下来了，咱就回！

红　女　（白）好！

【突然山风呼啸，阴云密布，大雨骤至，林寒涧啸。娘俩躲巨石下，红女娘护红女，红女护红女娘……

红女娘　（白）暴雨跨不过门槛，不要乱跑，不要怕，娘护着你，就在这石头底下避一会儿就过了！

红　女　（白）我不怕，娘，你小心，我给你挡雨！

【红女护娘。

【仙妪跌跌撞撞地在疾风暴雨中上，扑倒在泥水中……

仙　妪　（喊）哎哟！有人没有？救命啊！

【母女扑向仙妪，帮扶。仙妪踝骨摔伤，站不起来，无法挪步。红女着急地背起仙妪，搀扶红女娘，艰难地在风雨中挣扎……

红　女　（喊）娘，能找个避雨的地方吗？野地里，这么大的风，老婆婆会冻坏的！

红女娘　（白）那儿有棵老槐树，先到树底下避避雨再说！

仙　妪　（白）对！对！对！树背后好像有个窑窟能避雨，也安全。

红　女　（白）好，咱就到窑窟里去！娘，你走好！

【三人雨中挣扎，满身泥水；摔倒了，爬起来，喊叫着，互相救助。红女背着仙妪，单手扶着红女娘，咬紧牙关，一步一滑地朝大树走去……

仙　妪　（白）姑娘，快，快放下我，让我自家走，别把你累坏了！

红女娘　（白）我的娃，你能成吗？

红　女　（白）快别说了，我好的。连赶走！

【仙妪跌倒了，红女扶起，红女要背仙妪，仙妪不肯，三人相扶，跌撞前行。

红　女　（唱）　　山路崎岖多坎坷，
　　　　　　　　　坡陡路滑步难挪；
　　　　　　　　　风狂雨骤相扶助，
　　　　　　　　　莫让那年迈之人受折磨！

仙　妪　（唱）　　说什么莫让我俩（对娘）受折磨，
　　　　　　　　　累坏了这年方二八女娇娥。

红女娘　（唱）　　快进窑窟躲一躲，
　　　　　　　　　这平地三尺水成河！

【仙妪扬拂尘，大树旁幻化出一石窟，三人急急入内。风停，雨歇。

红　女　（笑白）娘，老婆婆，你们瞧！这雨就像专门给咱三个人下的！怎么一进窑窟风就不吹了，雨也不下了，这，这怪不怪？

仙　姬　（笑白）不怪！不怪！没有这场雨，你娘儿俩能到这地方来吗？看你年纪轻轻，真行！这么大雨，坡陡路滑，还要照料两个老人连滚带爬在风雨中挣扎，真难为姑娘了！不过，好啊！好啊！哈！哈！哈！哈！我真高兴！真高兴啊！

红女娘　（惊白）三个人都成泥猴儿了，你还笑哇！

红　女　（惊白）老婆婆！你的脚，不跛了！也不疼了？

仙　姬　（笑白）好了！好了！不跛了，也不疼了！你瞧！这不挺好的吗？

【红女娘拽红女，对红女。

红女娘　（白）你快看我的衣裳、头发、鞋袜都是干的，这身上一点儿泥水都没有，怪不怪？你说怪不怪？

【红女沉思。

红　女　（白）啊，真的！我身上也是干的。这衣裳不湿，脚上没泥，老婆婆，能不能告诉我，这是咋回事？

仙　姬　（大笑）哈哈哈哈！

（唱）　　莫怪那雨骤风儿急，

满脸春色一时稀；

待到那风停雨歇云退去，

雨洗春山更相宜。

（笑白）哈哈！你娘俩到我这里来就是我的客人，客人到家了，还让客人泥猴儿似的站着，我老婆子岂不太失礼了吗？

红　女　（不解地，白）那，这雨是你下的？老婆婆！不要吓人，你说，你是谁？

仙　姬　（笑白）你问我是谁？你先告诉我，你是谁？

红　女　（语塞）我？

仙　姬　（白）是啊，你生而无姓，长而无名，你说，你是谁？

红　女　（诧异地，白）我是我娘的好女儿，别的，我啥都晓不得。你说，我是谁？

仙　姬　（白）我也不知道你是谁，就像我不知道我是谁一样！

红　女　（疑惑地，白）啥？你连你是谁也不知道？

红女娘　（护女，白）我的娃，咱啥都不问了，咱们走！回走！回走！

仙　姬　（白）莫怕！莫怕！客人到家怎么坐都不坐会儿就走呀？

红女娘　（白）啥？这儿是你的家？这越说越玄乎了！女儿，走，咱快点儿走！

仙　姬　（白）姑娘她娘，莫怕！我不是恶人，不会伤害你们，千万莫怕！

红　女　（白）老婆婆！你把我娘俩领到这儿来干啥？

仙　姬　（笑白）好啊！多机灵的姑娘啊！你过来，让老婆婆好好儿看看你！

【红女至仙姬前，仙姬笑看上下左右。

（唱）　　好一个如花似玉的小姑娘，
　　　　　气度超凡不寻常；
　　　　　聪敏伶俐惹人爱，
　　　　　舍己救人好心肠；
　　　　　淡淡妆，天然样，
　　　　　无须描画，恰似那月中仙子世无双！

（白）你戴的那朵红花真好看，来！让我仔细看看。

【仙姬取下红花细看。

仙　姬　（白）这朵花戴在善良人的头上会永不枯萎，有道是：
　　　　　人有大成灵气，
　　　　　花有醒世仙缘；
　　　　　沧桑变幻总多艰，
　　　　　一片纯真向善。

红　女　（唱）　　老婆婆做事好荒唐，
　　　　　请我母女为哪桩？
　　　　　她言道红花可排万难去，

前路蹉跎日月长。
她能呼风又唤雨，
谈笑自若气轩昂。
难猜透，
费思量，
是神是仙难断定，
和蔼可亲又慈祥。
我只望前路茫茫无险障，
布衣蔬食人安康！

仙　姬　（笑白）好一个“布衣蔬食人安康！”有这般纯真善良的胸怀，你一定会功业有成的！（递红花与山椒枝）给，把红花戴上，还有这山椒枝，你掉在泥水里了，我帮你捡的，拿去，都给你！

【红女先接过红花，再接野山椒，花与椒碰在了一起。山椒枝头缀满了果粒，果粒变大了，色泽亮丽，鲜红欲滴，椒枝长出根来。

红　女　（兴奋地，白）这山椒是我折的，想拿回去给我娘泡脚用，可是这会儿你瞧，这椒粒儿像梅花一样，太美丽，太可爱了！老婆婆、娘！你们快看，这花……这椒……

仙　姬　（笑白）把红花和山椒放在一起！

红　女　（惊白）花！椒！放在一起！花椒！花椒！对！对！对！就叫花椒！就叫它花椒！好吗！

仙　姬
红女娘　（齐白）好！好啊！花椒！就叫花椒！

红女娘　（白）你瞧，这花椒就像穿了一件用锦缎做成的大红袍子，把自己裹得严严的，一点儿杂色都没有，油光透亮的，真好看！我看咱就给它再起个名儿叫……

红　女　（抢白）大红袍！

红女娘 （白）对！对！就叫大红袍花椒！

仙　姬 （白）大红袍花椒！这名字起得好！这大红袍可是百味之王呀！放在饭里饭香，放在菜里菜香，既提口味，又增食欲，真能让世人永葆青春，延年益寿。多栽花椒，行销九州，岂不又能造福民众、惠及八方吗？我看也该给你起个名字了？你喜欢戴红花，就叫你红女，如何？

红　女 （白）叫我红女？好啊！娘！我叫红女，你说好吗？

红女娘 （白）红女？好啊！就叫红女！红女！

红　女 （笑应）唉——

红女娘 （白）大红袍花椒名字好，可这只有一枝，怎么造福民众、惠及八方呢？

仙　姬 （笑白）　有从无中来，

新枝盼花开；

待到六月椒红时，

千家万户乐开怀！

红女娘 （白）我还是不懂，一枝椒树，怎么会“千家万户乐开怀”呢？

仙　姬 （笑白）万难自有红花解，何愁云重雾不开？好了，你娘儿俩也该回去了！今天下雨见我之事千万莫对他人讲，红花要精心保护，不可让任何人拿走！这是天机，不便泄露，切记！切记！哈哈哈哈！

【仙姬挥拂尘，仙姬和窑窟消失，两背篼蕨菜完好地靠在树下。

红　女 （白）娘，你看！咱们的背篼！

红女娘 （白）这蕨菜一根也不少！真该感谢这位老神仙才对！“高山看日头，河坝里支枕头”，你婆婆他们估计早回去了，天色已晚，咱也赶紧往回走吧！

【娘俩背背篼下山，空中传来仙姬爽朗的笑声……

第二场　赈灾

【花椒园，右侧有瓦舍、草屋、榆柳婆娑；远山如黛、蓝天、白云……

【幕启。

【音乐声中，红女娘在一旁整理椒树苗子；红女、石头、大林、秀秀挥锄栽椒，边舞边歌（栽椒舞）。

红　女　（唱）　阳春三月好春光，
种罢玉米栽椒忙；
只盼秋夏收成好，
笑满田家歌满江。

众　（合）　哎咦呀，歌满江！

石　头　（唱）　今年的庄稼没指望，
麦苗儿无雨叶儿黄；
眼看着青黄不接遭祸殃，
咱庄户人家愁得慌！

众　（合）　哎呀呀，愁得慌！

红女娘　（白）愁啥哩！车到山前自有路，走一步，算一步，到时候一定会有办法的。再难日子还得过嘛！大家都过来，歇会儿，喝口水再忙！

红　女　（白）嗨！愁啥哩，你们听我说：
（唱）　咱村今年喜事多，
大红袍栽了一面坡，
你看那花椒耐旱长势好，
咱要把穷山沟变成金窝窝！

众　（合）　哎嗨呀，金呀金窝窝，嗨咦哟！

【婆婆、玉郎、小妹上。

婆　婆　（笑白）对！对！多栽花椒好！我看这大红袍一定能把咱这穷

山沟变成金窝窝！哈哈哈哈！红女呀，咱殿沟里花椒苗子不够了，乡亲们让我和玉郎、小妹来看看，看能不能给我们村再匀一些！

红女娘 （白）玉郎他娘，要说这花椒苗子，去年春上红女只栽活了一株花椒树，种了四十九颗花椒籽。可今年就多得很了，种下的全出来了，叶肥苗壮，长势真好！不过，还是红女有办法，她能让花椒苗子一生二、二生三、三生十百千。这才有了上千株的花椒苗子，你要多少？我给你挑好的，保栽保活！

小　妹 （白）我不信，她又不是神仙！

婆　婆 （白）好！好啊！红女真好！亲家母，你告诉我，红女是怎样把椒树苗子一生二、二生三、三生十百千的？

红女娘 （笑白）这我就不知道了！你去问红女看她怎么说！

婆　婆 （白）红女呀！告诉我，你是怎么变的？

红　女 （白）这办法倒是有，不过婆婆，无论谁要想过好日子，就得靠自己艰苦劳作，别的啥都靠不住！

【*赵大伯匆匆上。*

赵大伯 （白）红女她娘，快去看看！陈家二婶领着翠花逃荒去了，好像姚大伯家也打算讨饭去！

众 （惊、叹息）唉！这咋办？

红　女 （白）大林、石头，快去把陈二婶追回来，快去！

玉　郎 （白）我也去！

【*玉郎、大林、石头跑下。*

婆　婆 （白）你把她叫回来又能咋办！眼下正是青黄不接的时候，趁现在还多少有点吃的，赶紧把该种的种上，该栽的栽上，就是还有去寻口讨要的人家，也就没啥挂牵了！红女她娘，你说这日子咋过呀？真的断了顿儿，不寻口讨要还能有啥办法！

红女娘 （白）是啊！收成不好，谁家的日子都不好过啊！

红　女　（白）不要说了！越说大家越心慌。娘！把咱们的麦子给陈二婶家送些去，先救个急，行吗?

红女娘　（白）咱家也就只剩三四升了，不过救人要紧，送就送吧，没了再说。

红　女　（笑白）娘！你真好！

【玉郎、大林、石头、陈二婶、翠花上。

陈二婶　（白）你们把我挡着回来做啥哩！回来，我娘儿两个吃啥哩嘛喝啥哩！

红　女　（白）大婶，翠花才四岁，你把娃带出去，这深山老林里，狼虫虎豹啥都有哩，你能放心吗？咱榆树沟黑压压一庄人，我就不信还能让你们饿肚子！

红女娘　（白）红女，咱们的柜子里面还有几升粮食哩，你去装一些让你二婶带回去先救个急。

【红女答应着，笑下。大林、玉郎帮红女娘整理花椒苗子。

陈二婶　（白）那不成，不成！我晓得你家也没多少了，我吃了，你娘俩吃啥?

红女娘　（白）她婶子，你别犟！不管咋说，我还有吃的哩，比你家好多啦！娃给你取点粮食是应该的。

陈二婶　（白）那不成，我说不成就不成！你还是让我和翠花走吧！

红女娘　（白）……

【红女扛半袋粮食上，把粮递给陈二婶，陈二婶推辞不收，红女娘、红女劝她收下，推来让去……

红　女　（白）陈二婶、翠花，你们听我说！

（唱）　叫一声婶子你莫要犟，
乡邻互帮理应当。
婶子莫非嫌粮少，
粮食虽少情意长！

陈二婶 （唱） 你道是粮少情意长，
多谢姑娘好心肠。
这家家的日子都不好过，
怎么能我有吃喝你缺粮？

红女娘 （唱） 送点粮食救饥荒，
帮衬乡亲都安康。
莫道我家会缺粮，
人勤山里粮满仓。

红　女 （白）对呀！老人们都说："山里粮满仓，懒汉不得尝！"咱榆树沟人靠山吃山，个把灾荒难不倒咱们。婶子，就这么一点儿粮食，你先拿回去救个急，不够了，咱再想办法！

陈二婶 （白）这么说我还能说个啥？姑娘，那，我就先拿上，全当借你的，以后还你。翠花，走，咱先回去！还有十多株花椒苗子还没栽哩！（领翠花，下）

【石头、大林将整理好的花椒苗子各扛一捆，给婆婆、玉郎。

大　林 （白）大娘，活干完了，我该回去了！（欲走）

红女娘 （白）多亏你和石头帮忙，还有亲家母。都不要走，我做饭去，吃了饭再回去！

玉　郎 （白）不了，还早着哩，我们这就回去。有啥活要我帮忙，捎个话我就来了！你们也该歇了，（对婆婆、小妹）我们走！

红　女 （笑白）真的不吃就走啊！

玉　郎 （笑白）不吃了，你忙吧！

红　女 （白）那好，你等着。（进屋拿出一把蕨菜）给，拿回去，给婆婆和小妹吃。

玉　郎 （白）好！好！我拿上，谢了！

【红女送玉郎，招手，玉郎背好椒苗与大林、婆婆、小妹下。红女又从屋里扛出多半袋小麦。

红　女　（白）石头，麻烦你给姚大伯家送去。顺便再打问一下看还有没有当下就揭不开锅盖子的人家。

石　头　（白）好，我去问！（扛粮袋下）

红　女　（白）娘！我给你说件怪事。（看左右无人）娘，刚才你让我给陈二婶取粮，不料将头上的红花掉入柜中，你猜怎么着，囤里二三升粮食一下子升起来，成了满满的一柜，红花在最上面放着，你说怪不怪！娘！你看看去。

红女娘　（惊白）啊！我看去，（进屋、出屋）你记得“万难自有红花解”这句话吗？红花入柜正好给咱榆树沟解了缺粮的难处，你说对吗？

红　女　（唱）

春来最怕闹春荒，
锅里无米断口粮。
清明前后播种日，
拖儿带女走他乡。
寻口讨要好凄凉，
难忍两眼泪汪汪！
幸有红花能增粮，
榆树沟里好春光。
红男绿女栽椒忙，
椒粮双收有指望！

【红女、红女娘下，黑风妖、狐精、二小妖上。

黑风妖　（数板）

我的名叫黑风——妖，黑风妖！
独霸武都手段——高，手段高！
文、武、成、康归我管，
西、两、礼、岷马后梢；
四头八节享供奉，
香蜡纸马有人烧；

万民膜拜牛羊祭，
敢与神仙比逍——遥，比逍遥。
（唱） 往年春荒大旱到，
穷百姓求我降雨救青苗；
三拜九叩把香烧，
高头凤凰少不了。
狐　精 （白）他不杀猪宰羊咱就不给他下雨！
黑风妖 （唱） 如今春荒大旱到，
人不求我也不逃。
家家忙着栽花椒，
我这黑风洞里冷冷清清没人瞧。
狐　精 （白）大王，弄不好咱还得挨饿哩！
黑风妖 （白）还有怪事哩！
狐　精 （白）啥事？
黑风妖 （数板） 奇怪、奇怪、真奇怪，
萝卜树上长蒜薹！
这榆树沟眼看要断粮，
红女家粮多哪里来？
狐　精 （数板） 要偷没有装粮的仓，
要抢没有贩米的郎。
这事儿叫人难猜透，
想不出有啥好主张！
黑风妖 （数板） 我就不信没办法，
你过来我给你说个悄悄话。
（耳语） 如此这般巧谋划，
管叫他哭笑不得露尾巴！

第三场　智斗

【红女家院内，右侧两间瓦房，旁有草屋、柴门，门外杨柳依依，院内海棠花红，远山、蓝天、朝霞……

【幕启。

【音乐声中，红女娘给红女梳头。

红女娘　（唱）　　姑娘梳妆上西楼，
农家女子会梳头。
左边梳个盘龙卷，
右边插花水长流。
前面金蟾笑刘海，
后边风摇柳丝悠。

【陈二婶、婆婆、玉郎、秀秀、赵大伯、唐二叔、大林匆匆上。

陈二婶　（急白）嗨，我说红女呀！你去看看，石头坪上面那一大片椒园里面，不知是谁，堆了满园子的碎石片子，还在玉米地里拉下几堆臭狗屎，骚臭难闻 。脚都插不进去，这浇水、施肥、除草，啥都干不成，这可咋办？

婆　婆　（白）这一定是黑风妖干的坏事！这满园子满坡的碎石头，不是他，谁还有本事搞这么多石头！

陈二婶　（白）嗯，一定是他，这、这可咋办？不好惹，咱也惹不起呀！

玉　郎　（白）大林、赵大伯！咱多叫几个人到黑风洞去，端了他的老窝。

大　林　（白）好，我去叫人！

赵大伯　（白）不行！不行，不能莽撞！他能呼风唤雨，咱斗不过他，得想别的办法！

红　女　（白）且听我说！

红　女　（唱）　　玉郎、大林莫要慌，
众位乡亲也莫忙。

黑风妖使坏逞凶狂，
椒园子成了乱石场。
虽说他心狠手辣太嚣张，
咱来个智斗妖魔柔克刚。

玉　郎　（白）咋个斗法？

红　女　（耳语）……

（白）大家先回家吃晌午饭去，回头商量商量再说！

【众下，黑风妖带狐精和二小妖上。

黑风妖　（白）这两天庄里人都疯了，赶着赶着栽人家的啥花椒树哩，占梁、占岭、占沟、占坡，招呼都不打，真是反了！这还了得！我让小的们把山上的碎石子儿弄来堆满了花椒地，我倒要看看你红女给我怎么搬石头去！小的们，都给我藏起来看着，看这帮人还想干些啥！

小　妖　（白）是！

【黑风妖领狐精、小妖下，红女、玉郎上。红女发现小妖们在暗暗监视自己，使个眼色给玉郎……

红　女　（白）我说玉郎，你快看！有人给咱们的花椒园里弄了这么多的石子儿，真是太好了！打问一下是谁替咱弄的，咱们要好好谢谢人家哩！不过，那两堆臭狗屎得赶快清除掉，既不雅观，又臭气熏天，不要把花椒树给熏坏了！

玉　郎　（白）人常说："一块石头四两油，没有石头长不成"，这么多的石头，咱这花椒树今年可真要大丰收了，谢谢人家是应该的！臭狗屎，我把它铲掉！

【玉郎铲狗屎。

红　女　（白）咱们快回去，把这个好消息告诉全村人，让大家赶快把花椒苗子栽好，让这位有心人给咱们再弄些石子儿才好！

玉　郎　（白）那咱快回去叫人来栽！

【红女、玉郎绕场。

红　女
玉　郎　（喊）小伙子、姑娘们！快来栽花椒呀！

【大林、小妹、石头、秀秀、赵大伯、陈二婶上。

【栽椒舞，众边舞、边歌……

众　（唱）　花椒栽着对山了，
想你想成病汉了；
肋巴子成了豆秆了，
肠子成了扣线了；
坐下不得动弹了！
榆树沟底下一道河，
一对鸭子一对鹅；
鹅连鸭子不离水，
贤妹不离小哥哥！

【红女娘上。

红女娘　（白）大家都看来，这满地的碎石子儿都堆着北河坝里去了，地里一个都没有了，狗粪、牛粪、骡马粪堆了一地，臭气冲天，椒树苗子都快熏死了，得想个办法呀！

红　女　（白）娘！不要喊了，有啥办法哩？听天由命吧！

【黑风妖暗喜，隐下。

赵大伯　（白）二十多天没下雨了，冬麦正是拔节的时候，山上的玉米、糜谷、洋芋、黄豆正出苗哩，花椒地里这么多粪肥，要是能下一场透雨，该有多好啊！

玉　郎　（白）不能再旱了，老人们说久旱有久雨，“七阴八下九不晴”，天旱失甲子啊，你瞧，这七不阴，八不下，九没雨，干瞪眼，没法！

【红女娘为玉郎、婆婆捆椒苗后，众下。红女、红女娘站窗前望天……

红女娘 （白）看天色，这两天不会下雨。再旱，咋办？唉！

红　女 （白）娘！你记得神仙婆婆说的一句话吗？

红女娘 （白）记得！她说“红花能排万难去，有话便对红花说”。

红　女 （白）我试过了，要红花助力，就得先有实物才行，就像花椒，咱先有了一棵，红花就能帮咱生出十棵、百棵、千棵来。可这下雨，咱没有雨，红花怎么生雨呀！

【天空中现出仙妪头像（大半身）。

仙　妪 （颂词）　有从无中来，
新枝盼花开；
万难自有红花解，
何愁不见好雨来！哈哈哈！

红女娘 （白）想想看，咱还有没有办法？

红　女 （白）嗯——我想——我想——对了，娘、娘！我想这么办，兴许能成！

【红女急忙寻出一张纸，拿出剪刀，伫立窗前，剪成了一片纸云。取下头上红花，捧起纸云，然后抛向天空。

红　女 （唱）　久旱无雨已成灾，
禾苗焦枯万民哀；
红花果能排难去，
知时好雨徐徐来！

【顿时，细雨霏微，自天而降。

红　女 （白）娘，下雨了！

红女娘 （白）好雨！好雨！

赵大伯 （喊）下雨了！乡亲们，下雨了！

【众上，雨中欢呼。黑风妖、狐精上，立门外窃听。

大　林 （白）这回可让黑风妖输到底了，铺石子儿、清除石子儿，又往地里送粪，这雨一下，粪都钻了土，他想搬走也不可能了，你说，他是不是输到底了！

秀　秀　（白）还是咱红女姐想的办法好！

石　头　（白）这雨也下得正当其时啊！

【人们在屋檐下高兴地谈论着。

黑风妖　（唱）

　　吠、吠！你施诡计，布圈套，
　　石子儿变粪把弯弯绕。
　　红女你敢作弄我，
　　我让你当下就把好戏瞧。
　　现在高兴你有点早，
　　你知道——
　　地有多厚天多高？

（白）小的们听着！马上去把花椒苗子的枝条砍光剥尽，一株不留。晒干了背回去当柴烧（最后一句可唱）。

狐　精　（白）是！半炷香的工夫就能办好！

黑风妖　（白）越快越好！你听他们还笑着哩，让他们去哭！

狐　精
小　妖　（齐白）是！让他们去哭！

【黑风妖、狐精、小妖下。

赵大伯　（白）这场雨救了夏粮，也救了秋粮，往后再有两场好雨，今年的庄稼就真有个盼头儿了！

红女娘　（白）菩萨保佑，今年一定会风调雨顺、五谷丰登的！

大　林　（白）走！石头、秀秀！咱到地里看看去。下雨天能听见苞谷拔节的响声，你信不信？可好听哩！去哩不？

石　头　（白）走、走！秀秀，走！

【众欲下，唐二叔、小妹急上。

唐二叔　（白）了不得了！了不得了！

【急切，说不出话来。

小　妹　（白）瞎了！瞎了！

秀　秀　（白）把啥瞎了！慢慢说！

红　女　（白）不要惊慌，慢慢说，啥瞎了？

唐二叔　（白）苞谷、洋芋、花椒树都瞎了！

大　林　（白）咋么瞎了？

唐二叔　（白）花椒树的枝条全部都被折断了，苞谷、洋芋苗子也被揪断，散了一地，这可咋办呀！

红女娘　（白）这毁椒树、毁庄稼，谁的心有这么瞎，我看看去！

众　（白）看看去！

【众绕场，察看椒园和田禾。赵大伯、红女娘等捡起椒枝、玉米苗给大家看。

红　女　（哭白）天哪，这可怎么办呀！黑风妖，你再坏也不能毁坏椒树、糟蹋庄稼呀！有本事冲我来啊，你为啥要害大家呀！

（唱）　为增收我把花椒栽，
祈好雨助农桑免除旱灾；
谁料想一山青苗糟蹋尽，
谁料想满坡花椒成乱柴；
为什么丧天良作恶的逍遥世外，
为什么历辛劳向善的处处伤怀？
天啊！
问苍天人世间公理何在？
不由人伤心泪痛洒尘埃！

【红女眼泪洒在了地里，红花也掉在了地里，苞谷、洋芋苗子复原了，青翠可爱；花椒树枝复原了，椒树上长出了锋利的刺，妖魔们谁也不敢侵犯它了。

陈二婶　（白）红女！你快看，你看这苞谷、洋芋、花椒都长好了，一点儿伤痕都没有，真是老天爷保佑呀！断了的枝条又长到树上了，这谁见过，这太离奇了呀！

【红女娘捡起红花给红女插在鬓旁。

红女娘　（白）女儿，别哭了。你瞧！啥都好好儿的，还哭啥呀！

红　女　（白）我哭这黑风妖还是个想修行的人，真是太丢人了，我实在为他伤心！看他还能耍个啥手段出来！

【众，笑语喧阗，下。

第四场　丰收

【花椒园。近景：杨柳、芭蕉、篱笆、山石；远景：远山、朝霞、蓝天。

【幕启。

【红女、玉郎、石头、秀秀、大林、小妹、红女娘、婆婆，左手平端小竹筛于左侧，右手掐摘花椒。

赵大伯　（白）你们都知道吗？人家福津河和马家河人把咱们村都不叫榆树沟了。

红　女　（白）他们叫啥？

赵大伯　（白）叫花椒沟。

婆　婆　（白）叫得好！咱就叫花椒沟！咱们村花椒就是多嘛！

红　女　（笑白）大家说叫花椒沟好不好？

众　　　（白）好！

红　女　（白）加把劲摘花椒呀！

【摘椒舞起。

红　女　（领唱）　红花绿叶惹人爱，
　　　　　　　　　六月何来梅花开？

女　　　（合）　　不是六月梅花开，
　　　　　　　　　花椒更比腊梅帅。

众　　（合）　　欢天喜地采椒来。

玉　郎　（领唱）　摘花椒，好爽快，

一树要摘一箩筛。

男　　（合）　　笑声阵阵飞天外，

田头打闹是童仔。

众　　（合）　　山歌洒满晒椒台！

红　女　（领唱）　千家万户笑开怀，

玉　郎　（领唱）　人间采椒头一回！

众　　（合）　　红女本是农家女，

一心为民人人爱！

【赵大伯领四男四女持单面响环皮鼓上，鼓舞，庆花椒丰收。地方特色：古老、大气、幽默、活泼、轻快、热烈。

赵大伯　（领唱）　哎！羊皮子鼓一敲哎——响呀响连天！

嗨咦哟嗬，嗨咦哟！

众　　（合）　　嗨咦哟哟嗬咦得儿哟嗬！

女　　（领唱）　多亏咱红女领头干，

太平盛世哎——日子甜——哎咦哟嗬嗨！

众　　（合）　　五谷丰登人心安，

敲起皮鼓哎——心喜欢——哎嗨咦哟嗬……

赵大伯　（白）小伙们！姑娘们！跳呀！跳呀！

红　女　（白）跳起来！唱起来！

【皮鼓高潮，人们狂欢、狂跳、狂敲。妖狐暗上，在舞台左角处偷看偷听……

狐　精　（白）嘿！看把人家都得意的！

黑风妖　（白）嗨！你知道不？我听红女说，这摘下的花椒见不得雨淋。雨一淋，一则变味，二则失色。还想往出卖，送都没人要！

狐　精　（白）那咱就给他来一场狂风暴雨，连人带椒，叫他泡个够！

黑风妖 （白）对！对！对！就是这办法，就这么干！走，回去看我给他呼风唤雨！

【黑风妖、狐精鬼祟下。

【突然雷电交加，狂风怒号，呈骤雨即来之势。

红女娘 （喊）快！收拾花椒！收拾花椒！要下雨了。

婆　婆 （白）这，又是黑风妖作怪！

红　女 （白）大家别慌，就怕他来捣乱，我早有准备。剪了个纸人，名叫玉童，拿一把扫帚，让他去扫尽烟云，看他黑风妖还有啥本事呼风唤雨！

【红女捧起玉童、扫帚和红花，然后将玉童和扫帚抛向天空。

红　女 （唱）

风妖着意毁花椒，
呼风唤雨山河摇；
种椒犁田为乡里，
不虑妖邪自清高；
玉童肯扫云烟尽，
何来骤雨与狂飙？
艳阳照我山村秀，
晒椒台上好晒椒；
狂飙雷电顿时消。

赵大伯 （白）小伙子、姑娘们！天又放晴了，跳起来呀！

【鼓舞，黑风妖、狐精偷偷上，立舞台左侧。

黑风妖 （白）什么？红花？我明白了，这红女的本事就是这一朵红花！一朵小小的红花！如果红花能到我手，嘿嘿！何愁不能独霸武都！

狐　精 （白）怎样才能得到红花？

黑风妖 （白）听着！看出了没有，这红花是宝。有了它就啥都有了。一生十，十生百，百生千，靠的啥？就靠这小小的一朵红花。嘿嘿！我就不信我把它弄不到手！

狐　精　（白）怎么弄？

黑风妖　（白）走！回去！办法嘛，你想我也想。

【黑风妖、狐精下。把式舞完毕。

赵大伯　（白）今天咱花椒沟人第一次有了花椒收成，又战胜了黑风妖，歌舞升平，庆贺椒、粮双丰收，大家觉得痛快不痛快？

众　（齐白）太痛快了，明天咱接着跳把式舞如何？

红　女　（白）明天？好啊！大家高兴我高兴，赵大伯明天咱接着跳，跳个够！唱个够！好不好？

赵大伯　（白）好！

众　（白）好！

【众边舞边下。

第五场　捡菜籽

【山野田头。近景：山石、松篁、棕榈、雀噪枝头；远景：远山、蓝天、白云……

【幕启。

【音乐起，红女、婆婆、小妹撒种冬小麦。

婆　婆　（白）红女，歇会儿吧！

红　女　（白）婆婆，我不累！

婆　婆　（白）你也不是铁打的，歇会儿再干！

小　妹　（讽白）你不歇？我歇！我就不信这人长得心疼了就连乏都晓不得！

红　女　（笑白）小妹真会开玩笑。

【小妹坐地休息。

婆　婆　（白）那好，歇就歇会儿吧！

【红女亦坐地歇息，婆婆在树下取来葫芦。

婆　婆　（白）红女呀，给，喝口水。

红　女　（白）婆婆，你喝，我不渴！

小　妹　（白）拿来，不喝了我喝！

【小妹打开葫芦喝水。

小　妹　（白）难道真是神仙下凡不成，才刨了半天地，你就心疼她了！老鼠咬的苦瓜把——苦的还在后头哩！给，娘！她不喝，你喝！

【婆婆接过葫芦，递红女。

婆　婆　（白）红女，别理她，喝口水吧！

红　女　（笑白）婆婆，小妹是说着玩的，说两句怕啥呢。你先喝，你不喝，媳妇怎么喝呀？

婆　婆　（白）好个孝顺知理的媳妇，好，我先喝！

【喝后递给红女，红女亦喝水。

婆　婆　（白）红女呀！玉郎跟着你们花椒沟的脚户，驮着花椒下四川做生意去，算来都三个多月了，过年过十五都没回来。前几天石家庄的石老四回来说：玉郎和你赵大伯，还有大林在成都租了几间房，开了个花椒经销店，专门发售咱武都的大红袍花椒，名气可大哩。生意也红火，顾不得回来。不过也好！多赚几个，回来好给你俩办喜事！

红　女　（白）红女听婆婆的！

婆　婆　（白）这玉郎不在家，我把你一个未过门的媳妇接来，帮我照料里里外外、农活家务，还有牲畜；啥都料理得有条有理，顺顺当当的，真好！也真太劳累你了。

红　女　（白）婆婆，这是应该的。咱把啥都干在人前头，明年若能椒、粮双收，咱殿沟人的日子可就好过多了！

婆　婆　（白）对，明年一定会椒、粮双收的。

（唱）　　花椒树苗长势好，

　　　　　新叶嫩芽满树梢。

多亏红女心计巧，
让咱们庄户人家迈步高。
椒粮增收光阴好！
不由人心里乐陶陶！

红　女　（唱）　婆婆莫把媳妇夸，
种椒变钱靠大家；
愿只愿椒香齐鲁吴越地，
香遍神州迎朝霞！

婆　婆　（白）好啊，好啊！咱武都的大红袍花椒一定会扬名天下的。

小　妹　（白）娘！先慢点扬名吧！扬得人肚子都饿了，娘，我想回去！

婆　婆　（笑白）哎哟，小妹呀！娘把你没夸两句可就要脾气了。这还有不多一点遥儿地了，来！咱把它种上了就回！

小　妹　（白）人家真的饿了嘛！把钥匙给我，我先回去！

红　女　（白）婆婆，那咱今儿歇了都回吧，好给小妹弄吃的。

婆　婆　（白）歇就歇吧！你和小妹先回去，给弄点儿吃的，担点水，顺路扯把草，好喂猪。我把这种下的地耧平了再回去。

红　女　（白）我来耧，婆婆，你和小妹先回！

婆　婆　（白）你们年轻人手快，路上还要扯草哩，给，把钥匙拿上，赶紧回。这地耧不了几下子，我也就回来了！记着担两回水，咱好做饭！

红　女　（白）那我们俩先走了，婆婆，你快点儿回来！

婆　婆　（笑白）哎！

【红女、小妹下，婆婆耧地盖籽。妖狐突上，掌毙婆婆，搬婆婆尸于后山，化己为婆婆。

黑风妖　（白）好了，你去守好洞府，红花到手我就回来！

【狐精、小妖下。

黑风妖　（数板）　红女种花椒，

百姓齐叫好；
无人进供把香烧，
冷了我黑风妖；
如今我变成她婆婆，
我叫她受尽磨难不轻饶！
如若红花到我手，
嘿嘿！我横行武都自逍遥！

【妖婆绕场，进门，红女端饭给小妹，急忙出迎妖婆，忙接农具，为妖婆掸去尘土。

红　女　（白）婆婆回来了！

【红女忙抬一盆水，拿布巾、皂角放在正厅檐下，请妖婆洗脸。

红　女　（白）婆婆，洗洗吧！我给你抬饭去，是您最爱吃的。您猜是啥饭？

【小妹抬碗，边吃边上。

黑风妖　（白）是我最爱吃的？那一定是高头凤凰，对不对？

小　妹　（白）啥？高头凤凰！你又不是娘娘庙里的神仙，吃的啥高头凤凰？

红　女　（白）婆婆，你最爱吃的我知道。

黑风妖　（白）你说是啥？

红　女　（笑白）洋芋砸搅团，麻辣醋蒜蘸！

黑风妖　（佯笑）唉，对，对！洋芋砸搅团，麻辣醋蒜蘸！

【妖婆洗罢，进屋，红女端饭，众吃，妖婆勉强吃了几口，厌之。

（白）红女呀！我回来的路上，碰到一个人，说他是花椒沟的人，他捎话说你娘病了，让你回去看看你娘，你看咋办？

红　女　（白）婆婆，我娘一个人，病了没人照看，让我回去看看我娘吧，一两天我就回来，你看行不？

小　妹　（白）这两天安庄稼正忙着哩，菜籽、冬麦都没种上，花椒还要育苗哩，撂下这么多的活，我可干不了！

黑风妖 （白）我看这样吧，红女！西屋里放着三斗六升菜籽，你把它种到南坡上，种好了以后再说你回娘家的事！

红　女 （白）我回去两三天就返回来，不会误事的。

黑风妖 （白）不要说了，菜籽种上了再说！

红　女 （白）婆婆——

黑风妖 （白）嗯？

【红女为妖婆捶背按摩，妖婆似醉如痴。

红　女 （白）媳妇不敢有违婆婆之命！既然种菜籽，我屋里还放着二升半花椒籽哩，婆婆安排一下，我去把苗育上。

黑风妖 （白）不许种花椒！满身的刺，我腿上都扎下伤了，种它干啥？

红　女 （白）婆婆，你怎么受的伤？快让我看看！

黑风妖 （白）噢，不！我说错了。我没受伤，受伤的不是我！

红　女 （白）那是谁受伤了？

黑风妖 （白）啊，没，谁都没受伤，没伤。

红　女 （白）婆婆！你记得不？前年初种花椒，由于黑风妖的捣乱，花椒树上才长了许多刺，不小心就会扎伤的。

黑风妖 （白）我可不是黑风妖，我喜欢花椒！

红　女 （白）对呀，婆婆，我记得去年你到花椒沟来要椒树苗子，给多少都不嫌少……

黑风妖 （白）不嫌少，对，不嫌少，越多越好！

小　妹 （白）那就在北坡上找块子地把花椒苗子育上。

黑风妖 （白）啊！（对红女）你——你是在……

红　女 （白）婆婆，你看——

黑风妖 （白）育上，地？哼哼！我也不知道哪块地合适，你自己定吧！

红　女 （白）好！

黑风妖 （奸笑，对观众）育点花椒苗子事小，可不能露了馅儿。不过，哼哼！一个“病”字毕竟让你钻进了我的圈套。骑驴看唱本——走着瞧！

【妖婆下，红女至二幕前，圆场，进院子。

红　女　（唱）　娘有病独守寒家无人管，
娘有病恰如火烧我心不安。
婆婆呀！她说我回娘家把母探，
两件大事要干完。
山南坡种上菜籽三斗六，
山北坡再种花椒二升半。
我只得鸡还没叫就上山，
我只得月挂梢头夜垦田。
好容易七天七夜才种完，
下山来这腰又疼来腿又酸。
只指望婆婆放口话，
回娘家去把娘照看！

【二幕启，小妹从门内走出，红女进门。

小　妹　（白）月亮还没出来哩，嫂子，这么早就回来啦，是不是都种上了？

红　女　（笑白）谢天谢地！多亏这几天天色好，总算都种上了！

【妖婆从屋内出。

黑风妖　（笑白）今儿回来得早呀，菜籽可种上了？

红　女　（白）种上了！

黑风妖　（白）花椒可种上了？

红　女　（白）种上了！

【妖婆急转身。

黑风妖　（急白）南坡上种的啥？

红　女　（急白）菜籽！

【妖婆又急转身。

黑风妖 （急白）多少？

红　女 （急白）三斗六升。

黑风妖 （急白）北坡上种的啥？

红　女 （急白）花椒！

黑风妖 （急白）多少？

红　女 （急白）二升半！

【妖婆怒。

黑风妖 （怒白）你的耳朵叫狗吃了？你怎么听话着哩？

红　女 （白）婆婆，我——

黑风妖 （白）我叫你把菜籽种在北坡，北坡向阳，肯长！你为啥偏要种在南坡？你揣的啥心？我叫你把花椒种在南坡，南坡阴湿，肯出苗，你懂不懂？咱庄户人家把庄稼安不好，能成吗？

红　女 （白）婆婆！你、你让我——

黑风妖 （白）我咋来？没有别的办法，你给我把三斗六升的菜籽儿，二升半的花椒籽给我捡回来，一颗都不准少，捡回来重种！听见了吗？捡回来重种！

红　女 （白）啊？！

小　妹 （白）啊啥哩？赶紧捡去！嘿嘿！麻利点！

【妖婆甩手进屋，小妹亦进屋。红女徘徊犹疑。

红　女 （唱）

婆婆呀！
婆婆你叫我咋种就咋种，
红女岂敢自专由。
到如今菜籽椒籽入了土，
为什么一颗不少要我往回收？
为什么两月来婆婆疼爱我？
为什么一翻脸成了死对头？

满腹疑云难猜透，
红女我怎排千重忧！
老娘亲身染疾寒舍孤守，
红女我望穿烟柳泪长流！

【仙妪现半身（或头像）于天幕

仙　妪　（偈语）　带着露水的鲜花是最美的，
噙着眼泪的笑脸是最甜的；
苦难的前头便是理想的天国，
艰辛的后边才有和美的家园。
红花能排万难去，
自有爱心留人间！

【仙妪隐去，红女似有悟，置红花于案，坐窗前，剪鸽子。手捧纸鸽于窗外。

红　女　（白）　白鹁鸽，上南坡，
捡回菜籽送婆婆；
灰鹁鸽，上北坡，
快捡椒籽莫嫌多。
待到夏收椒红透，
送你谷一斗，
再加一首歌！

【红女搬来三个斗，一个升子。遥看天外，群鸽陆续归来。

【妖婆与小妹上，惊惧偷看。红女撕开纸鸽，把菜籽和椒籽分别倒入升子中。结果椒籽二升半是够的，菜籽却有一个斗角空着，没有菜籽了。

红　女　（白）这个斗角的菜籽没装满，怎么缺了一个角？

【红女寻找，发现柳荫中藏着两只野鸽子。

红　女　（念）　野鸽子，莫躲藏，

吃点菜籽有何妨？
虽说少了一个角，
婆婆责怪我承当；
回去吧，回去吧，
莫让爷娘总牵肠！

【野鸽子被感动飞下来，吐完菜籽飞去。斗满了，红女欲找妖婆验看。

黑风妖　（白）你咋哒弄下的这么多的纸鸽子，会飞！还会捡菜籽？这谁见过？小妹，你见过吗（小妹摆手摇头）？（问观众）你们谁见过？反正我没见过！你说咋哒来的这么多的纸鹁鸽？

红　女　（白）婆婆，菜籽撒着地里，谁都没办法捡回来，我想只有鸟儿能捡，所以，我就剪了那么多的纸鸽子。婆婆，你看看，三斗六升的菜籽、二升半的花椒籽都捡回来了，一颗也不少。

黑风妖　（向观众白）我想着她捡不回来我才整她哩，这还把我给套着里面了。哼！有的是办法！红女，你听着，记住！菜籽种北坡，花椒育南坡，两天，两天就给我种好！种不好误了农时，你就招呼着，看我怎么收拾你！

红　女　（白）婆婆，您老别生气，媳妇一定两天都种上！

黑风妖　（白）哼、哼！我看你本事有多大！

【妖婆下，红女搀扶并为之按摩背部送之。妖婆如痴如醉，得意忘形下，进堂屋，红女进厢房。片刻，红女用背篼背一袋种子上。

红　女　（白）婆婆怕误农时，我已答应两天种完菜籽和花椒，可是，这，两天能种完吗？真叫人着急。心里有事，难以入睡，与其辗转床头，何不乘着今夜天气晴和，月明如昼，上山抢种，若能按时种完，不误农时，婆婆喜欢，我也好求婆婆放个口话，允许我回娘家探望娘亲去，岂不两全？

【月光下，红女出大门。到二幕前，撒籽，独舞（以撒籽、磨地、

打刨为主要动作）

【幕后领唱。

鸟儿该睡了，
人儿该睡了；
大地一片静悄悄，
姑娘为啥来荒郊？
无人作伴夜风冷，
只有那一弯新月挂树梢！

众　（合）　嗨咦哟，哟嗬嗬！
一弯新月挂树梢，哎呀哎嗨哟！

红　女　（唱）　菜籽该种了，
花椒该种了，
夜空晴朗天色好，
新月作伴把地刨。
种完菜籽婆婆笑，
赶回娘家把娘瞧！

众　（合）　嗨咦哟，哟嗬嗬！
快回娘家把娘瞧，哎呀哎嗨哟！

【月落，天晓，红女下。

【二幕启，婆婆家院内。妖婆、小妹同出堂屋。

黑风妖　（喊）小妹呀，红女不知道啥时候出去的，这都吃晚饭了还没回来，我想她肯定是上山种菜籽去了，想赶工，三斗六升籽两天种上，哼哼！我不信你红女还有三头六臂，两天种不上再说！

小　妹　（白）种不上了咋办？

黑风妖　（白）你就在她身上用针给我扎！

小　妹　（白）种上了呢？让回娘家去吗？

黑风妖　（白）回娘家？叼个芝麻想（香）着去，要干的活还多着哩！

小　妹　（白）谁叫她长那么心疼的来？就这么办！娘，我给你端饭去！

【小妹下，妖婆站檐下眺望。红女上，进大门，放下背篼、耙子，掸尘土……

红　女　（笑白）婆婆，我回来了！

黑风妖　（白）菜籽、花椒都种上了吗？

红　女　（白）快了，明天不到晌午就能种完！

黑风妖　（白）你还能得很，我不信！

红　女　（白）婆婆！你忘了，种过一遍的地，不需要翻地，松泡泡的，撒上籽轻轻磨平就成了，深耕浅种，胜如上粪嘛！所以工不大，种得快，明天晌午前肯定能种完。婆婆，种好了让媳妇去看一下我娘，好吧？

【小妹端饭上。

小　妹　（白）娘，吃饭了！

黑风妖　（白）唉，吃饭，先吃饭！

红　女　（白）婆婆，让我去看看娘吧！

小　妹　（白）娘，她要是走了，你就看山去！不然山羊、狍鹿糟蹋庄稼咋办？这一天三顿饭谁做？还有牛、羊、鸡、猪、狗谁喂？

黑风妖　（白）对！对！红女不能走，回娘家的事等菜籽黄了、花椒红了再说！

红　女　（白）婆婆！

黑风妖　（白）听见了吗？等菜籽黄了、花椒红了再说！

红　女　（白）婆婆——

【幕落。

第六场　断锭

【机房，右前方设织机，左侧设纺车，中有窗，旁有门。

【幕启。

【音乐徐起。红女窗前绣桃花，竟有蝴蝶飞舞。拿花绷子与彩蝶共舞，情绪忧伤。

红 女 （唱） 江上春色桃花染，
菜籽花开香满山。
风儿呀！你把花香送到娘跟前，
小鸟呀！你对娘说儿思念。
白日里，伫立田头我望眼欲穿，
到晚来，守着窗口我珠泪涟涟！
儿多想飞到娘身边，
扑入娘怀不觉寒。
没想到菜花黄婆婆不让回家转，
没想到要等花椒都摘完。
日头出来又落山，
等呀！一天又一天！

【小妹拿水桶与扁担上。

小 妹 （唱） 缸里没水心里烦，
担水要跑半架山；
我让红女去担水，
她去担水我消闲。

（白）缸里没水了，娘叫你担水去哩！

红 女 （白）好，我去担！

【小妹暗笑下，红女担桶至二幕前，绕场。

【幕后唱。

缸里没水难做饭，
红女担水下了山。
柏木桶，柳木圈，

黄杨木扁担压在肩！

红　女　（唱）　上河里担水路儿远，

下河里担水烂泥滩。

路上滑，小心看，

累得我满头都是汗！

没有手巾擦汗水，

提起罗裙把汗沾。

女　（合）　姑娘不要把汗擦，

一路汗水一路花。

热汗甩在桥底下，

竹子杨柳都发芽。

男　（合）　你把热汗甩路边，

路边芍药赛牡丹。

众　（合）　热汗甩在山前面，

桃红李白花果山。

热汗甩在山后面，

殿沟成了桃花源！

哎咦哟哟嗬咦得儿哟哟嗬咦！

【二幕启。红女担水进院，提桶进屋，放下扁担。妖婆、小妹抬一筐乱麻、乱丝团子上。

黑风妖　（白）红女，你听着！没事了你就纺线织布，啥时候把这线锭儿磨断了，啥时候你就回娘家去。这一筐乱麻乱丝疙瘩纺完了，还有几筐哩，有你纺的。听见了吗？

红　女　（白）婆婆！这不是故意为难媳妇吗？

黑风妖　（白）啥？你还敢犟嘴？小心我把你的嘴扯绽！

红　女　（白）媳妇不敢！我纺就是。

小　妹　（白）娘，咱们走，不纺了再说！

【妖婆、小妹愤下，红女捧起筐内乱丝麻，潸然泪下。

红　女　（唱）　手捧着乱麻疙瘩泪如雨，
婆婆相逼何太急？
回娘家看一看生病的娘亲，
三五天返婆家不误工期。
婆婆呀！
你要儿纺断锭儿才回去，
想探母何日是归期？
百善孝为先，
说啥儿都依。
但愿婆婆放口话，
了却我思娘一片心！

【红女，拿梳子梳乱麻。

红　女　（白）这越梳越乱，这可如何是好？
（唱）　乱麻团，乱丝线，
越想理顺越难缠。
扯不断，理还乱，
梳来梳去还是个乱麻团！
问苍天人间何故多磨难？
何日里家和人和事事安！

【红女艰难地炮制出一堆麻网子，开始纺线。妖婆上。

黑风妖　（唱）　要红女把乱麻纺成线，
纺断锭儿才算完。
敢犟嘴不孝恶名往外传，
我叫她受尽磨难苦难言！

【小妹上。

黑风妖　（白）你来干啥？

小　妹　（白）我来看看我嫂子纺线的——

黑风妖　（白）深更半夜的，回去睡去！要看我去看，去，睡去！

【小妹下，孤灯下，红女伏在纺车旁睡着了。妖婆看见红女鬓边的红花。

（数板）　今儿的机会实在好，实在好！
碰巧红女睡着了！
取下她鬓边花一朵，
大事告成在今宵！在今宵！

【妖婆欣喜若狂，轻步靠近，几试而后偷之，红花突生利刺，刺痛妖婆。

黑风妖　（吼）哎呀！我的手！

【红女惊觉，揉眼，红花仍在鬓边。

红　女　（白）婆婆，怎么啦？你的手？

黑风妖　（白）没啥！没啥！我见你睡着了，想喊醒你。

红　女　（白）这么晚了，我送你回去睡觉吧！

黑风妖　（白）躺着睡不着，我来看你纺线。

红　女　（白）好，我纺你看！

【红女纺线，妖婆走动观看，出门。

黑风妖　（白）我有看你纺线的，还不如拿块石炭在河坝里洗去！哼哼！

【妖婆下，红女纺线。

红　女　（唱）　机房冷难耐夜风寒，
手摇纺车泪不干；
一缕丝，一根线，
娘心儿心总相连。
娘啊，你——
白天想儿不思茶和饭，
夜晚想儿难成眠。

梦里想儿儿不见，
醒来想儿儿未还。
纺麻线我把娘亲唤，
娘啊，你——
衣单被薄怎御寒？
叫儿好挂牵！

【天晓，红女拭泪，出屋，持扫帚扫院。小妹上，伸懒腰，揉睡眼。红女放下扫帚，打洗脸水，置屋檐下脸盆架上。

红　女　（白）小妹，快洗脸吧，我去做早饭！

小　妹　（白）吃饭事小，纺线事大，娘昨晚告诉我，叫我看你怎样把锭儿纺断。

红　女　（白）看就看吧！你放心，我不会故意把锭儿弄断的！

【妖婆上，红女端水抬饭，早饭罢，红女进机房纺线，妖婆、小妹亦进机房。

黑风妖　（白）红女呀！我给你用的是个铁锭儿，三两年你是纺不断的，对吗？

红　女　（白）不断才好哇！断了用啥纺线呢？我把这么多的乱麻乱丝纺成线、织成布就行了。为啥婆婆要我把铁锭儿纺断了才让我回娘家去呀？

黑风妖　（生气地白）铁锭儿不断你就不要回娘家去，就只管纺线就是了！

红　女　（白）婆婆，我纺就是，您老不要生气。

黑风妖　（白）哼！再犟嘴你就小心！

红　女　（唱）　左手拽，右手摇，
缕缕麻线泪水浇。
线锭儿如若纺不断，
婆婆有言不轻饶。

玉郎哥你不该入川去，
扔下红女受煎熬。
我好比失群孤雁谁照料？
婆婆她事事刁难为哪遭？

（半空现出仙姬半身像）

仙　姬　（念）　带着露水的花儿是最美的，
噙着眼泪的笑脸是最甜的。
红花能排千愁去，
纺断线锭有何难。

【仙姬轻挥拂尘。红女继续纺线，右手倒轮时，红花一亮，“咔嚓”一声，线锭断成两截。

小　妹　（惊白）断了！断了！线锭儿真的纺断了！

黑风妖　（惊白）啥？锭儿断了！这还把怪事出下了，谁能把锭儿纺断？这是故意折断的，不折，怎么能断？真是三天不打上房揭瓦，我不信你还造反不成！好气！好气！呀呀呀好气哟！忤逆不孝的东西，真能把人给气死，你看看，这牙都气成骨头的了！小妹，把烧火棍拿出来，给我打！快去！

红　女　（白）婆婆！锭儿不是我折断的！

【小妹拿出烧火棍。

黑风妖　（白）不是你折断的？难道是我折断的？还敢犟嘴！小妹，给我打！

小　妹　（白）我没打过人，娘！我不会打！

黑风妖　（白）你过来，我给你教！

【小妹走向妖婆，妖婆接过棍，打小妹屁股，小妹跳起来……

小　妹　（喊）哎哟！疼死我了，娘！你还真打呀！哎哟哟！好疼哟！

黑风妖　（白）不真打你还能学会？去，把那个败家子儿给我狠狠地打！打呀！

【仙妪显影，轻挥拂尘。小妹用力打红女屁股，红女哭，妖婆跳起来……

黑风妖　（喊）哎哟！哎哟哟！

【小妹打第二下。

黑风妖　（喊）哎呀！叫你打她，你怎么打起我来了？

小　妹　（白）我没打你！你看着，我打的是她！

【小妹打第三下，妖婆跳得更高。

黑风妖　（急白）成了！成了！不要打了！

【小妹举棍欲打，妖婆急阻之。

黑风妖　（白）别打了，听见了吗？别打了！你看来，我娘娘！这沟蛋子都打成两半个儿了！还打呀！去在针线包包里取几根针来！我就不信把你还没法！

【小妹下，红女求妖婆。

红　女　（白）婆婆，您老别气坏了身子，您和小妹都在跟前看着哩，锭儿确实不是我折断的。一定是铁锭儿多年不用，生了锈，自己断的。

黑风妖　（白）迟不断，早不断，赶上你纺线锭儿就断了，还说你没折，没折怎么断的？

【小妹拿三根针上。

黑风妖　（白）给我扎，尽管扎！

【小妹刺红女左肩，红女自护。仙妪轻挥拂尘，妖婆暴跳吼叫。

黑风妖　（白）我的娘娘哟！疼死我了！你个贼王八蛋怎么光扎我呀！

小　妹　（白）娘！我没扎你，你看，我扎的是她！

【小妹扎红女右肩，红女躲，妖婆狂叫。

黑风妖　（吼）别扎了！别扎了！连赶把针撂了，别扎了！红女，你说！为啥烧火棍打在你身上，可疼在我身上？为啥绣花针扎的是你，疼的却是我？你耍的啥手段？莫非你有邪法？你说，你说清楚！

红　女　（白）婆婆，我不知道，儿媳也没啥邪法！

【红女泪下如雨。

黑风妖　（白）哭！你就会哭。哭哭哭！我叫你哭个够！小妹，把厨房里的三个闲缸腾出来，就叫她哭，啥时候哭满三缸眼泪，啥时候让她回娘家去！

小　妹　（白）好！

红　女　（惊白）啊！

第七场　三缸泪

【庭院。近景：右侧有住房，门、窗、檐下有三口空缸；左侧有围墙、大门，墙外垂柳、芭蕉，时有双燕飞舞。远景：蓝天、白云、远山如黛。

【幕启。

【音乐沉郁婉转。红女扫完院子，撒玉米喂鸡，红女至空缸前，看缸，望远，凝思……

红　女　（唱）

三缸泪，泪三缸，
娘呼唤，儿悲伤；
婆婆生气我退让，
柳丝儿牵动我愁肠！
眼下摘椒事情人，
何必哭满泪三缸？

【妖婆、小妹上。

黑风妖　（白）纺车上的锭儿换了没有？

红　女　（白）换上了！

黑风妖　（白）那你就连赶把线纺！想你娘了你就哭，哭满了三缸眼泪你好回娘家看你娘去！

红　女　（白）婆婆，花椒红了，趁这两天的好天色，咱也该赶紧把花椒摘回来……

黑风妖　（白）啥？摘花椒？花椒树上一身的刺，弄不好把衣裳、裤子扯住，想跑都跑不脱，我吃过那亏，哼哼！要摘了你摘去，我不去！

红　女　（白）小妹，咱一起去吧！

【红女、小妹背背篼，拿竹篮下。

黑风妖　（白）你摘你的花椒，这三缸眼泪我可非要不可！我叫你哭个够！

（唱）　天天栽花椒，

你把民心收；

我欲霸武都，

你当死对头。

要你哭满三缸泪，

夜夜哭不休！哭不休！

哈哈哈哈！

【红女、小妹背花椒上。

红　女　（笑白）婆婆，你来看！今年的花椒，颗粒大，颜色红，结得又繁，咱们的大红袍丰收了！

黑风妖　（白）我只要这三缸眼泪，别的我不管！

红　女　（白）婆婆，我不回娘家了，这三缸眼泪就免了吧！

黑风妖　（白）你听好了，不管你回不回娘家，三缸眼泪我要定了。不然的话，我就给庄里人说，你不听婆婆教诲，忤逆不孝，这不孝的罪名，你担得起吗？

红　女　（哭白）婆婆，你听我说……

黑风妖　（白）我不听，我的耳朵睡着了，听不着！

【妖婆甩袖下，红女无可奈何，徐徐起唱。

红　女　（白）天啦！这叫我如何是好哇！

（唱）　　月挂树梢星光淡，

夏夜闷热好心烦。

立窗口我把玉郎唤，

悲声难度万重山；

玉郎呀！

你下四川去赚钱，

怎知晓娥眉憔悴有谁怜！

我为你堂前尽孝未怠慢，

刈麦种菜务椒园；

我为你宁受磨难不埋怨，

忍辱负重待君还；

我为你满身泥土无心掸，

懒登妆台整罗衫。

【红女抚空缸。

（接唱）　　这三缸泪谁人能哭满，

难免得受气挨骂惹祸端。

望长空不见北归雁，

何日里苦尽甘来人重圆！

【红女一滴泪滴入一空缸中，鬓边红花一亮，缸中泪水迅速上升，妖婆偷看，缸满。

红　女　（白）啊，这口缸满了！（指另一空缸）这口呢？

【又一滴泪入缸，红花一亮，缸中泪水又升起来，妖婆偷看，缸满。

红　女　（白）又满了一缸！还有一口缸呢？

【又一滴泪入缸，红花一亮，妖婆偷看，缸满。

红　女　（白）都满了！三个缸都满了！三个缸都满了，我去禀告婆婆。

【红女欲进屋，妖婆、小妹拿铁扁担上。

黑风妖　（白）不必禀告了，我听见了，也看见了！缸是满了，眼泪是你的，可是盛满三缸泪的不是你，是你头上的那朵红花！

红　女　（白）婆婆，红花即是我，我亦是红花。不管咋说，三个缸都满了，媳妇求你，让我看看我娘去吧！

黑风妖　（白）你听着，三缸眼泪的事咱不说了。

小　妹　（白）怎么不说了，她得把缸里的眼泪刮掉，把三口缸给我洗干净！不然这缸怎么用呀！

黑风妖　（白）对！按小妹说的把缸洗净！我这儿有一根铁扁担，请了八个铁匠才打成的，三十来斤重，从今往后，你就用它担水，啥时候把这个铁扁担担断了，你就啥时候回娘家看你娘去！

小　妹　（白）哼，这铁扁担够你用三辈子的！

红　女　（白）婆婆，小妹说了，我三辈子也担不断这铁扁担呀！

黑风妖　（白）担不断是吧？

红　女　（白）真的担不断！

黑风妖　（白）谅你也担不断！那好，我给你说个既轻松又省事的好办法，就看你干不干？

红　女　（白）婆婆你说！

黑风妖　（白）你头上戴的那朵花，时间长了，不新鲜了。这两天高山上好花多得很，把你那朵给我，你自己去摘朵好的戴上，这担水的事就免了。现在你就可以回娘家看你娘去，你看如何？

红　女　（白）我这花，我都不知道是几岁时戴上的，从没换过。时间确实长了，花离不开我，我也舍不得花！

黑风妖　（白）你真舍不得？

红　女　（白）不知婆婆要这朵花何用？

黑风妖　（白）你戴上它叫人看着既漂亮又好看，我戴上想来也会和你一样，你说是吧？难道光叫你漂亮好看哩，我就不能也漂亮一回、好看一回吗？

小　妹　（白）哼！光叫你们漂亮好看啊，还有我哩！

红　女　（白）明天，我到山里去折两朵好的，婆婆、小妹都有戴的，你看好不好？

小　妹　（笑白）好！好！都戴上，都漂亮好看，真好！

红　女　（唱）　　六月高山野花多，
　　　　　　　　　万紫千红开满坡。

黑风妖　（唱）　　野花再多我不要，
　　　　　　　　　就要你的那一朵！

（白）给不给？只要你把红花给我，你马上就回娘家去，没人敢挡你，我说话算话！

红　女　（白）婆婆！你要我的啥都行，这红花媳妇实在不能给你。

黑风妖　（白）真的不给？

红　女　（白）不是不给，是不能给！

黑风妖　（白）不能给？我就在你头上开个冒水眼！

【妖婆举铁扁担欲打，玉郎背布包上，妖婆止。红女悲喜交加。

红　女　（白）玉郎哥呀，你总算回来啦！

小　妹　（白）哥，你回来了！

【小妹扑向玉郎，红女泣不成声，转身进屋。妖婆疑惑望玉郎。

黑风妖　（凶狠地白）你是谁？你来干啥？嗯？

小　妹　（白）娘，你迷了吗？他是你儿子，是我哥！

【妖婆顺势解困。

黑风妖　（白）噢，对，对，他是你哥！

玉　郎　（白）娘，你是怎么啦？连我都认不得了？哪儿来的这么粗一根铁棒？你拿它干啥？

小　妹　（白）嫂子她娘病了，娘要她头上那朵花哩。嫂子不给，娘就要她用这根铁扁担去担水，啥时候把这铁扁担担断了，啥时候才让她回娘家看她娘去哩！

玉　郎　（白）这样做太过了吧！山里红花多得是。娘！为一朵小小山花儿，把个婆媳关系闹成这个样子，也不怕庄里人笑话！

黑风妖　（白）我要红花她不给，就是她忤逆不孝，要笑话就笑话她去，我管不了那么多，我只要她那朵红花！红女，你听着，红花我非要不可！

玉　郎　（白）好！好！好！娘，你别生气了，别闹了，回头我给她说，叫她给你就是。我扶你歇着去！

黑风妖　（白）我非要不可！

【玉郎扶妖婆进屋，妖婆回看红女，小妹随下。红女端洗脸水置盆架上，侍奉玉郎盥洗。玉郎边洗边说……

玉　郎　（白）路上听说家里发生了许多怪事，让你吃了太多的苦，也受了不少的委屈，真是太难为你了！

红　女　（白）吃苦我不怕，受点委屈也没啥，言听计从，堂前尽孝，我都能做好，这你大放宽心。不过我有个感觉，就是现在的婆婆不像以前的婆婆，叫人难以捉摸。

玉　郎　（白）不会吧？

红　女　（白）好了，过去的事别再提了，只要以后家和人和就好！说说，回来有何打算？

玉　郎　（白）你听我说——

（唱）　　而今是花椒红遍六月天，
正好收购莫迟延；
花椒沟有个脚户王老倔，
帮咱运椒不费难。
大红袍先销巴蜀后楚汉，
扬名天下销路宽！

红　女　（唱）　　你道是扬名天下销路宽，
殿沟人喜上眉梢心里甜。

如今是摘椒收麦两不误，
精心计划要周全。
大红袍香飘华夏人心暖，
千顷麦田金浪翻！
你看那椒红麦黄堆锦绣，
白龙江碧波荡漾笑声喧！

玉　郎　（白）看来咱得三头子忙了！既要摘椒，又要收麦，还得抓紧收购花椒，怎样调摆，我听你的。

红　女　（白）你回来了，这里里外外由你掌管，顺理成章，啥事都好办，好了，我做饭去！

玉　郎　（笑白）红女啊，你看，你那朵小红花我娘她非要不可，为这点小事，这婆媳关系搞得水火难容，你看，能不能把红花给她，咱求个家和人和，不好吗？

红　女　（白）好啊！你知道我多希望能家和人和啊！我不相信婆婆为一朵小红花，宁肯闹得家不和、人不和，还要我担断一根铁扁担！玉郎哥你相信这是为一朵小红花吗？我给你说，你可不要给我打红花的主意哟！不说了，我做饭去了。乏不乏？要是不太乏就按小妹说的，帮我把这三缸眼泪刮着倒出去，把缸洗净，行吗？

玉　郎　（白）什么？这缸里装的是啥？

红　女　（笑白）眼泪！

玉　郎　（白）哪儿来这么多眼泪？

红　女　（笑白）我哭下的。

玉　郎　（白）我不信你哭了这么多的眼泪。

红　女　（白）婆婆非要我泪满三缸不可，我不哭行吗？事情都过去了，不要问了，帮我把它倒掉，好吗？

玉　郎　（白）唉、唉唉！倒，我倒！

【红女进屋，玉郎用桶刮泪水至大门外倒沟中，形成水帘、瀑布。红女招呼大家吃饭。妖婆、小妹、玉郎均至正厅，红女端饭菜（两趟）……饭毕，各自就寝，红女住机房。夜半，玉郎为红女送被子至机房，片刻，手拿红花出，妖婆鬼祟上。

玉　郎　（白）谁？（妖婆手示轻声）——娘，深更半夜，你出来干啥？

黑风妖　（白）睡不着，看看红女干啥着哩。

玉　郎　（白）趴在织布机上睡着了，小红花掉在经线上，我给你捡来了，给你！（妖婆接花，摇头晃脑，欣喜若狂）明天早上我就给红女折一朵新鲜的去，娘往后对红女好点，我在外边也就放心了！

黑风妖　（笑白）只要把红花给我，啥话都好说，不要惊动她，我走了！

玉　郎　（白）娘，我扶你睡去。

黑风妖　（白）唉，好！好！

【玉郎扶妖婆入室，出，再入己室。寂静片刻。鸡鸣、犬吠、东天发白。大林、秀秀上，圆场，叩门……

秀　秀　（喊）红女，开门来！（再叩门、再喊）

红　女　（白）唉，来了来了！

【红女出屋，发现红花不在……

红　女　（白）我的红花？红花？

【欲进屋寻花，秀秀叩门很急，开门。大林、秀秀进门，秀秀拉红女于台侧。

秀　秀　（白）红女！你娘，还有你婆婆，马上就到。唐二叔、石头、石家老四，加上我们两个，来了这么多人，就是要对付你那个假婆婆哩，你知道吗？她是黑风妖变下的，是假的！

红　女　（白）别胡说，有鼻子有脸，真真切切一个人，相处多半年，怎么会是假的呢？

【红女娘、婆婆、石头、石老四、唐二叔上。红女扑入红女娘怀，泪如雨下。

红　女　（白）娘，你真的来了呀，娘！娘！娘！女儿好想你啊！婆婆说你病了，又不让我回娘家看你，娘！你可好些了吗？

（唱）　　见老娘不由我泪如涌泉，
　　　　儿先问娘啊你玉体可安？
　　　　心绪乱千言万语无从谈，
　　　　满腹的愁和怨难对娘言。

红女娘　（唱）　　红女儿莫要太伤惨，
　　　　听为娘把话说心间。
　　　　黑风妖杀你婆婆太凶险，
　　　　唐二叔搭救在深山。
　　　　怕只怕送回家再遭暗算，
　　　　因此上住咱家暂保平安。
　　　　半年来娘不敢捎信把真情谈，
　　　　怕的是黑风妖对儿生祸端！

【红女扑入婆婆怀，大哭。

红　女　（喊）婆婆！

【黑风妖上，小妹随之。小妹发现两个娘，惊惧，顾左右而无言。

黑风妖　（白）唉！喊我做啥哩？

婆　婆　（白）小妹，快过来，到娘这儿来！

【小妹指娘，又指黑风妖。

小　妹　（白）你——你——你们谁是我娘？我怎么会、会有两个娘呀？

婆　婆　（白）小妹，快过来！

红　女　（白）小妹，过来呀！这才是你的娘，我的婆婆，她是黑风妖！

【小妹责问黑风妖。

小　妹　（白）啊？你是黑风妖？

【小妹突然踢黑风妖一脚，跑向婆婆。黑风妖空推一掌，小妹扑地，婆婆与红女同扶小妹，揽小妹于怀。

小　妹　（哭白）嫂子，我错了！我跟上那个坏蛋整你，我错了，你原谅我吧！

红　女　（白）知错就好，过去的事让它过去就是了。

小　妹　（白）嫂子，你真好！

婆　婆　（白）黑风妖！我与你往日无仇，近日无冤，你为何要加害于我？今天，我跟你拼了！

【婆婆扑向黑风妖，红女娘、红女、小妹拉住，众皆欲打黑风妖。

黑风妖　（笑白）你没死啊？算你命大！你想想，你不死，我能变成你吗？不变成你，我怎么能折磨她（指红女）？不折磨她，这红花能到我手吗？

红　女　（急白）红花怎么能到你手呢？说，是谁给你的？

【玉郎出屋。

玉　郎　（白）红花掉在织机上了，我捡起来给了我娘，不，不是我娘！谁知道她是黑风妖，我真傻！

【玉郎操起铁扁担打黑风妖，黑风妖现原形，空推一掌，击倒玉郎，大林、石头同击黑风妖，玉郎起，唐二叔亦向前，四人与黑风妖打斗。红女、秀秀、小妹与黑风妖打斗片刻。

黑风妖　（白）闪开！不跟你们打斗，吾去也！

【黑风妖下，拉二幕，黑风妖上二幕前。

黑风妖　（喊）狐精何在！

【狐精与二小妖翻筋斗上。

狐　精　（白）大王有何吩咐？

【黑风妖作法，乌云滚动，狂风大作，雷电轰鸣，大雨滂沱。

黑风妖　（白）红花已经到手，走，先回洞府！

红　女　（喊）小妹，照顾好婆婆！（追下）

【黑风妖、狐精、小妖圆场，翻筋斗下；红女冒雨追上，圆场，下；玉郎提雨伞追上，圆场，下；众人拿锄、铲、棍、棒、镢头等农具上，圆场，下。启二幕，黑风妖众已到真武崖顶，红女追至。

红　女　（唱）　黑风妖你心狠手辣太猖狂，
滥杀无辜欺上苍。
毁田禾砍椒树你把人性丧，
变婆婆盗红花蛇蝎心肠。
你只知称霸武都任狂妄，
全不顾百姓流离走他乡！
善恶到头终有报，
恶贯满盈你自遭殃！

黑风妖　（数板）　红女你莫要夸海——口，夸海口！
你不该巧夺民心不罢休。
如今红花在我手，
你本事再大两手——空，两手空！
生杀予夺全由我，
我看他谁敢不低头！
我先毁北峪河畔花椒树，
再平福津的花椒沟。
让红花显威修圣庙，
白龙江上我是头。
高头凤凰天天有，
坐享富贵永不——愁，永不愁！
哈！哈！哈！哈！

红　女　（白）黑风妖，你还我红花！

【黑风妖狞笑，举起红花。

黑风妖　（笑白）红女，看见了吗？红花就在这里，你来拿呀！

红　女　（念偈语）　花结善缘逾千年，
椒凝群芳自成仙。

粉身碎骨何所惧，

宁留椒香在人间。

【黑风妖手中红花应声而枯。黑风妖、狐精惊惧。

黑风妖 （白）怎么？红花蔫了？

狐　精 （白）这，花蔫了咋办？

红　女 （白）还我红花！还我红花！

【黑风妖气急败坏。

黑风妖 （白）你，蔫了？没用了！好——我让你蔫！（撕碎红花）红女！红花在此，给你，你看好（掷断崖下）你拿去吧！

红　女 （喊）红花！

【红女扑救红花，坠崖直下，半空接花，花鲜活如初，红女插鬓边。

玉　郎 （喊）红女！

【玉郎扑救红女，拽红女裙，亦坠崖直下……

众 （喊）红女！

【断崖上呈现一片彩云，托住红女与玉郎缓缓飘入水帘洞中，彩云与红女入洞，玉郎被护法韦驮持锏挡于洞口。

护法韦驮（白）盗窃红花，助纣为虐，你已经不能接近红女了，回去吧！

【玉郎抱雨伞，怨愤不已，斜倚洞侧，化为青脸石人。红女至黑洞顶层，坐化。青、黄二龙自石崖中飞出，左青右黄呵护红女。黑风妖见黑洞口有韦驮守护，化一股黑气率三个小黑气团，沿明洞而上，欲害红女。至明洞上口，被灵官神持钢鞭擒获。黑风妖、狐精等现原形，被押至红女像前。

灵　官 （白）启禀圣女，灵官与护法韦驮，奉元始天尊之命，前来保护圣女，韦驮守黑洞口，挡住了玉郎；末将在明洞口已擒获黑风妖及其同伙，请圣女发落！

【黑风妖、狐精、二小妖跪红女像前求饶。

红　女 （白）黑风妖杀人作恶，祸害百姓，民怨沸腾，论罪当诛。然而，我不杀你，你可化作巨石，置五凤山下，名曰“护庄石”，挡住北峪河激流，保护殿沟、石家庄一带村舍、田园，免受洪水祸害，也算造福民众，此乃戴罪修行之正道，待到积善成德，圣心完备，自有功德圆满，步入仙界之时，你可愿否？

【黑风妖叩首不止，狐精等亦然。

黑风妖 （白）诚谢圣裁！诚谢圣裁！

红　女 （白）还有尔等三人，也化作石头，置“护庄石”之侧，名曰“锅桩石”，供救护难民埋锅熬粥之用，诚心修炼，甘为民用，自然前程无量，汝等愿去否？

狐精众 （白）愿去！愿去！诚谢圣裁！

红　女 （白）灵官神！让他们去吧！

【黑风妖、狐精齐出，洞外一声霹雳，有巨石滚动之隆隆声，灵官拱手毕，下。红女端坐石坎上，双龙护之，烟云霭霭。音乐起，幕后唱和。

众 （唱）

带露的鲜花是最美的，
含泪的笑脸是最甜的。
白龙江水奔腾远，
五凤仙山出云端；
红女舍身福大众，
留得醇香在人间。

尾　声

【红女祠前，石榴嫣红，杨柳婆娑，棕榈高擎，松篁交翠，山石芭蕉，交相辉映。殿沟两侧，延至半山，花椒正熟，缀满枝头。

【幕启。

【大林、秀秀、石头、小妹、村中男女青少年若干人，擎竹篮上。

秀　秀　（白）今年咱殿沟里又是椒、粮双丰收。今日天气晴和，小伙子、姑娘们！咱们摘花椒去吧！

【鼓乐声中，摘椒舞起。

秀　秀　（领唱）　红花绿叶惹人爱，

六月何来梅花开？

女　（合）　不是六月梅花开，

花椒更比腊梅帅。

众　（合）　欢天喜地采椒来！

大　林　（领唱）　人间花椒哪里来？

男　（合）　红女栽种不用猜！

大　林　（唱）　受尽磨难人敬爱，

众　（合）　大红袍栽了一排排。

秀　秀　（领）　摘花椒，好爽快，

女　（合）　山歌洒满晒椒台！

众　（合）　笑声阵阵飞天外，

千家万户乐开怀！

【赵大伯、红女娘、唐二叔、婆婆抬放有谷穗、麦穗、花椒的花篮上，参与摘椒舞，后由红女娘与婆婆置花篮于红女像前。赵大伯、唐二叔、红女娘、婆婆焚香……

赵大伯　（白）红女啊！今年咱武都郡人又赢得了椒、粮双丰收！

【唐二叔抱起麦穗。

唐二叔　（白）这是丰收的麦子！

【婆婆捧起谷穗。

婆　婆　（白）这是高产谷子！

【红女娘端起盛满花椒的篮子。

红女娘　（白）红女！这是你精心培育的大红袍！

赵大伯　（白）红女呀！现在年年风调雨顺，老百姓安居乐业，丰衣足

食，你的愿望实现了！我们敬仰你，武都郡就是你和美的家园，我们怀念你，直到永远！永远！

众 （念） 武都郡就是你和美的家园！

我们怀念你，直到永远——永远——

【红女娘、婆婆、赵大伯、唐二叔抬花篮与歌舞者一起圆场，以红女、双龙为中心造型亮相。

——剧终——

吕达卖姜

尹维新

时　间　从前

地　点　阶州

人　物　吕　达　三十岁　四川姜客

浩　仁　三十八岁　船夫

赵石里　六十三岁　农民

石里妻　六十岁　农民

二　赖　二十七岁　农民

第一场

【阶州。道路弯弯、鸟语花香、风景宜人。

【吕达肩挑生姜欢快、精神饱满地上。

吕　达　（唱）　一根扁担三尺三，

一担生姜挑在肩。

看不尽山清水秀风光美，

听不厌欢歌笑语一串串。

乘船行过碧口岸，

爬坡翻越高楼山。

来到甘肃阶州地，

卖姜不怕山路艰。

低头走来抬头看，
白龙江水波浪翻。
高声喊叫船老大，
快将船儿靠岸边。
哎——船家大哥——请划船过来——

【吕达隐于台侧，浩仁后台应声，划船上。

浩 仁 （唱） 白龙江水平如镜，
绿水青山水中映。
逍遥自在江上人，
江上长来江上生。
一只木船脚下踩，
一身蓑衣披在身。
粗茶淡饭两袖风，
送走春夏与秋冬。
忽闻对岸有人喊，
船家划船在眼前。
哎——哪个客人？快上船来。

吕 达 要得，要得。（挑生姜上船）

浩 仁 要啥得哩，快上船来，快上船来。哎！你要往哪里去？（看竹篓）你这篓里装的啥子物件？咋沉甸甸的？

吕 达 大哥，这是两篓生姜，我赶往阶州去卖。

浩 仁 噢，晓得了晓得了，你是姜客子，过河卖姜哩。

吕 达 是的，是的。

浩 仁 过了这条河就是阶州钟楼滩，姜客子，你坐好，（划船）我开船了。

【场后伴唱。

肩挑一担姜，
卖姜离家乡，

此去祸福知多少，

山苍苍呀路茫茫。

【划船绕弯，吕达下船，船家帮吕达提货上岸，吕达递船钱。

吕　达　（恭恭敬敬地）吕达多谢了。

浩　仁　（惊异地）你说啥？

吕　达　吕达多谢了。

浩　仁　（愤怒地）我把你个狗吃的，老子送你过河，不曾多收你银子，你却给我比“大”呢。你——

吕　达　谁给你比“大”呢？我说吕达多谢你了。

浩　仁　还比呢，你小子欠揍，（摩拳擦掌上前将吕达一顿暴打）我叫你比，我叫你比。

吕　达　（吕达跪地求饶）大哥哎，咋回事嘛，你饶了吕达吧。

浩　仁　还比哩，还比哩，鸭子煮到鼎锅里，肉烂了嘴在哩[1]。

吕　达　大哥哎，快些住手哎——不分青红皂白，你打我到底为啥子嘛？

浩　仁　你小子刚才不是嘴硬得很嘛。奶奶的，还给我比“大”哩。说，你叫啥？到我们阶州到底干啥哩？

吕　达　大哥，我是四川绵阳人，卖姜混饭吃，骗你作啥子嘛。

浩　仁　早听出你是四川人，我问你姓啥叫啥？到我们阶州想干啥？

吕　达　大哥，我姓吕，双口“吕”，单名一个“达”字——到达的“达”，我叫吕达，没哄你，我到阶州卖姜哩。

浩　仁　嗨！他奶奶的！你叫吕达，（打自己脑袋，自责）嗨嗨嗨，我还以为你口口声声给我比“大”哩，你看这事闹的。

吕　达　大哥，“大”是啥意思？

浩　仁　“大”在我们这儿就是“爸”“老父亲”的意思。你不是口口声声说“吕达”嘛，我错听成“你大”了。

吕　达　嗨！大哥，我一个做生意的外乡人，咋会有那么大的胆子？这可

1. 鸭子煮到鼎锅里，肉烂了嘴在哩：意思是嘴不饶人、犟嘴。

真是一场误会。

浩　仁　是误会，是误会，我错了，我错了。

吕　达　大哥，也怪我，不叫牛达、狗达、马达的，偏偏叫吕达，惹你生气。

浩　仁　（上前拉起吕达）咋还跪着哩，快起来，快起来。怪我、怪我，耳朵背、性子急。嗨，打也打了，给，这船钱你拿着，算是我给你赔不是了。

吕　达　都挣的是辛苦钱。大哥，这钱我不收。

浩　仁　收下，收下！

吕　达　不收、不收。

浩　仁　麻烦死了，（看看天色）行，依你的。吕达啊，天色不早了，我又打了你，我看这姜你还是明天卖吧，今晚你住我家里，大哥我给你做饭买酒赔不是。

吕　达　大哥，这怕——

浩　仁　怕啥哩，（看看吕达）你看你这身板，挨不住我两拳，还出门做生意哩，来来来，我替你挑担子，咱回家。

吕　达　大哥是个豪爽人，行，就依你，（看看四周）大哥，这船——

浩　仁　船就停这儿了，走。

吕　达　唉——

【吕达随后下。

第二场

【山路弯弯、溪水潺潺、风景如画。

【吕达在欢快的音乐声中挑担上。上山、下山、过河、放担、擦汗。

【幕后伴唱。

绿油油的山啊，清凌凌的水，

如诗如画山乡景。

看这美景心中甜美，

走这一遭儿心不悔。

【圆场，至赵庄老槐树底下。

吕 达 卖姜了——卖姜了——（独白）这个地方好景致啊——

（唱） 吕达运气不算坏，

生姜卖得好又快。

信步儿走到赵庄来，

剩余半筐此地卖。

（吆喝）卖姜了——卖姜了——

【赵庄人分头赶来买姜，一片讨价还价声。二赖东瞧瞧西望望围观，看赵石里买姜欲下，混乱中二赖从石里竹笼中抓了一个大姜，揣在怀中，偷下。

【灯光暗，卖姜场面隐去，赵石里复上。

赵石里 （唱） 四川姜客心不正，

白天卖姜竟少秤。

转身我要把他问，

昧心欺老心太狠。

（转身、怒气冲冲地）姜客子—— 姜客子——

【灯光亮。

吕 达 大爷

赵石里 大你爷的个头！（买姜人见来势凶恶皆让于一侧）我问你，你做买卖昧了良心、心术不正，欺负我老头咋的？

吕 达 大爷，这是啥子话？

（唱） 老大爷请息怒话讲分明，

姜客子做事情一向公平，

昧良心欺老人何据何凭？

赵石里 （唱） 龟儿子敢给我讲公平？
龟儿子敢问我何据何凭？
（白）好好好——
（唱） 你把生姜再称一回，
欺天欺人自会分明。

【吕达接过竹笼，称姜，大吃一惊。

吕　达 大爷，这——这——这笼姜——这笼姜，姜三斤，竹笼二斤，刚好五斤整，当时咱们都还说这事咋这么巧呢？咋现在少了半斤呢？

赵石里 哼！你还记得当时？少了半斤？你也知道少了半斤？少半斤是该你问我呢，还是该我问你？

吕　达 谁问谁都一样。不过，五斤秤，我的确给你老人家称得旺旺的[2]呀。

赵石里 哎呀呀，好你个姜客子，你人小鬼大，照你说是我老汉取过了半斤姜，讹你哩？骗你呢？（拽吕达于一边）走走走，你到我家搜！你若搜出半点儿姜皮子，我这一辈子算给驴活了。

吕　达 （看事情闹大了，予以退让）老人家，老人家。
（唱） 老人家呀莫生气，
生气动怒伤身体。
半斤生姜是小事，
补你半斤有情意。
（白）老人家，别生气了，姜客子补你半斤秤，你看成不成？

赵石里 不成，这不是半斤秤的问题，你问问大家伙儿，我老赵是讹人、干亏心事的人哩不？（拽着吕达到众人前）来来来，你问问，你问问。（众人含含糊糊、闪烁其词，皆不敢言语）

吕　达 大爷！出门三尺就是离乡之人，今天，我不与你争了，让吕达给你补半斤秤把事情了了吧。

---

2. 旺旺的：秤称得很好。

赵石里　啥？你说啥？

吕　达　我说让吕达给你补半斤秤把事情了了吧。

赵石里　（指着吕达，两手发抖地）呸，我把你有娘养、没娘教的狗食[3]！

（唱）　老汉我胡子一大把，
你敢给我来比大。
你、你、你——
你没高没低没王法，
你欺天欺地欺我老人家。

吕　达　（唱）　大爷火气压一压，
我怎敢欺你老人家，
吕达我，吕达我，我——

赵石里　（唱）　你红口白牙放野话，
开口敢给人比大，
我、我——
我折你的秤，踩你的姜，
叫你尝尝欺人的好下场。

【赵石里踢翻担中生姜，众人劝解，二赖混在其中偷望。赵石里欲折秤时，吕达上前夺秤，秤砣甩了一下砸在吕达脑部，吕达受伤倒地，众人皆惊，一哄而散。

【二幕落。

第三场

【雷声不止，二场起，吕达受伤倒地，起身，再倒地，艰难地上。

吕　达　（唱）　风雨交加雷声恶，
惊醒吕达直哆嗦，
头重脚轻肚子饿，

3. 狗食：骂人的话，同“狗吃的”意思相同。

无端遭打挨秤砣。
怪只怪当初不听家人劝，
谁料想江湖凶险人心恶，
到如今异地他乡受伤重，
想明白活路少来死路多。
救命啊——救命——

【灯光暗淡，风雨交加，阵阵雷鸣。灯光暗淡，吕达隐于一侧。

【浩仁身披蓑衣急上。

浩　仁　（唱）　渡船回归天气晚，
雨大路滑行路艰。
急急忙忙把路赶，
顶风冒雨把家还。

【二赖东张西望、鬼鬼祟祟窥视吕达时，无意和低头急行的浩仁撞个满怀。

浩　仁　谁？

二　赖　（吓了一大跳）我。

浩　仁　你？哦——是你个东西，把我吓了一跳。（转身欲走，忽有所悟地）下雨着哩，你在这儿鬼鬼祟祟干啥哩？

二　赖　没干啥、没干啥，闲转悠哩[4]。

浩　仁　屁话！现在是转悠的时候？说，到底干啥哩？是不是又想趁这个时候干些偷鸡摸狗的勾当？

二　赖　对对对，是屁话、是屁话——（转身欲溜，被浩仁从衣领处抓住）

浩　仁　还没回答哩，跑咋咋去家[5]？再不说，小心你这西瓜[6]。

---

4. 转悠哩：无事闲逛。
5. 咋咋去家：同“哪儿去呢”意思相同。
6. 西瓜：意指“脑袋”。

【浩仁欲打，二赖求饶。

二　赖　浩大哥，浩大哥，你咋又想打我哩？我没干啥，也没想干啥。我、我、我赶路哩，顺便看看姜客子。

浩　仁　姜客子，姜客子在咋咋哩[7]？

二　赖　浩大哥，你不知，今天进村卖姜的姜客子让赵庄的石老汉给打死了。

浩　仁　胡说！我和姜客子昨晚还一起喝酒来着，咋说死就死了？

二　赖　谁哄你，谁就是这（用手势做乌龟爬行的动作，意思是“王八”）。我亲眼看见石老汉用秤砣在姜客子头上砸了几下，姜客子头上冒了几股子血后就倒地了。

浩　仁　不可能，姜客子是本本分分的生意人，咋——

二　赖　就是啊，石老汉见姜客子是外地人，他欺客哩！（煞有其事地）哎，这年月，在外做生意，日子不好混啊。

浩　仁　别说了！走！看看姜客子在咋咋哩。

二　赖　不远，不远，就在前面。（左顾右盼找人）人是在老槐树底下被打倒的，前阵子我好像都发现尸体来——

【姜客子听到人声，吕达艰难地从树后爬了出来喊。

吕　达　救命啊——

【浩仁、二赖吓了一大跳。

二　赖　我的天瓜神哎[8]，撞见鬼了（转身欲跑，被浩仁抓住）。

浩　仁　你脚底下抹下油了咋的？遇个事就跑。

二　赖　不是啊，大哥，姜客子他、他——

浩　仁　他啥哩，他又没死！

吕　达　浩大哥，我——

【浩仁急上前扶住姜客子。

7. 咋咋哩：与“哪儿呢”意思相同。
8. 天瓜神哎：叹词，同“我的老天爷哟”。

浩　仁　（生气地）二赖，还不快帮个手来？

二　赖　是是是。

浩　仁　来，把姜客子背上！

二　赖　（上前用手在姜客子鼻子前摸了摸，自语）实话没死啊——背上就背上，大哥，背咋咋去哩？

浩　仁　背就背到石老汉家里。

二　赖　好！看他给咱们有啥交代！

第四场

【夜晚，赵石里家中有桌凳、香炉、蓑衣等。赵石里坐在桌边唉声叹气。

赵石里　（唱）

石里我生来性子慌，
匆匆忙忙去买姜，
为了半斤姜，
折了姜客秤、踩了姜客姜，
砸得姜客受了伤。
此事回家讲端详，
老伴儿给我几耳光，
怪我头脑少思量，
小事闹大不应当，
小事闹大不应当。

娃他妈——我看雨仕（停）了，（披上蓑衣欲走）我出去一阵子。

【石里妻腰里系着围裙，手里拿着抹布出。

石里妻　哎哎哎——黑灯瞎火的，你这阵出去干啥去？

赵石里　你一番数落我这心里七上八下的更不好受了，我——我得看看姜客子去。

石里妻 哦——这阵清楚了、明白了、身子骨儿不懒了？（递给赵石里灯盏）给，黑灯瞎火的，拿上！早给你说“半斤姜片子算不了什么，人要紧、人要紧，可你不听——”

赵石里 （不厌其烦地）行了行了，我心里够乱的了，我先把人找回来，你再数说我不迟。（匆下）

石里妻 （对外喊）小路不好走，你要走大路——（自言自语）唉——这老撮子[9]，六七十岁的人了急性子的毛病就是晓不得改！唉——（关门、下）

【浩仁、吕达、二赖上。

二　赖 浩大哥，到了没？这姜客子咋越背越重？

浩　仁 到了，到了，到大门跟前了，你再坚持一下，我去敲门。

浩　仁 石大伯，石大伯。

【石里妻在屋内答应。

石里妻 唉——来了，来了，（开门）谁呀？

浩　仁 哦——是浩仁娃。

【二赖背着吕达急忙从浩仁侧面闪出来，较吃力地。

二　赖 还有我们哩。

石里妻 （惊讶地）你们？哎，二赖，是你？（不解地）你身上背的是谁呀？你们这是？

二　赖 我们这是给你寻麻烦来了？

石里妻 啊——

浩　仁 婶子，你家我伯呢？这事儿他清楚——

石里妻 噢噢噢，你看把我糊涂得，有啥咱快进屋说，快进屋说。（进屋、关门，惊异地）这人？

浩　仁 这就是被你家掌柜的[10]打伤了的姜客子。

---

9. 老撮子：骂人的话，专指老头。

10. 掌柜的：指管家的。

石里妻　哎哟！我的天老爷哎，快背到热炕上去，快、快——

浩　仁　婶子，你最好给煮点姜汤，我们给擦洗擦洗，换件大伯的衣服。

石里妻　好好好，快走快走。

【石里妻、浩仁、二赖扶姜客子下。

【半晌，出，石里妻走在前面。浩仁、二赖坐。

石里妻　（倒水）好娃娃呀！姜客娃儿没事吧？

浩　仁　好像是给砸昏了，应该没事。

二　赖　就是就是，要真有事，从下午到现在都这阵子了，光血都把人给淌死了。

石里妻　你说，我们那“活张飞”，唉——

浩　仁　哎，二赖，这事你咋这么清楚的？

二　赖　（二赖发现自己有些失口，赶忙转移话题）哎，大妈，这么早你们咋把炕烧起来了[11]？

石里妻　我们这里的地势潮[12]，人老了，腿脚不好，我们就烧得早。

二　赖　哦——（起身）大妈、浩大哥，姜客子好的，睡阵热炕焐身热汗就好了，我今晚还有点事要做，我就先走了。（欲走）

浩　仁　（起身，用身体挡住二赖去路）等等！二赖，我还没问你话呢？

二　赖　（吃惊地）啥话？

浩　仁　啥话，我问你，前一阵你说“没干啥，赶路哩”。最后可说“顺便儿看看姜客子”。是啥意思？

二　赖　没啥意思，今天——今天石大爷打姜客子的时候我在场，打完后老天爷突然下起了雨，买姜的、劝架的人都走了，我怕姜客子出事就过来看了看。

浩　仁　那你没买姜？

二　赖　我买啥哩，我一个光棍儿，饭里面有盐就好。

11. 炕烧起来了：农村人常把柴草放置在火炕内点燃取暖，人们称之为“烧炕”。
12. 地势潮：指地面潮湿。

石里妻 多亏你把人送来了，你有事你就先去吧。

二　赖 好的，好的。行，我这就走了。（边说边往门外退，正好和刚进门的石老汉撞了个满怀，石老汉左手拿的折断的秤杆和右手拿的灯笼同时掉在地上，二赖怀里揣的生姜落地）

赵石里 唉，把他家的[13]，这谁走路不长眼？（二赖忙乱中捡起秤杆，赵石里捡起生姜，浩仁将这一场看在眼里）哎？二赖！是你，你啥时来的？

二　赖 是我。石大爷，我刚来，有事，我这就走。

赵石里 这姜？

二　赖 哦，对，是我的，（匆忙从赵石里手中拿过姜）给，秤杆。（说完欲走）

浩　仁 （从屋内快步走到门口） 二赖，你等等！（二赖唯唯诺诺地站于一旁）

赵石里 哦，是浩仁娃，你们？

石里妻 （从屋内走到门口，生气地）他们给你擦屁股[14]来了。

赵石里 擦啥屁股？

石里妻 我问你，你找的姜客子来[15]？

赵石里 嗨——

（唱）　　槐树底下转几转，
姜客踪影没找见，
烂泥滩中捡秤杆，
烂姜还在烂泥滩。
哎——
一步三回头，

---

13. 把他家的：叹词，意同“唉”。
14. 擦屁股：指给办事不好的人弥补过失、错误等。
15. 来：同“呢”。

左顾右盼不见人。

嗨——

前悔容易后悔难，

不见姜客难安然。

石里妻 一辈子了，你也晓得个后悔。半斤姜片子，闹出个人命，我看你咋活！

浩　仁 就是啊，大伯呀——

（唱）　　你老来糊涂又荒唐，

为买生姜把人伤，

是非曲直讲端详，

欺客打人不应当。

二　赖 （接唱）　欺客呀，打人哎，

那是不应当哎不应当——

赵石里 我——我——

【吕达从屋内走出。

吕　达 没啥事的，你们就别怪大爷了。

赵石里 （急上前迎上吕达）哎哟，我的老天，你咋从这儿出来了？我看看（看吕达头部）谢天谢地，没事就好，没事就好。

石里妻 哎哟，娃哎，你不好好缓着[16]，出来干啥？

吕　达 真没啥子，一点儿皮外伤，我缓好了。屋里我听你们怪大爷哩，就出来看看。

石里妻 （嗔怪）亏你还惦记那老不死的，走走走，小心着凉，都进屋说。

浩　仁 先进屋，先进屋。

赵石里 对对对，都先进屋。（进屋，互相谦让后，坐下）娃娃，今天是我不对，踩坏你的姜、折断你的秤，我给你赔了钱，这几天，你就先在我们屋里休养休养。

16. 缓着："休息"之意。

石里妻 就是就是。

吕　达 要不得，要不得——

赵石里 要啥不得哩，你一门心思在我家缓就是。

浩　仁 要得要不得，我先问，半斤生姜你们咋就闹出这么大的事？

赵石里 这事就不说了，我一定是把斤头记错了，怪我。

吕　达 不不不，是我把秤称错了，怪我。

赵石里 不不不，怪我、怪我。

吕　达 不不不，怪我、怪我。

浩　仁 你们就再别争了，（突然大声地）二赖。

二　赖 （吓了一大跳）哦、哦。

浩　仁 还不把你揣的生姜拿出来？

二　赖 （吓得跪在地上）哎哟，我的大爷大哥们哎，都是我二赖的错，是我，是我趁大爷没注意时从他的笼子里抓了片姜。（从怀里掏出一片姜来，双手举在面前）

【吕达、石里妻、赵石里都很吃惊。

浩　仁 难怪见你时，你行事鬼鬼祟祟，说话躲躲藏藏。（生气地）你、你。我看你的说惯的嘴、跑惯的腿啥时能改。（起身欲打）

【二赖急忙起身，躲在赵石里身后。

赵石里 你个兔崽子，没钱买了，你张个口言喘句[17]，大爷我给就你一斤半两的，你咋还干偷鸡摸狗的勾当哩。（起身，从身后把二赖抓到面前欲打）

石里妻 干啥？干啥？才说着哩是小事，你俩手咋都痒了？

【二赖急忙跑到石里妻身后。

吕　达 对对对，事情都过去了，就再不追究了。

二　赖 （激动地）姜客子大哥呀——

（唱）　　你心地慈善见识广，

17. 张个口言喘句：同“开口说句话”意思相同。

能容能忍大肚量，
二赖今日做错事，
心里愧疚脸无光。
我不该，
心怀不轨上姜场；
我不该，
顺手抓走大爷姜；
我不该，
造了损失不赔偿；
我不该，
做了错事不担当。

赵石里 （唱） 小事差点酿大祸，
责任我更该担当，
姜客治伤我承当，
吃喝包在我身上。

吕　达 （唱） 两位言语暖心肠，
小小误会已明亮，
姜客身子已硬棒，
歇上一夜定健康。

石里妻 哈哈哈——这就好，这就好。

浩　仁 话明气散哩，哈哈哈——

赵石里 对对对，哦，娃他妈，你怕要给我们做点吃喝哩吧。

吕　达 就是，就是，我除了一肚子的姜汤，肚子里现在就再没啥子了。

【众笑。

二　赖 哦，石大爷、浩大哥，我家里还有只黄母鸡哩，让我大婆炖了给姜客子大哥补补身子，我这就去取。

浩　仁 好好好，快去快回！你小子偷姜怕就是想炖鸡汤自己喝呢。

二　赖　我——我——

赵石里　还算你娃有点良心。

二　赖　我我我——（急下）

石里妻　年轻娃娃哪一个还不犯点错误，帮一帮就上正道了。

浩　仁
赵石里　就是，就是。

浩　仁　哦，对了，吕达啊，你要再卖姜，我看你最好把你那名字改一改。要不，姜片子没卖成，小命儿却没了。

赵石里　对对对，你得改改名字。

石里妻　还说哩，照我说啊，你俩应该先改改你们的牛脾气！

吕　达　要得、要得，都得改、都得改。

石里妻　你个老实人娃呀，哈哈哈——（众笑）

【场后伴唱。

小小半斤姜，
伤人实荒唐。
明礼诚信沐春光，
谦和礼让莫相忘。

——剧终——

《咸阳讨账》之兴隆客栈

尹利宝　王福忠

时　间　从前

地　点　阶州

人　物　王小二

银　女

金　哥

黄百万

【冬日，狂风、雪花，“兴隆客栈”的招牌被寒风吹刮得歪歪斜斜。

王小二　（唱）　北风刮来雪飞扬，

天地银白房如霜。

店里暖来店外凉，

但见远处人一双。

哈哈哈——这么冷的天，我就不信我这三岔路口的客店还没个住店的客人。

【银女、金哥在寒风中瑟瑟发抖。

【幕后伴唱。

北风飕飕扑人面，

身穿破衣透骨寒。

咸阳路上把爹叫，

留下孩儿为哪般？
可怜泪水已流干，
可怜心里如刀剜。
没娘孩子不如狗，
没娘孩子苦黄连。

【银女、金哥走到客店外面。

银　女　大爷！

王小二　哦——来了——哎哟两位小客官，里面请，里面请！

银　女　大爷，能给我俩口水喝吗？

王小二　有有有！屋里说话，屋里说话。

【王小二倒水。

【银女、金哥喝水。

金　哥　大爷，能给个馍馍吃吗？

王小二　有有有！

【王小二拿出热腾腾的馒头。

王小二　给，刚出笼的热馒头。

金　哥　大爷，给点热菜下着吃就好了。

王小二　好好好！（欲走，转身，伸出手）来——

金　哥　啥？

王小二　银子啊！把银子拿来我好给你们上菜，也好给你们准备住房啊。

银　女　大爷，我们没银子。

王小二　哎呀呀——我的天，你两个小兔崽子，你们是老鼠钻面缸里——白吃啊！（打自己的脑袋）怪我，怪我，看你俩这衣着打扮就不应该招呼。唉——（自语）好不容易等个客人，没曾想还是个吃白食的。怪我倒霉，怪我倒霉。走走走——这口吃完了就走！

【银女、金哥被推出门外。

【屋外雪下得紧，风吹得急。银女、金哥蜷缩在客店墙角。

【幕后伴唱。

风萧萧，雪茫茫。
路漫漫，心惶惶。
忍饥挨饿寻爹爹，
望断雪山泪汪汪。
试问咸阳路，
究竟在何方？
早去娘亲告诉我，
咸阳在何方？
爹爹在何方？
啊——娘亲啊——啊我亲娘！
你们丢下了儿和女，
天涯路上受凄凉。
啊——凄凉，
啊——咸阳。

【店铺屋内。

王小二 唉——这天也太冷了，这两个小娃也怪可怜的，赶出去冻死了可不是好事。（推门）哎哟——多亏我出来看了一眼，要不把你俩冻死在我这里，我可不明不白地吃上官司了。来来来——你俩进来。

【银女、金哥哆哆嗦嗦进屋。

银　女
金　哥 谢谢大爷。

王小二 我问你俩娃，看你们衣着破烂但言谈举止却很像个大户人家的娃儿，你们这是？

银　女 大爷，我爹爹是生意人，他到咸阳讨账去了。我们找我爹爹，沿路就到了这里。

王小二 咸阳？哎呀，这儿离咸阳还有好一段路哩。嗨！天寒地冻的，娃儿，我看这大冬天找人也不是时候，不如你俩先给我店里打杂跑堂混个吃喝，待春暖花开之时你们想找人也不迟。

【银女、金哥跪地。

银　女
金　哥 谢大爷。

王小二 不谢不谢！

【数日后。

【店门外。

【黄百万身穿貂皮大衣，身背褡裢上。

黄百万 （唱）　步步走来步步艰，
寒风刺骨衣嫌单。
走眉县到陈仓，
过了凤县到两当，
徽县走到小康县，
一路走到米仓山。
讨账回家心似箭，
哪管天气儿多寒。

这账啊可不好讨。借的时候你是爷爷，讨的时候你就成了别人的孙子了。（看看店铺，看看天色）这雪下得紧，天也太冷了，倒不如先到这“兴隆客栈”住上一晚，明日赶路。（对内）唉——店家！店家！

王小二 哎哟！客官，你来了，来来来，我帮你拿上（从黄百万肩上取下褡裢）。客官，你这一身的雪花可有两寸厚。想必客官是从远地方来的。

黄百万 店家好眼力，我是从咸阳赶来的，在你这儿歇歇脚。

王小二 好来——客官你算找对地方了，我这店！

（数板）　房屋宽敞亮堂堂，
来往客人睡得香。
干净卫生好茶饭，
招牌面食刀削面。
说炒菜，谈炒菜，
四川的麻辣味道怪，
一口两口你不爱，
三口喜得你掏钱快，
你掏钱多就发得很，
走了你还当回头客。

黄百万　哈哈哈——好个伶牙俐齿店小二！

王小二　客官，敢问你都要些啥吃喝?

黄百万　来半斤牛肉，一壶酒，嗨！你有啥好吃的多上些来，又不会少了你银两。

王小二　好来——

【王小二转身欲走，被黄百万叫住。

黄百万　唉——店家！（思考）哦——你先弄菜去，来了我再问你话。

王小二　好的，客官你不知，我这地是三岔路口，来来往往的客人比蚂蚁都多。有啥事你尽管问，没有我晓不得的。我给你说——

黄百万　（打断小二话茬）好了，好了，你别说了，你还是快给我上菜去吧！

王小二　好来——

【王小二下，急上，端来一盘菜，一壶酒。

王小二　客官，你慢用！你慢用！

黄百万　店家，我这出门整一年了，想家！不知咋的，这些天我这心里慌得十分的厉害。今日不问你啥，就是想让你陪我闲聊几句。

王小二　哈哈哈——看客人打扮自不是寻常人家，你要聊天，小的怕也聊不到地方上。不如——

黄百万 （边吃边问）不如啥？

王小二 客官，前些日子，我店里来了一对姐弟俩，那小鬼，啧啧！小曲（唱）得，啧啧！可好听了。不如，不如给你叫来（唱）几曲解解闷？

黄百万 唱得真好听？

王小二 真好听！

黄百万 多大了？

王小二 一个十四岁，另一个十岁。

黄百万 哦——这么小，也怪可怜的。去，你给我叫来，我听了给娃们多给点赏银。

王小二 好来！（转身欲下，突然走上前来）客官，只是——只是——

黄百万 又怎么了？

王小二 只是那俩孩子小，胆子也小，见了生人怕（唱）不好。所以，所以娃娃们都是隔帘唱曲呢。

黄百万 隔帘唱曲？哦！有意思！无妨！无妨！那就隔帘唱，隔帘唱。

王小二 好来！（下）

【银女、金哥隔帘唱曲。

【黄百万一边吃喝，一边听小曲。

银　女 （唱）

姐姐送弟一里亭，
世间唯有爹娘亲，
儿女尚能尽孝心，
不枉爹娘生一回。

金　哥 （唱）

姐姐送弟二里亭，
代父从军弟先行，
在家姐把孝心尽，
弟弟保国来安民。

银　女　（唱）　　姐姐接弟十里亭，

身跨白马到街心，

金銮殿里君王笑，

身前身后传美名。

【银女、金哥合唱。

老爹爹咸阳把账讨，

家中后娘心不好，

赶我出门到荒郊，

何海追杀到野庙。

姐弟沿路把饭讨，

不见爹爹无依靠。

银女金哥受煎熬，

兴隆店里唱歌谣。

【黄百万听到此处大惊失色。

黄百万　店家，店家！

【王小二急上。

王小二　客官，怎么了？怎么了？

黄百万　店家，我问你，这隔帘唱曲的娃娃多大？

王小二　客官，这我都给你说了。一个十四岁，另一个十岁。

黄百万　他们怎说银女、金哥？

王小二　哦——客官不知，这俩娃真名就叫银女、金哥。孔堤郡人。听说遭了后娘，这俩娃被后娘赶出门后，为寻父亲沿路乞讨到此。娃娃比寻常人家的聪明。这不，把自己的身世都编到唱曲中了。这小曲可是他俩的看家曲子，听者无不落泪、无不动容。客官你若听着不痛快，我让他们不唱这出了，咱换别的听？

黄百万　（大惊失色）不，不，不。快——快——店家，快让我看看那两个娃儿。

王小二 客官你这是?

黄百万 店家，快让我看看那两个娃儿!

王小二 唉——

【店小二揭开帘子，拽出银女、金哥。

王小二 快，快给客官行大礼。有赏银!

【黄百万、银女、金哥相见都不敢相信自己的眼睛。

银　女 （歇斯底里地，跪地）爹爹——

金　哥 （歇斯底里地，跪地）爹爹——

【银女、金哥跪地抱住黄百万的双腿痛哭。

黄百万 我——我——我苦命的娃呀——

【父子三人搂抱一团。

【幕后伴唱。

苦苦苦啊，难难难，
别时容易见时难，
几多苦难几多熬煎，
几多思念几多爱恋。

黄百万

离别时，看我儿，
一个心疼如花朵，
一个脸圆像蒸馍。
可如今，看我儿，
眼圈黑暗，身上衣单，
面容消瘦，鞋儿破烂。

（老泪纵横、悲痛欲绝地）老天啊——你这不是捉弄我哩!

【王小二上前。

王小二 （被眼前情形感动得也潸然泪下）哎呀——我开店几十余年，不曾想后半辈子竟然做了这么大的好事。（对黄百万）好了，好了。客官，既然父子相认了咱就应该高兴，应该高兴，是不是?

（扶黄百万）来来来，起来！（扶银女、金哥起身）都起来，都起来。

黄百万 谢谢你了店家，（从怀里掏出银两）给，这段时日亏你照顾了我的两个娃。

王小二 看看看，你这是干啥？我又没图钱。

黄百万 店家，你不知，我老来得子，这俩娃就是我的命根子，你给我保了他们，也如同保了我这条老命。我——我这点钱也难报你这份大恩啊——

王小二 嗨！老人们都说了“君子爱财，取之有道”，我拿你钱不是——

黄百万 店家，这点银钱只是表示了一下我们父子的一点情意。你不拿，我们这心里实在过意不去啊！

王小二 好好好，我若再不收，你再犟下去也不是个事。行，我拿上！

黄百万 （又从怀中掏出银两）店家，这地儿你熟悉，这点银两还得麻烦你给我娃弄两套像样的衣物来，给娃们打扮打扮。

王小二 好说，好说！（下）

1956年11月，鱼龙杨坝村村民杨怀清、杨守基等七人，在当地文化部门的领导下进兰州参加了全省戏剧调演。他们的演出剧目是《咸阳讨账》中的“店房相遇”一折戏，演出获二等奖。这是高山戏走出大山沟的首次演出，意义非凡。笔者和王福忠匆忙中在保证故事内容不变的情况下对其做了改动，也是为了纪念那段光辉的历史。

西狭颂

夏 青 龙青山 娄炳成

时 间 古代

地 点 阶州

人 物 李 翕 字伯都，四十岁，东汉武都郡太守

李夫人 三十八岁，李翕之妻

冬 儿 十五岁，李翕之子

云 儿 十八岁，李夫人婢女

吕 桂 四十五岁，武都郡府丞

仇 靖 字汉德，四十岁，武都郡从史位

严 商 六十岁，下辨商户

王安仁 二十八岁，下辨石匠

裴 松 五十八岁，李夫人叔父

令狐丹 二十岁，羌人

巫 婆 四十岁，下辨民间女巫

新娘子、降旨官、吕彪、吕虎、吕豹、仆人、兵丁、侍卫、衙役、男女舞者、婢女、民夫、难民等

第一场 上任

【东汉建宁三年（公元170年）初夏某日。

【西狭道口，接官亭。

【天幕：天井山奇峰对峙，青天一线。崎岖古道隐约鱼窍峡深谷之中，黄龙潭阴森恐怖。布景台左可见亭角，书有“接官亭”字样。台右为西狭道口，旁有一石，形若怪兽。

【开幕词：（雄浑的男声旁白）陇南地区群山连绵、江河纵横、深峡绝壁、危难险峻。因而，道路建设既是开发陇南这块宝地的首要前提，又是陇南经济建设的基本内容。从古到今，众多政绩显著的地方官员和志士仁人，无不为之贡献智慧，呕心沥血。东汉建宁三年（公元170年），武都郡太守李翕，为官一任，造福一方，率领下辨民众打通二十里西狭栈道，谱写了一曲辉煌壮丽、千古流传的《西狭颂》。

【音乐起，大幕徐徐拉开；汉、氐难民，扶老携幼，艰难地行走在西狭古道上。

【幕后合唱——

官府恶、恶如黄龙潭，
行路难、难于上青天。
苛政险道同为患，
黎民百姓居不安。

【歌声余音中，身着微服的李翕与怀抱玉如意的李夫人及冬儿、云儿上。

李　翕　（唱）　告别渑池匆匆来赴任，
一路风尘赶到武都郡。
沿途饿殍横竖路旁挺，
耳边哀号声声不忍闻。
可怜郡内众百姓，
水深火热熬光阴。
此情令我难平静，

此景好不痛煞人！

【兵丁甲、乙从石后走出，伸懒腰，打呵欠。

兵丁甲 （喝问）呔！来者何人？

李　翕 过路的药商。

兵丁乙 要想过狭？（手伸出来）拿来—

李　翕 拿来什么？

兵丁甲 沉甸甸、溜光光、明晃晃、人见人爱的东西。

冬　儿 （思谋）那沉甸甸、溜光光、明晃晃……（突然猜到）你说的可是银子？

兵丁乙 算你娃聪明。

李夫人 我们不过狭。

兵丁甲 扫兴！

兵丁乙 别跟他们磨嘴皮子了，你看（指狭道），那边来了驮药材的商户。

兵丁甲 嘿嘿，油水来了。

【幕内喝牲口声。

【严商蹒跚走出狭口。

严　商 （拱手赔笑）二位军爷，辛苦、辛苦。

兵丁甲 拿来。

严　商 二位军爷，高抬贵手。我这次把买盐的银子全部买成了药材，方才过狭的时候，又掉下去了三匹骡子，这些药材卖了还抵不过来哩。二位军爷就饶了我这一回吧，改日我请你们吃酿皮子。

兵丁乙 少来这一套，你这怀里鼓鼓囊囊，揣的是啥？

严　商 （急忙护胸）这个……

兵丁甲 快拿出来。

【兵丁乙扭住严商胳膊，兵丁甲强行掏出严商怀里布包，提在手里掂了几下，正要拆开，被兵丁乙抢去。

兵丁甲 （争夺）拿来！

兵丁乙 （争夺）拿来！

【布包被兵丁甲拆开，露出黑馍一个。

兵丁甲 （失望地）是个干馍！

（恼怒地将干馍抛于路口）

【数难民一拥而上，争抢干馍。

严　商 （跺脚急呼）我的干馍，我的干馍！

兵丁甲 （揪住严商衣领，左右开弓，打了两个耳光）老东西，快把银子拿出来！

严　商 （哀求）我实在没有银子。

兵丁甲 府丞大人有令，蚊子飞过都要拧上一条大腿，不交银子，就把骡子扣下！（一把将严商推倒）

李　翕 （扶起严商）二位，有话好说，莫要动手。

兵丁乙 难道你要替他交这银子不成？

李　翕 交多少？

【兵丁甲亮手翻手。

李　翕 十个铜钱？

兵丁甲 （左右看李翕的脸）把你长得心疼的，十两银子！

李　翕 这可是官府的定例？

兵丁甲 这是前两任太守定下的老规矩，一直由府丞大人亲自督办。（不耐烦地）快交银子！

兵丁乙 快交银子！

【内报：府丞大人到！

【吕桂着朝服，佩剑带仇靖、侍卫上。

吕　桂 （厉声询问）何人在此吵闹？

兵丁甲 回禀府丞大人，下辨商户严商，拒交过狭例银，这位过路的客商还帮他胡搅蛮缠！

吕　桂 大胆刁民，给我拿下！闲杂人等，一概驱散。兵丁列队，准备迎接新任太守大人。你二人继续把守道口，倘若有人乘机蒙混过狭，加倍收银！

兵丁甲 是！

兵丁乙 是！

李　翕 且慢！（对吕桂）你可是府丞吕桂？

吕　桂 正是本丞，你是何人？

李　翕 新任有识之士李翕。

严　商 （惊）你是新任太守大人？

【严商与难民齐跪：太守大人！

【兵丁、侍卫齐跪：太守大人！

吕　桂 （惊慌施礼）不知大人已到，下官来迟，多有冒犯，乞大人恕罪！

李　翕 请免礼。

仇　靖 郡府从史位仇靖见太守大人。

李　翕 （微笑）你就是善属文、工书法的仇靖仇汉德？

仇　靖 正是小人。

李　翕 （点头，转对众人）本官微服赴任，不敢扰民，诸位请起。

群　众 谢大人。（起）

群　众 谢大人。（起）

吕　桂 大人不远千里上任，鞍马劳顿，一路辛苦，下官特备薄酒，为大人接风。请大人入亭歇息。

仇　靖 请大人入亭。

李　翕 （抬头望天）天气闷热，似有暴雨来临，我们还是先回郡府吧。酒菜就散与难民。

吕　桂 是。

【幕内巫婆喊：太守大人，太守大人。

【忸怩作态地急上，被兵丁喝阻。

巫　婆　我要见太守大人。

仇　靖　你有何事要见太守大人？

巫　婆　我要给太守大人请神问安。

吕　桂　胡说，大人幼年宿卫，弱冠典城，三剖印符，连续高升，何用你来问安！

李　翕　罢了，罢了。

【兵丁们欲推巫婆。

巫　婆　（跪）请大人做主。

（唱）　　黄龙修行三千年，

　　　　　鱼窍狭里把身安。

　　　　　如果惹得它怒怨，

　　　　　大祸临头难生还。

（白）大人，这大狭东西两地的百姓，都是在黄龙神的头上过路，搅扰得黄龙神不得安宁，请大人将这西狭道路封断，以保百姓平安。

李　翕　噢？

吕　桂　一派胡言，这西狭乃东西两地唯一通道，岂可封断，大人刚到任，还未进府，你就来说三道四，还不走开！（示意兵丁轰走）

【兵丁将巫婆推到一旁。

【欢乐的唢呐声奏起。

李　翕　（问仇靖）这唢呐是？

仇　靖　回大人，这是迎亲的唢呐。

吕　桂　（对兵丁）大人在此，快去阻拦，不准他们过狭。

兵　丁　是。

李　翕　（制止）呃，婚丧嫁娶乃人生大事，不得阻拦。

兵　丁　是。

【唢呐声中，王安仁背新娘子从狭道小心翼翼、一摇一摆地走来。

仇　靖　大人，这新娘的郎官，是下辨有名的石匠王安仁。

李　翕　新郎背新娘可是下辨迎亲的风俗？

仇　靖　不是。只是这西狭道路险峻，车马难以迎亲，只好由新郎官来背了。

李　翕　（若有所思地）噢——

冬　儿　我要去看新娘子！（雀跃着朝狭道跑去）

我要去看新娘子！

李夫人　冬儿！

（同时疾呼）

云　儿　公子！

仇　靖　公子，危险！

【雷声大作，灯暗。

【大雨滂沱。

【冬儿一个趔趄，险些坠崖。

李夫人　冬儿！

（同时惊呼）

云　儿　公子！

【王安仁急忙放下新娘子，跑过来扶住冬儿。新娘子惊叫。王安仁欲弃冬儿去扶新娘子，见冬儿又是一个趔趄，只得又将冬儿抱住。

【雷鸣不息。新娘子摇晃独行。

巫　婆　（怪叫）黄龙神发怒了！黄龙神发怒了！

吕　桂　（命令兵丁）速去救回公子！

兵　丁　是。（朝冬儿急速扑去）

李　翕　莫管犬子。快救新娘！

【新娘子欲坠。

【王安仁急将冬儿交给兵丁，呼喊着朝新娘子奔去。

【新娘子惨叫坠崖。

【众人惊呼。

巫　婆　（似鬼神附身）黄龙神收人了！黄龙神收人了……

【雷雨更猛。

【大幕急落。

第二场　定策

【紧接前场。

【王安仁家中。

【正堂供有“亡妻王李氏之位”，香烟馕臬臬。

【音乐声中幕启：王安仁着素服，扶灵案，悲痛欲绝。

王安仁　（唱）　学石匠做石活与石为伴，

不觉很快到了而立之年。

攒银两求月老牵来红线，

择吉日雇吹响喜结良缘。

谁料想西狭恶道路凶险，

未拜堂新人儿坠落深潭。

横祸飞来鸳鸯双离散，

抛珠泪我哭倒亡灵前。

（白）老天爷呀！我王安仁自幼父母双亡，拜师学艺，成为石匠，老老实实做活，安安分分度日，如何竟落得这般下场！（痛哭）

【巫婆挥拂尘上。

巫　婆　安仁老弟，我给你驱邪来了。（用拂尘在王安仁身上乱打）天门开，地门开，妖魔鬼怪全离开！（煞有介事地）安仁老弟，你中邪了！

王安仁　哪里来的妖邪？

巫　婆　是从西边来的。

王安仁　西边来的？

巫　婆　是呀，是呀，你常去西狭取石头，得罪了黄龙神。

王安仁　所以它就把我的新娘子收去了。

巫　婆　是呀是呀，从今往后，你再也不能去动西狭的石头了。

王安仁　（老实地）我再也不动了。

巫　婆　这就好，我给你驱邪吧。

王安仁　驱赶得远远的，我定会好好谢你。

【巫婆独舞，口中念念有词：

我是凌霄府中天蓬将，

奉了仙符下了九天。

把那移星换斗的神通显，

驱雷掣电灵光现，

排山定海威风展。

（白）好了好了，我已经给你驱赶了妖邪，你拿银子给我吧。

王安仁　（从袖内取出一锭银子交给巫婆）多谢了。

巫　婆　（急忙揣起银子）我走了。（下）

【李翕着朝服，佩剑，与抱着衣物的云儿及李夫人、冬儿上。

李　翕　安仁！

王安仁　（跪）大人！

李　翕　（扶起王安仁，悲痛地）都怪犬子，让你……

王安仁　都怪我常去西狭取石头，得罪了黄龙神。

李　翕　（若有所思地）噢？

李夫人　（从云儿手中接过衣物）他王大哥，这几件衣物是我的一点心意，请你收下，挡挡风寒。

王安仁　（跪接衣服）谢夫人。（起身）

李夫人　云儿，往后你要多来王大哥家中，帮他收拾屋子，浆洗衣服、被褥。

云　儿　是。（偷看王安仁，眉目含情）

李夫人　冬儿，快去给你王嫂叩头上香。

冬　儿　是。（给灵牌叩头上香）

王安仁　（扶起冬儿）公子请起，小人担当不起。

冬　儿　（悲痛地）王大哥，都怪我冒失……

王安仁　不怪公子，只怪我常去西狭取石头，得罪了黄龙神。

李　翕　安仁！

（唱）　安仁莫把自己怨，
不怪地来不怪天。
只怪西狭太凶险，
过路如过虎狼关。

【幕后合唱。

只怪西狭太凶险，
过路如过虎狼关。

【吕桂着朝服，佩剑，与仇靖、严商上。

吕　桂　大人！

仇　靖　大人！

严　商　大人！

王安仁　（施礼）二位大人，严老伯！

李　翕　吕府丞，你也来了？

吕　桂　大人亲自前来吊唁，下官怎敢不来。

李　翕　你来得好，我正要找你商议。

（唱）　武都本是富庶地，
良田阔野千百里。
只因山高路岌岌，
更有水深难过驹。
阻车阻轿阻官驿，

困人困马困商旅。
西狭路为行人惧，
百姓因之常悲戚。
盐商借它牟暴利，
贪官靠它把血吸。
打通西狭为生计，
解民倒悬在此举。

（白）我想西狭道路险恶无比，阻隔汉、氐、羌通商，实为通往益、梁二州之障碍，致使盐价暴涨，郡内盛产药材、皮货等又外运甚少，缺少利惠，百姓深受其苦，贫困不堪。为使大狭东西两地经济得以繁荣，礼教得以传播，愚顽得以开化，本太守决计征集民夫，筹措银两，打通西狭，为民造福。吕府丞你意下如何？

吕　桂　大人！

（背唱）　李翕他要修路把我来问，
不知他是真意还是假心？
我不妨巧妙周旋将言进，
投个石头试水深。

（白）大人，这修路吗，的确是件好事，只是，动了西狭的石头，黄龙神它要收人的。

李　翕　你也相信这话？

吕　桂　不可全信，但也不可不信。

（背唱）　前两任太守官谎称修路，
敛银钱饱私囊一仁捞足。
我督办也没有少得好处，
三万两捐官银送往京都。
崆峒山泾水渡强盗光顾，
太守梦化南柯枉费功夫。

若李翕与前任同一心术，
天助我圆旧梦高官再图。

（白）下官听凭大人吩咐。

仇 靖 前两任太守也都有过如此打算，只是……

李 翕 只是什么？

仇 靖 小人不便讲。

严 商 你不便讲我讲。

（唱） 官府杂税一连串，
借口修路敛苛捐。
打通西狭口上喊，
到头都是骗银钱。

（白）前两任太守光筹银子不修路，百姓早就受不了了。就说我吧，已经捐了六次银子了，每次都是上几十两、上百两啊！全叫……（气愤地）啊！哈哈——（从怀里掏出干馍双手捧吃，生怕掉下了粒馍渣）

李 翕 官以民为本，民心可用不可欺呀！

仇 靖 大人说得极是。

李 翕 本太守决心已定，吕府丞——

吕 桂 大人！

李 翕 限你一月之内，征齐所需民夫，筹足所需银两。

吕 桂 大人，只因下辦民众贫困不堪，银两恐怕一时筹措不足，请大人宽限。

李 翕 修路乃当务之急，就一个月。

吕 桂 是。

李 翕 仇书吏——

仇 靖 在。

李 翕 尽快草拟郡府告示，派人四乡张贴，晓谕百姓，本太守已决意打通西狭栈道，号召民众，有钱出钱，有力出力。此外，立即撤除沿途道路关卡，郡府原定收费令例，一律取消。

仇　靖　是。

严　商　（喜出望外地）好哇，好哇。

吕　桂　大人，（与李翕耳语）这路卡撤不得。向过路百姓收取例银，是为打通西狭筹集银两的最佳办法，若能加倍收取，那就——

李　翕　（制止地）呃，修路是顺乎民意的事情，百姓自会踊跃捐银出力，官府再也不能坑害他们了。

吕　桂　是。

李　翕　（思索）只是这修路还得请一位懂勘察、善测量、会破石的高师。

李夫人　老爷，我叔公曾在法曹门下任过高师。他修的道路不下百十条，现已告老还乡。何不将他老人家请来，助老爷一臂之力？

李　翕　对啊，夫人也晓得举贤不避亲。

冬　儿　（拍手）我外姥爷要来了，我外姥爷要来了！

李　翕　（对王安仁）安仁，你是下辨有名的石匠，打通西狭，还得靠你这双巧手。

王安仁　（犹豫地）这个……

李　翕　本太守求你了。（拱手）

王安仁　（急跪）大人，不是小人抗命，实在是不敢得罪黄龙神了，小人再请巫婆禳解一下，看是否能成。

李　翕　（愤而拔剑在手）本太守替你禳解。（举剑）

为男儿兮顶天立，
三尺青锋兮手中提。
黄龙神兮何所惧，
壮心弥坚兮志不移。

【灯暗。

【幕落。

第三场　探狭

【若干天以后。

【西狭道上。

【古树参天，岩石壁立，山道蜿蜒，潭水深碧。

【幕启。冬儿跑上。

冬　儿　（对幕内）外姥爷，快来呀，外姥爷，快来呀！

【裴松内喊：来啦！（上）

裴　松　来啦！

冬　儿　外姥爷。

（唱）　　黄黄的眼睛翘嘴巴，
　　　　红红的屁股长尾巴。
　　　　不爱地上跑，
　　　　老往树上爬。你猜是个啥？

裴　松　哈哈，像你，是个小猴子。

冬　儿　是个老猴子。

【李翕、仇靖便装，与着朝服、佩剑的吕桂带侍卫和王安仁上。

李　翕　（笑指裴松、冬儿）你们看，真是爷爷孙儿没大小，哈哈哈哈。

冬　儿　（从裴松怀里掏出罗盘）外姥爷，我要跟你学用罗盘，将来也当个法曹门下的高师，给百姓修路。

裴　松　当法曹门下的高帅有啥好，长年累月与土石打交道，食宿荒野之中。你还是好好念书，长大了像你爹爹一样做大官，让人前呼后拥，那才威风，快把罗盘给我，我要用哩。

冬　儿　偏不给，偏不给。

李　翕　冬儿，莫闹，快把罗盘交给你外姥爷。

冬　儿　是。（将罗盘交给裴松）

【云儿跑上。

云　儿　公子，公子。

冬　儿　（没好气地）喊魂哩吗！

云　儿　（生气地）夫人不让你来，你偏要来！夫人要我把你跟好，怕你再出危险，不让你乱跑，你偏要乱跑！

李　翕　冬儿听话，莫要乱跑。

冬　儿　（笑着拿住云儿的手）好，我的云儿姐哩，我不乱跑了还不成吗？

云　儿　（乐）你不乱跑，我就不生气了。走，咱们到那边采百合花去。（拉冬儿）

冬　儿　（甩手）我才不跟你采百合花哩，叫王大哥陪你吧。

王安仁　公子莫乱说。

冬　儿　好，我的王大哥哩，云儿经常给你缝补浆洗，你连陪她采个花也不肯，往后云儿成了我的嫂嫂，看咋收拾你。

云　儿　（羞怯地）冬儿，看我回禀大人，打你的嘴！

李　翕　安仁，你就陪云儿去吧。

王安仁　是。（与云儿同下）

李　翕　（对裴松）叔公，咱们已经探查好多天了，你看这打通西狭，得耗费多少人力、多少时间？

裴　松　贤侄婿，（捋胡须）这西狭中道，的确是天堑，险峻异常，悬崖峭壁，多是岩石，要想拓宽，成为大道，是要花很大功夫的。我平生以来，修的道路不下百十条，唯这西狭最为艰难。狭内窄促，民夫太多，施展不开，太少又会拖延进度，要竣工，至少也得年余。

李　翕　想这开石之法，你是有的？

裴　松　（卖弄地）那有何难？用木柴烧石，待石烧热，用凉水合醋浇在石上，巨石自然炸裂。

仇　靖　裴老先生真是高师，我等是想不出这种神法的！

裴　松　区区小技，何足挂齿。这是多种法子中的一种，要打通西狭，还需大批的石匠，这刨、挖、铲、撬、抬、推、运等，一样工具也不能缺少。

李　翕　对了，吕府丞，征集民夫、筹措银两的事，你办得如何了？

吕　桂　这个……

（背唱）　原以为李太守明修栈道，
没想到他不肯把钱来捞。
请叔公探西狭令人气恼，
坏了我求高官财路一条。
虚委蛇假应付时机瞅好，
釜底薪慢慢抽再出高招。

（白）回大人，下辨民众，贫困已极，口户减去甚多，能出人就算好；严商这类商户，生怕官府食言，虎头蛇尾，有的捐得太少，有的干脆不捐。

裴　松　修路工程浩大，费用只可超余，不可短缺。

李　翕　（对吕桂）你与汉德多向商户们作些解释，就说我李翕打通西狭的决心下定了，请他们放心，有谁敢贪污挪用修路银子，定斩不饶！

吕　桂　是。

仇　靖　是。

李　翕　银两不足部分，由府库支取，对民夫以工代赈，务必保证所需费用。

吕　桂　大人，凉州刺史孟大人严令，各郡府库银两只用于战时，平时不得擅自动用，违者严惩不贷！

李　翕　修路乃眼下头等大事，顾不得许多，孟大人怪罪下来，由我一个人承担。

吕　桂　是。

李　翕　（对裴松、吕桂）你二人再到前边察看，汉德陪我在此歇息片刻。

吕　桂
裴　松　好。（同下）

仇　靖　大人，你亲自察看西狭，已经好多天了，连日辛劳，还得保重身体才是。（扶李翕坐于石上）

李　翕　（脱靴抖土）修路之事，非同一般，勘测不妥，就会劳民伤财。只有亲自探看，我才放心。

【仇靖见李翕穿靴，欲俯身帮忙。

李　翕　（制止地）我自己来。（探问地）汉德，你与吕府丞共事多年，想必深知他的为人？

仇　靖　回大人，府丞大人是凉州刺史孟大人的外甥，他做府丞，到大人这里，已算陪了三任太守。据说，孟大人至今还在向朝廷保举他晋升官职。

李　翕　噢。

仇　靖　小人言多了。

李　翕　言者无罪嘛，无妨，无妨。你去看看冬儿他们，莫让他们跑远了。

仇　靖　是。（下）

【音乐起。

【李翕起身，遥望群山，感慨万千。

李　翕　（唱）　群峰巍峨艳阳照。
景色如画无限娇，
水藏金来山聚宝。
只恨西狭如虎豹。
四乡百姓受困扰。
但愿功成平险要，
深谷架起彩虹桥。
到那时——
郡县处处无贼盗，

百姓个个得温饱。

老人开怀童稚笑，

男耕女织乐逍遥。

【幕后合唱——

郡县处处无贼盗，

百姓个个得温饱。

老人开怀童稚笑，

男耕女织乐逍遥。

【合唱声中，李翕缓缓上西狭山道，继续远眺，隐没林木之中。

【歌声毕。云儿跑上。

云　儿　王大哥，王大哥，你跑到哪里去了？（四处张望）王大哥，王大哥——

【令狐丹操短刀从树后上来。

令狐丹　（搂住云儿脖子，用刀逼住）不许喊叫！

云　儿　（惊恐地）你……你要干什么？

令狐丹　老实回话，我不伤你，方才在此的可是李翕？

云　儿　是，太守大人。

【令狐丹推倒云儿，持刀急扑李翕隐没之处。

【云儿惊呼。

【王安仁急上。

王安仁　（扶起云儿）云儿，你这是……

云　儿　（倒进王安仁怀中）王大哥，歹徒……我怕……

【幕内侍卫高喊：有刺客！

【侍卫齐喊：拿刺客！

【二侍卫提刀扭令狐丹上。

【李翕、吕桂、仇靖、裴松、冬儿上。

侍卫甲　（双手捧短刀呈李翕）大人，这是刺客的凶器。

【仇靖接住短刀，呈交李翕。

李　翕　（接刀观看）好刀，这样的宝刀只配猛士使用。你是何方人氏，名叫什么？

令狐丹　羌人令狐丹。

李　翕　本太守与你素不相识，你为何要加害于我？

令狐丹　李翕，你听着！

（唱）　　家住崆峒泾水头，
世世代代放马牛。
官兵突来如雨聚，
个个凶残似狼吼。
杀了老人又杀幼，
杀得鲜血遍野流。
爹爹被砍门背后，
爷爷气绝病床头。
阿妈惨遭兵蹂躏，
裸尸抛在黄土丘。
只我侥幸逃虎口，
流落西河独飘游。
闻你武都做太守，
要将西狭路道修。
天天来此把你候，
誓要杀你报深仇。

吕　桂　大胆羌贼，还不住口！

令狐丹　你们官府常骂我们氐、羌人是贼，我们一不偷、二不抢，贼从何来？

仇　靖　还敢嘴硬？

裴　松　这等乳臭未干的蛮小子，竟敢行刺朝廷命官，罪不容赦。

令狐丹 要杀就杀，何必啰唆。

吕　桂 （对侍卫）拉过去，砍！

侍　卫 是。（欲推人令狐丹）

李　翕 （制止吕桂）呃！（对令狐丹）你回去之后，定要告诉氐、羌人众，本太守修路为的是氐、羌、汉各族百姓的共同利益。

令狐丹 要杀就痛快些！

李　翕 （命令侍卫）放了他。

吕　桂 大人。

仇　靖 大人。

李　翕 放。

侍　卫 是。（放掉令狐丹）

令狐丹 （不相信地）你果真要放了我令狐丹？

【李翕点头。

令狐丹 那我走了。（欲跑）

李　翕 且慢。

吕　桂 抓回来！

【侍卫急挡令狐丹。

令狐丹 （对李翕）怎么，你又反悔了？

李　翕 这柄刀，定是你心爱之物，本太守奉还于你。（双手递刀给对方）

令狐丹 大人。（感激地跪卜，上前接刀）

【侍卫为防不测，欲上前护李翕，被李翕制止。

令狐丹 大人。

（唱）　接刀在手心情难平静，
叫一声胸襟似海的李大人，
羌人最讲仗义情。

令狐丹 感激不杀恩。

（白）谢大人。（叩头，下）

裴　松　这氐、羌蛮人，应当格杀勿论！

吕　桂　是啊，宁可宰杀一千，不能放走一个！

李　翕　（摇头）你等不知，氐、羌人对官府由来存有戒心，他们对修西狭可能会有误会。倘若杀了令狐丹，惹恼氐、羌人，不但道路修不成，还会坏了朝廷大事。

仇　靖　还是大人深谋远虑、高瞻远瞩。

李　翕　吕府丞、叔公，西狭已经探明，民夫已经征齐，你们即刻动工，不得延误。

吕　桂
裴　松　是。

【灯暗。

【幕落。

第四场　闯宴

【两个月之后。

【吕桂府中。

【仕女图屏风横于一侧，案几居中，旁边摆有三只鼓橙。

【音乐声中幕启，吕桂着便服，背手徘徊于堂前。

吕　桂　（唱）　他李翕刚上任就把路修，
捞声望笼民心计高一筹。
想后来有政绩功成名就，
步青云再升迁仕途无忧。
（叹息）唉——
可叹我靠娘舅为官已久，
做府丞奉陪了三任太守。

到如今依然是屈居人后，
似这般到何时方能出头？
（徘徊、思谋、下决心）
（接唱） 只有把李伯都名声搞臭，
再叫他修路策付诸东流，
到那时民怨起地方参奏，
上司恼朝廷怒必不甘休。
或撤职或贬谪让他开溜，
我才能取代他一显风流。

（白）对，就这么办！

【巫婆喜形于色地上。

巫　婆　哎呀呀，今儿个太阳从西边出来了！府丞大人，你请我可是从来没有过的事，怎么，你府上也有邪气？

吕　桂　（强作笑）我府中哪里会有邪气，我请你来，有事要问你。

巫　婆　大人请问。

吕　桂　（忽然想起似的）对了，你不是常说，到西狭取土石得罪了黄龙神是要收人的？

巫　婆　是呀，是呀。那王安仁的新媳妇不是让黄龙神给收去了吗？

吕　桂　（假意点头）这话你可是常讲的吗？

巫　婆　常讲的，常讲的。

吕　桂　到西狭工地上讲过没有？

巫　婆　我嫌路远哩。

吕　桂　你是代神说话的人，下辨百姓都把你信到骨头缝里去了，保佑他们平安无事，可是你义不容辞的事啊！

巫　婆　我腰乏哩、腿酸哩、脚板疼哩，浑身都有病哩。（推诿地）我才不去哩。

吕　桂　（从袖内摸出一锭大银）这五十两银子可能治好你的腰乏腿酸脚

板疼?

巫　婆　（欣喜地去接银子）能成、能成。

吕　桂　（将银子举高）工地上那些民夫的身家性命，可就托付给你了。

巫　婆　（急不可待地）我去讲，我去讲。

吕　桂　不是你去讲，是代神去讲。

巫　婆　对的，对的。

吕　桂　（将银子交给巫婆）哈哈哈！

巫　婆　（担心地）只是，太守大人他……

吕　桂　他到河池巡查去了，这里由我全权代理，你就放心到工地上去吧。

【内报：裴老先生到。

【巫婆赶紧将银子收起，从另一侧下。

【裴松上。

裴　松　（施礼）府丞大人。

吕　桂　（还礼）裴老先生。

裴　松　大人相请，老朽实在不敢当。

吕　桂　（亲昵地挽住裴松）老先生千里迢迢来到咱这穷乡僻壤，为下辨百姓造福，数月来不辞辛劳，亲临大狭监工，本丞实在钦佩。今日特备水酒一杯，为老先生驱赶风寒。先生请。

裴　松　大人请。

【吕桂携裴松入座。

吕　桂　（传唤）来人。

【仆人上。

仆　人　大人吩咐。

吕　桂　贵客已到，酒菜上来。

仆　人　是。

【仆人下。

【婢女上酒菜，为裴松、吕桂斟酒。

吕　桂　（执盏）先生请。

裴　松　（执盏）大人请。

【二人同饮。

忽如远行客，

斗酒相娱乐，

聊厚不为薄。

欢宴悦心意，戚戚何所迫？

【歌声余音中，王安仁气咻咻地上。

【舞女惊退两侧。

王安仁　府丞大人，工地上已经断粮三日了，大人还有心思寻欢作乐？

吕　桂　大胆！你一个小小石匠，竟敢对本丞如此讲话！

王安仁　大人。

（唱）　西狭工地急如火，

民夫等粮来下锅。

难耐辘辘腹中饿，

求大人下令速开锁。

裴　松　工地上的事由我全权作主，关你屁事！

王安仁　太守大人走后，工地上就见不到你的影子了。你们口口声声催我早日完工，却不给银子，就连工地上的存粮也被你们铁锁锁住，让兵丁把守，我再不来这寻你们，民夫就都饿得跑光了。

吕　桂　住口！太守大人只给了一个月期限，银两还未筹足，太守大人又去了河池，没有他的命令，谁敢擅自将府库打开？

王安仁　下辨百姓共捐了三万八千两修路银子，都在府丞大人手中，你扣住银子不给工地，是何道理？

吕　桂　胡说，你敢造谣，本丞送你去坐大牢！

王安仁　（气得发抖）你、你、你……

（唱）　府丞大人太可气，

扣住银子不救急。

不由我浑身发抖怒火起，

言如铁凿把顽石来敲击。

（白）你们这些当官的，一杯酒二两油，一顿吃了一头牛，披绫挂缎又穿绸，家里还要盖高楼，全然不顾我们百姓行路难，行路苦，不得温饱，贫困交加……

吕　桂　不许你诬蔑朝廷命官！

王安仁　（失去自制）诬蔑，我还要动手！（愤怒地掀翻筵席）

【舞女惊叫。

裴　松　（惊恐地）反了！反了！

吕　桂　（大怒）来人！

【二侍卫上。

二侍卫　在！

吕　桂　这刁民竟敢冒犯本官，拉下去重责四十，押往工地晓谕民夫，如有效尤，加倍处罚！

二侍卫　是！（拖王安仁欲下）

王安仁　（痛呼）太守大人！

【灯暗。

【幕落。

第五场　除妖

【接前场。

【西狭工地。

【工地上碎石狼藉，各种工具胡乱放置。天幕上阴云密布。

【幕启，民夫或坐或卧，一片怨声。远处有持刀兵丁看守。

【音乐起。

【二兵丁押王安仁唱上。兵丁内吼：走！

王安仁　（内唱）　四十板打得我皮开肉绽，

（上，接唱）又被这虎狼兵丁押到黄龙潭。

可恨那吕府丞阴险凶残，

扣银两蹈前辙把工程阻拦。

民夫甲　安仁！

众民夫　安仁！

民夫甲　你为何成了这般模样？

王安仁　（悲愤地）别提了！去要银子，求他们开锁放粮，却被吕府丞打了我四十大板。

（接唱）　李太守修西狭苦心一片，

为百姓办好事难上加难。

眼看着工地上民心涣散，

怕只怕西狭道又化云烟！

兵丁甲　尔等听着，谁敢再磨洋工，捣乱工地，聚众闹事，（指王安仁）他就是下场！快拿工具干活！

众兵丁　干活！干活！

【众民夫抄工具，极不情愿地干起来。

【兵丁又去远处把守。

【巫婆抖上。

巫　婆　（装神弄鬼地）我是黄龙神！我是黄龙神！尔等跪下，跪下！

【众民夫慌忙抛弃工具，跪倒在地。

巫　婆　尔等听着！

（唱）　天井山上的草和树，

鱼窍峡里的石与土，

都由黄龙神来守护。

动一铲抬一筐罪不容诛！

（白）你们谁要再动我一草一木，一石一土，我就把他收进黄龙潭。

众民夫 （连连叩头）黄龙神息怒，黄龙神息怒。

巫　婆 要我息怒不难，你们都给我赶快回家，否则性命难保，还要连累亲族。

众民夫 我们这就回家，这就回家。

【民夫纷纷起身，收拾工具欲走。

【天幕上火光骤起。

【内喊：粮仓着火了！粮仓着火了！

【众民夫大惊。

王安仁 大家快去救火。（带众民夫急下）

【冬儿跑上。

冬　儿 救火了！救火了！（疾朝另一侧跑去，突然摔倒，捡起一只火镰，观看），这个火镰如此精美，还镶着玛瑙，定是大户人家用具，怎么丢在这里了？

巫　婆 是个啥好的火镰，拿来我看看。

冬　儿 （假装将火镰抛给巫婆）呷，来了。（急揣入怀中）

巫　婆 （急接，不见，四处寻找）哪里去了？哪里去了？一定是你鬼娃揣进怀里了。

【众兵丁押众民夫上。

兵丁甲 大火已经救下了，尔等还不快快干活。

王安仁 只救下一小半，真是雪上加霜，屋漏偏遇连阴雨，（思索地）这火着得奇怪呀！

巫　婆 （又装神弄鬼地）我是黄龙神，我是黄龙神，是我放天火烧了你们的粮仓，尔等再不回家，我就折了你们的麻秆草命！

【众民夫惊惧。

【巫婆狂舞怪叫。

【内报：府丞大人到！

【吕桂着朝服，佩剑上。

吕　桂　何事在此喧闹？

兵丁甲　禀大人，方才工地粮仓失火，这巫婆说是黄龙神放的天火。

吕　桂　大火可已救下？

兵丁甲　只救下一小半粮食。

冬　儿　（从怀中掏出火镰，递给吕桂）吕伯伯，这是我方才在粮仓不远处捡到的火镰。

吕　桂　（惊骇地拉住火镰）火镰？

（背唱）　见火镰不由我心惊肉跳，

暗怪那纵火人是个草包。

倘若被李太守他当面看到，

顺藤摸瓜使我罪责难逃。

（假装失手，将火镰丢入黄龙潭）

冬　儿　你……

吕　桂　伯伯一时失手，回去再给你一个好的。

【李翕已暗上，吕桂将火镰丢入潭中之举被他看在眼里。

王安仁　（起前，跪）太守大人，你可来了！（欲说下去，被吕桂打断）

吕　桂　大人，方才工地粮仓起火，下官在此督令救火，不知大人已经回来。

李　翕　粮可救下？

王安仁　大火凶猛，只救下一小半。

巫　婆　黄龙神一把大火烧了粮仓，尔等还不醒悟。

李　翕　又是你。

巫　婆　（惊恐地故伎重演，狂舞，念）

天发怒，地恼躁，

黄龙显灵把粮烧，

如若再开西狭道，

沉下深潭定不饶！

【众民夫齐跪求饶：黄龙神饶命！黄龙神饶命！

李　翕　住嘴！你这妖婆，竟敢当着本官的面妖言惑众，扰乱民心，坏我修路大事！来人！

侍　卫　在！

李　翕　拿下！

侍　卫　是！（拿下巫婆）

巫　婆　（怪叫）我是黄龙神，谁敢把我怎样？

李　翕　哈哈哈哈，哈哈哈哈。你既然是黄龙神，就请回到你的黄龙潭去吧！侍卫——

侍　卫　在！

李　翕　把这黄龙神送下潭去！

巫　婆　（似神鬼突然离身）大人饶命！大人饶命！

众民夫　（求情地）请大人息怒！

吕　桂　这巫婆是下辨百姓心目中的神灵，你看……

巫　婆　府丞大人！府丞大人！

吕　桂　（对巫婆）住嘴！

李　翕　（决断地）沉下去！

吕　桂　（对侍卫）还不快快沉下！

侍　卫　是！

巫　婆　府丞大人，是你……（话未完被侍卫沉入深潭，惊叫）啊——

李　翕　（对民夫）大家请起，黄龙神已让本太守打发回潭了，大家再也不必惧怕。

【众民夫起身，仍心有余悸。

冬　儿　爹爹，你去河池这么些天，工地上没有银子，粮仓又被铁锁锁着，民夫们只好顿顿吃野菜，喝清汤，早就没有力气干活了。

王安仁 是啊。

李　翕 （惊地）噢？（对吕桂）吕府丞，我离开郡府时早有安排，为何至今未给工地发拨钱粮？

吕　桂 大人，工地粮仓钥匙由裴老先生掌管，所筹银子三万八千两，下官也全数交给裴老先生多日，由他全权给工地支取使用。

【民众议论：原来如此！

李　翕 怎么交给他了？

吕　桂 大人走后，郡府事务繁多，都要下官一一处理。裴老先生常在工地坐镇，银子交给他，图的是方便。

李　翕 仇书吏，尽快去我叔父那里，接管银子，如数发往工地，让大家吃上饱饭，不得有误！

仇　靖 是。

【一兵丁上。

兵　丁 启禀大人，有一群氐、羌人拿着家什过狭来了。

吕　桂 （对兵丁）氐、羌贼人，来者不善，尔等严加防范，如有不测，就先下手！

兵　丁 是！（欲下）

李　翕 且慢。我们修西狭，氐、羌人并无过激行为。（对兵丁）列队迎接，没有本太守命令，不得上前。

兵　丁 是！（退至台侧，召集兵丁列队）

【令狐丹上。

令狐丹 （施礼）大人。

（唱）　闻太守修西狭决心下定，
为百姓谋福利可敬可钦。
氐、羌人理应当出力帮衬，
集民夫聚钱粮协助大人。

（白）大人，令狐丹奉首领之命，送来民夫三百人、工具二百件、精粮一百石。（呈礼单）这是清单，请大人过目。

李　翕　（高兴地接住礼单交仇靖）令狐丹兄弟，辛苦了！你家首领如此慷慨相助，真是雪里送炭，本太守定派专使前去回谢。

令狐丹　首领还命令令狐丹留在西狭工地，督促氐、羌民夫，帮大人早日完工。

李　翕　这就再好不过了。（对众民夫）乡亲们，氐、羌兄弟派来民夫相助，大家务必齐心协力，同甘共苦，早日打通西狭。

众民夫　是！

【灯转暗。

【幕落。

第六场　劫银

【夜晚。

【裴松住所。

【几案用具。古玩琳琅。

【李夫人抱衣物，冬儿抱酒坛上。

冬　儿　外姥爷，外姥爷。（冬儿跑前）

【裴松上。

裴　松　噢，冬儿来了，侄女你也来了！

冬　儿　（将酒坛塞到裴松怀中）外姥爷，这是我爹爹送给你的一坛老酒。

裴　松　好，好！（将酒坛放案上）

李夫人　叔公，天气凉了，我为你做了两套夹衣，早晚莫忘穿上。

裴　松　侄女，你真像我的亲生女儿一样！

李夫人　叔公切莫见外。

（唱）　　叔公待我如亲养，

从小哺育恩情长。

你千里迢迢来陇上，
我应当尽孝奉高堂。

裴 松 我来下辨半年，贤侄婿和你时时嘘寒问暖，多方照顾，就同在京城家中一般无二。贤侄公务繁忙，你要照顾好他才是，我这里就不用多费心了。

冬 儿 外姥爷，我和你说个悄悄话。（俯耳，突然大声）哇!

裴 松 呀，你这个淘气包，哈哈!

李夫人 冬儿莫闹，我们回去吧，让你外姥爷早早歇息。（拉冬儿下）

【裴松开酒坛自斟自饮。

裴 松 （唱） 贤侄婿李太守把咱请来，
为的是勘西狭将路打开。
郡府官县衙吏惧怕裙带，
四乡里百姓们仰我高才。
有恃靠无忧虑高帽常戴，
假称病避风雨躲进深宅。
哪管它西狭路工程好坏，
把酒坛饮开怀乐哉悠哉。

（白）想那吕府丞还是挺识相的，他将三万八千两银子悉数交我，那还不是——

（唱） 想瞌睡有人把枕头来摆，
任我取任我用任我怀揣!

【吕桂府中仆人带二舞女上。

仆 人 裴老先生，府丞大人恐先生寂寞，特命小人送来舞女二人，陪伴先生。

裴 松 府丞大人情义如此深重，真是不敢当。你回禀府丞大人，就说我裴某多谢了。

仆 人 是。（下）

二舞女　裴先生，我们给你跳舞，给你唱曲儿，给你解闷儿。

裴　松　（一边拉一个舞女）罢了，罢了，我老眼昏花，看跳舞头晕哩，耳朵也背了，听曲儿呜哩呜啦的。来来来，就陪我饮酒吧。

【二舞女一斟酒、一执杯　，陪裴松饮酒。

二舞女　先生请，先生请。

裴　松　（搀住二舞女，飘飘欲仙）美景美酒美人儿，想我裴某人已到了耳顺之年，却还有如此福分。（已有几分醉意）

【吕彪、吕虎、吕豹蒙面持刀急上。

吕　彪　不许动，动就……（用刀作抹脖子状）

【裴松、舞女吓得浑身发抖。

吕　彪　（对吕虎、吕豹）进里屋，抬银箱。

【吕虎、吕豹入台侧，抬银箱上。

裴　松　（扑向银箱）抬不得，抬不得，这可是修路的银子，丢了它就丢了我的老命！

吕　彪　（急用刀逼住裴松，命令手下）还不抬走？

【吕虎、吕豹抬银箱急下。

【吕彪转身欲下，被裴松抱住一条腿，吕彪挣扎不脱。

【二舞女惊呼。

【吕彪举刀欲砍。

【仇靖带侍卫急上。

仇　靖　大胆狂贼，拿下！

【侍卫拿住吕彪。

裴　松　（语无伦次地）银子！我的……银子……

仇　靖　（惊问）银子怎么了？太守大人就让我来接管银子的。

裴　松　叫………叫他们抢走了！

【灯暗。

【幕急落。

第七场　辨奸

【紧接前场。

【吕桂府中，景同四场。

【吕桂拿出两封银子，交给吕虎、吕豹。

吕　桂　吕彪一夜未归，凶多吉少，为防不测，你俩带上这些银子暂到远处躲避，三五年后，风平浪静，你们再回来，本府丞绝不会亏待你们。

两家丁　谢大人。

【内报：太守大人到。吕桂惊惶间，暗示两家丁下。李翕带仇靖从另一侧上。

吕　桂　啊，太守大人清晨来到本府，有何指教？

李　翕　昨夜郡府发生一起抢劫大案，主犯已经抓获。本官与你一同审理，你意如何？

吕　桂　这个……

李　翕　府丞难道觉得不妥？

吕　桂　下官遵命。

【三人落座，仇靖拿出随身携带的文房四宝。

李　翕　带人犯！

【幕内喊：带人犯！二侍卫押吕彪上。

李　翕　吕府丞，你可认得此人？

吕　桂　（作观察状）此人原是下官府中的一名家丁，因犯过失，三天前已被下官逐出府门。

李　翕　大胆强盗， 夜入室，持刀抢劫修路银两，实属罪大恶极，受谁指使？从犯何人？银两安在？从实招来。

吕　彪　（指吕桂，颤抖地）府……府丞大人，是你害了小人。

【仇靖作记录。

吕 桂 不得胡说。

李 翕 招！

侍 卫 招！

李 翕 拉下去，重打八十！

侍 卫 是。（去拖人犯）

吕 彪 （叩头）我招，我招——

（唱）　　府丞深夜受机命，

差我蒙面去抢银。

许我事成结秦晋，

还要赏我千两金……

吕 桂 （怒喝）住嘴！大胆强盗，竟敢诬陷本丞，（拔佩剑朝吕彪扑去）我杀了你！

李 翕 （急拔佩剑，冲上去架住吕桂的剑）呃，吕府丞，人犯正在招供，你却要杀掉活口，未免太心急了些吧？（对人犯）招！

【吕桂无奈插剑入鞘，李翕亦插剑入鞘。

侍 卫 招！

吕 彪 太守大人，的确是吕府丞，吕大人所使呀。

吕 桂 你狗急跳墙，血口喷人！

李 翕 从犯何人？

吕 彪 吕虎、吕豹，均是吕府家丁。

李 翕 吕府丞，吕虎、吕豹可是你府中家丁？

吕 桂 吕虎、吕豹是我府中家丁不错，只是二人早已告假回家去了。

【内喊：拿住二人！

李 翕 带上来！

【二兵丁押吕虎、吕豹上。

一兵丁 禀大人，此二人越墙而出，行迹诡秘，被我等拿住了。

李 翕 你二人可是吕虎、吕豹？

吕　虎
吕　豹　正是小人。

李　翕　既是吕府家丁，有门不走，却是为何？

吕　虎　府丞大人他……

李　翕　他怎样？

吕　虎　是他命我们跑的。（掏出银子，放到吕桂案上）这是你的银子，不关我们的事了。

【吕豹也将银子放到案上。

吕　桂　你，你们……

李　翕　发现吕虎腰间的火镰袋，命家丁将吕虎腰间的火镰袋解下。

【侍卫从吕虎腰间扯下火镰袋，呈李翕。李翕从袖里取出一只火镰与火镰袋对比观看。

李　翕　袋对镰，镰对袋，刚好一对！

（唱）　黄龙潭捞火镰证得到，
今又见火镰袋拴在吕虎腰。
你说巧来也真巧，
辨奸自有天日昭昭。

吕　桂　（背唱）　烧粮仓罪证未销掉，
劫银子昨夜又失招。
李翕他步步紧逼死将根底刨，
不由我头发麻背生凉三魂俱销。

吕　桂　烧西狭粮仓的定是你们？

【三人吓得发抖，齐呼冤枉！

吕　虎　吕府丞差遣，我等不得不去，乞大人饶命。

李　翕　昨夜所劫银子，藏于何处？

吕　虎　在府丞后花园枯井里。

李　翕　来人，速去后花园起出赃银。

二兵丁　是。（下）

李　翕　侍卫，撤掉吕桂座位，摘去吕桂朝冠、佩剑，押到堂下！

侍　卫　是！（撤座，摘去吕桂朝冠、佩剑，并将其押至堂下）

吕　桂　（大喊）李翕，我乃朝廷命官，你岂能如此待我！

李　翕　好一个朝廷命官。

（唱）　　烧粮仓劫银子你把重罪犯，

哪像个受皇恩食俸禄的府丞官。

吕　桂　（拉唱）你李翕修大路将我前程断，恨不得食你肉、寝你皮，我才心甘。

（白）李翕，你就是杀了我，我舅父凉州刺史孟大人也绝不会放过你的。

李　翕　住嘴，孟大人系朝廷重臣，身居要职，不许你玷污他的大名，你收买巫婆，妖言惑众，还密使下人，火烧工地粮仓，夜蒙面劫银，本太守现已全部查明，你还有何话可讲！

吕　桂　（冷笑）李翕，你只说对了一半，好戏还在后面哩！

【二兵丁抬银箱上。

一兵丁　启禀大人，银子全部起出。

李　翕　仇书吏，你去清点一下。

仇　靖　是。（至银箱前，清点银子）禀大人，共二万八千两。

李　翕　你可清点得仔细？

仇　靖　无有差错。

李　翕　传裴松！

【内喊：传裴松！

【裴松上。

李　翕　叔公，吕桂共交给你多少银子？

裴　松　三万八千两。

李　翕　可曾支取？

裴　松　分文未动，昨夜全部被蒙面人抢去了。

吕　桂　胡说！昨夜抬来，我即清点，只有二万八千两，分明是你贪污了。

裴　松　是你抢去了！

吕　桂　是你贪污了！

裴　松　是你抢去了！

吕　桂　是你贪污了！

李　禽　住嘴！吕虎、吕豹，昨夜你二人将银箱抬入吕桂府中，可曾清点？

吕　虎　是当着吕府丞的面砸锁清点的。

李　禽　实数多少？

吕　虎　二万八千两。

李　禽　可是实情？

吕　虎　小人不敢说谎。

【吕桂得意地狞笑。

李　禽　大胆裴松，竟敢贪污修路银子！

（唱）　　揭出吕桂来亮相，

　　　　　岂料叔公也贪赃。

　　　　　节外生枝难预想，

　　　　　才下虎背又骑墙。

（白）叔公啊，叔公，裴——松！

裴　松　（跪）我……我……

李　禽　你将银子如何处置了？

裴　松　三日前，我已命随从、家人驮往京城老家去了。

李　禽　来人。

一兵丁　在。

李　禽　立即带人，快马追赶裴松随从、家人，务必将银子悉数追回。

兵丁甲　是。

李　禽　吕桂听着！

（唱）　　吕桂为官做府丞，
　　　　所犯罪行实不轻。
　　　　下进大牢奏朝廷，
　　　　批文下来再执行。
（白）吕虎，你等听着。
（接唱）　纵火烧粮又劫银，
　　　　按律应当处极刑。
　　　　暂且留头作人证，
　　　　陪伴吕桂等死讯。
（白）将吕桂一干人犯押入大牢！

二兵丁　是。（欲推下吕桂等人）

吕　桂　（狂笑）我吕桂乃朝廷命官，凉州刺史孟大人的外甥，谁奈我何？只是裴老先生身为布衣，看你李翕如何处置！哈哈哈哈哈……

【灯暗。

【幕落。

第八场　灭亲

【接前场。

【郡府公堂。

【击鼓。幕启。内喊：升堂——

【堂上三班衙役齐呼：威——武——

【李翕端坐正堂案后，左侧案后仇靖记录。

【严商等群众在堂侧观看。

李　翕　（击惊堂木）带人犯裴松！

【幕后应：带人犯裴松！二兵丁押裴松上。

裴　松　贤侄婿！

（唱）　想当初你在宫里侍皇上，
持戟值班把宿卫当。
我不嫌你位卑福薄相，
亲自择你为东床，
万岁游狩在上林猎场，
熊罴激怒将你伤。
抬回家请郎中精心调养，
叔公我为配药东奔西忙。
一日三餐我亲口尝温凉，
又给你亲手煨参汤。
如今我一念之差贪银两，
本以为这是小事一桩。
谁料想你竟把亲情忘，
喝兵丁押我跪大堂。
求侄婿私了将我放，
让我平平安安回洛阳。

李　翕　（接唱）　叔公他一席话真情流淌，
不由我心里边倒海翻江。
如果我徇私情将他释放，
激民愤欺王法太守难当。
如果我秉公断送他上法场，
叔公死夫妻情绝定然会家破人亡！

裴　松　（哀求地）贤侄婿！

李　翕　郡府大堂，只有王法公理，没有叔侄情亲，还不跪下！（衙役齐呼：威——武——裴松无可奈何地跪下）

李　翕　（接唱）　裴松贪污修路银，
数额巨大罪难容。

要将他斩首来示众，

只因他是我嫡亲……

（抽令签，手颤抖，欲发又止，迟迟难以决断）

严　商　大人！

群　众　大人！

李　翕　（接唱）　郡府堂前众百姓，

口口声声喊大人。

催我速速决来快快定，

不杀他民愤不得平。

（举令签，手更加颤抖）

【幕后合唱。

举签在手难下令，

自古大义难灭亲，

李翕心中难平静，

难斩难放难煞人！

李　翕　（接唱）难，难！难！难难难……难煞人！

严　商　大人！

群　众　大人！

李　翕　（决断地）将裴松押往刑场……

【李夫人喊：老爷。

【李夫人怀抱玉如意上。

李夫人　（哭喊）老爷！叔公！

裴　松　侄女救我。

李　翕　夫人，郡府公堂，你怎敢擅自闯入？

李夫人　老爷呀！

（唱）　急匆匆我闯到大堂上，

来替叔公把情讲。

贱妾自幼爹病亡，
叔公曾把我收养。
明珠捧在他手掌，
胜似亲生金屋藏。
吃穿戴用不缺一样，
教书识礼语重心长。
如此大恩怎能忘，
如此情深似海洋。
求老爷网开一面将他放，
万不能铁人铁面铁心肠。

李　翕　夫人！

（唱）　不是为夫铁心肠，
叔公他实在太张狂。
贪污银子一万两，
全不顾王法在上民怨沸扬。

李夫人　（接唱）　他千里迢迢来陇上，
辛辛苦苦把你帮。
把老骨半截葬，
拿一些银子又何妨？

李　翕　（接唱）　夫人算的是糊涂账，
辨不来人世间阴阴阳阳。
全忘了为夫我把王法掌，
句句话道不尽儿女情长。

李夫人　（接唱）　倘若不能把他放，
再求你从轻发落免上刑场。
只要人头在颈上，
流徙千里也好商量。

李　翕　夫人，请你不要再说了。为夫主意已定，绝难更改。

李夫人　你真的不放？

李　翕　不放。

李夫人　你真的不能从轻发落？

李　翕　不能。

李夫人　你真的要杀我叔公？

李　翕　要杀。

李夫人　好你个李翕，你做官做昏了头！不是我义父中常侍侯览把你举荐，做你的靠山：哪里会有你的今天，（举起玉如意）这是你上任之前侯大人赏给你的镇方之宝，往后你还有何面去见侯大人？（怒将玉如意给李翕）

李　翕　（震惊地接住玉如意）玉如意呀！玉如意！

（唱）　接过小小玉如意，

恰似千钧压身躯。

耳轰鸣手冒汗两腿颤栗，

不由我心如焚百感交集。

宦海浮沉我得意，

全凭了朝廷有根基。

做县令升太守侯大人屡次来保举，

我不能够上了房自抽阶梯。

（静场）

【幕内传来侯览声音：伯都，你携咱家干女儿去武都郡上任，咱家送你玉如意一柄以做镇方之宝。你当好自为之。

【百姓声音：李太守是个昏官！是个昏官！是个昏官！

李　翕　（接唱）　一边是玉如意刀剑相逼，

一边是众百姓群情昂激。

水与火不相容何从何去？

秉公断徇私情我只能二者取一。

严　商　大人！

群　众　大人！

李　翕　罢！罢儿罢了！

（接唱）　杀叔公，休爱妻，

为的是平民愤、顺民意。

打通西狭百姓脱藩篱，

纵然是削职为民、流徙千里、身败名裂，

我也……也……也在所不惜！

（毅然摔碎玉如意）

严　商　（跪）大人！

群　众　（跪）大人！

李　翕　（发签令）将裴松押往刑场，斩！

李夫人　（嘶声呼叫）叔公——！（猝然昏倒）

【灯骤暗。

【幕急落。

第九场　贬官

【东汉建宁四年（公元 171 年）盛夏某日。

【刚竣工的西狭大道。

【红霞满天、山水逶迤、道路宽广。

【唢呐声中幕息。男女老幼，喜气洋洋。奔走相告：西狭打通啦！西狭打通啦！

【幕后合唱。

星移斗转天地变，

春华秋实又一年。

西狭大道民称便，
百姓有蓄麦五钱。
颂歌一曲情无限，
太守李翕美名传。

【李翕、仇靖、冬儿、云儿在歌声中上。

仇　靖　（激动地）一年前，这西狭中道危难险峻，过者创楚，惴惴其栗。如今已是坚固广大，可以夜涉，四方无雍，行人欢拥了。

李　翕　（感慨良深地）是啊，为官者，倘能都替百姓想想，不唯上，不谋私，不迷信，敢作敢为又何愁不能造福一方，仇大人爱民如子，所付甚多，百姓无不景仰诚服。

李　翕　官以民为本，民以食为天，千古不破。

仇　靖　大人说得好。

【王安仁、严商兴冲冲地上。

王安仁　大人，喜事呀，田里禾生双穗。

严　商　大人，喜事呀，山中木生连理。

王安仁
严　商　（同声）大人，更有黄龙、甘露之瑞呀！这都是大人为治的功德。

仇　靖
李　翕　（欢悦地）这都是那百姓父老的造化！

（唱）　禾生双穗木连理，
黄龙甘露天降喜。
年谷屡登仓过亿，
更有西狭唯惠利。

【令狐丹上。

令狐丹　大人，四狄工，万民欢庆，令狐丹献上氐、羌舞蹈，为大人助兴。

李　翕　好哇！

令狐丹　（对众）跳起来吧！跳起来吧！（命羌放刃女击鼓，舞蹈上。

（对冬儿施礼）冬儿兄弟，我们在西狭工地上同吃同住同干活，结下了深厚情谊，今日喜庆，令狐丹邀请兄弟联手舞蹈，共同欢乐。

冬　儿　（欣喜地还礼）冬儿献丑了！

【令狐丹与冬儿携手舞蹈，渐渐地与扇鼓舞融为一体。

【李翕、仇靖指点观看。

【王安仁、严商与汉、氐、羌群众兴高采烈地观看。

【舞毕，一全场欢呼：感谢太守大人恩德！感谢太守大人恩德！

【幕内报：圣旨到！

降旨官　李翕听旨！

李　翕　（跪）万岁，万万岁！

降旨官　（宣读圣旨）凉州刺史孟佗弹劾，武都郡太守李翕，置朝廷治边大政于不顾，擅自动用府库银粮，强行打通西狭，武都百姓不堪其苦，民怨沸腾，为官独断专行，打击属僚，多有过失。着革去太守之职，调任县令。钦此！

李　翕　（叩首）皇恩浩荡，万岁，万万岁！

【接圣旨、交与仇靖，又去朝冠、摘剑交与降旨官。

【降旨官捧朝冠、佩剑下。

仇　靖
王安仁　大人。

严　商
众　人　大人。

李　翕　（动情地）我李翕自建宁三年孟夏到官，为解民倒悬，惠利百姓，即着手平夷西狭，修筑道路。如今，西狭已经打通，以后西狭东西两地必将经济得以繁荣，礼教得以传播，愚顽得以开化。吾愿足矣，是非功过，就留与后人评说去吧。

仇　靖　大人！

李　翕　乡亲们，这就告辞了。

王安仁　大人，（哽咽地）我们舍不得你啊！

李　翕　（唤云儿）云儿，你过来。（对安仁）你为救冬儿，失去了新婚妻室，如今我把云儿嫁配与你，（对云儿）云儿，你可愿意？

云　儿　（羞怯地）全凭大人做主！

李　翕　（点头）这就好。安仁，你带云儿回家，夫唱妇随好好地过日子吧。

王安仁　小人记住了。（跪，泣不成声）

云　儿　奴婢记住了。

令狐丹　大人，令狐丹悔呀想当初。我竟然把朝廷征剿东羌的事记在你身上，还想加害于你。（解下短刀，跪下双手呈上）如今你要走了，这把羌刀就送给你，做个纪念吧。

李　翕　（双手接刀）令狐丹，多谢了。汉人与氐、羌本是一家，但愿世世代代和睦相处无仇怨。

令狐丹　谢大人！

冬　儿　令狐丹哥哥！

令狐丹　冬儿兄弟！

【冬儿与令狐丹相抱而泣。

严　商　（热泪盈眶地）大人，你要走了，小人我无厚礼相送。怀中恰有百金，权作盘费，请大人笑纳。（从怀中掏出干馍，欲呈上）错了，错了。（又从怀中掏摸）

李　翕　老人家，我就要这个干馍，（双手接住干馍）它是宝中之宝啊！黄金白银哪有它值价？（对众人深情地）愿武都郡父老百姓，个个都能吃上这样的干馍。

众　人　（齐跪，泣不成声）大人！

【众人挥泪为李翕送别。

【天幕上打出遒劲的《西狭颂》碑文。

【幕后合唱——

星移斗转天地变，
春华秋实又一年。
西狭大道民称便，
百姓有蓄麦五钱。
颂歌一曲情无限，
太守李翕美名传。

【歌声中，李翕向众人挥手告别。

【大幕徐徐落下。

——剧终——

现代剧

山里人

杨中泉

时　间　现代

地　点　武都某山

人　物　王大川

唐　云

春　燕

迎亲队

【在迎亲的喜乐声中大幕缓开：裸露的山脊暴晒在灼人的秋阳下，闪着粼粼波光的茅草河穿过山与山的脚下流向远处；一株盘根错节、枝繁叶茂的黄槲树下，有着几块供人歇脚的山石。

【贯穿全剧，肩负伴唱、伴舞，点染环境，烘托气氛，刻画人物内心活动，外化人物内心，跳入剧情承担未出场的角色（春燕爹——男甲）等具有多功能的迎亲队（男女各四人），在喜乐声中上。迎亲队传递着未出场的王大川的呼声，以示群山对王大川呼喊的回应：呵——嗬！呵——嗬！茅草山——我王大川——回来了！回——来——了！

王大川　（唱）　山连山，路弯弯，

迎亲队　（伴唱）　路弯弯，

王大川　（唱）　弯弯路上步儿欢，

迎亲队 （伴唱） 步儿欢，

王大川 （唱） 三十里小路抛身后，

一溜儿小跑登上茅草山。

迎亲队 （伴唱） 登上茅草山。

【王大川以久别重逢的恋乡深情，抚摸着黄槲树露出土面的树根。

迎亲队 （女伴唱） 家乡的风呀终年吹，

家乡的花呀四季鲜。

王大川 （唱） 一别家乡三年半，

情牵梦绕茅草山。

弟妹倚门把我盼，

真情如火暖心田……

【王大川缓缓地从衣袋里摸出弟妹们寄给他的信。

迎亲队 （女伴唱） 王大川呀三十三，

至今还没把家安。

啥时成亲把大蜡点，

啥时给乡亲发喜烟。

王大川 （唱） 远望竹林农家院，

恨无双翅飞下山。

（激情难抑地）弟妹们，你们的事情都办了，哥哥我现在还是孤身一人，也该成家了！也该成家了！

迎亲队 （男伴唱） 翻过茅草山，

穿过茅草湾，

山路弯弯十八盘，

茅草河边泛彩船。

泛彩船——

迎亲一曲唱月圆。

【兴奋的王大川，眼中出现了迎亲队唱词中的幻象，情不自禁地向着“彩船”（人）奔去。地上一个物件绊了他一下，使他回到了现实（幻象消失），他看了看地上的物件，欲走，又返回，俯身拾起一个断了背带的挎包，看了看，发现包里装着三千元现金。他的双手像被猛火灼伤，急将挎包丢在地上，少顷，复拾包。

王大川 三千元，三千元……这是谁掉了的包？（向着远处漫无目标地寻呼）哎——谁把包丢了？谁把包丢了？……迎亲队（寓示群山对王大川的回应之声）哎——谁掉包了？谁掉包了？

迎亲队 （伴唱）
白云有眼看不见，
山风有嘴不会言。
平添财喜三千元，
好做回乡安家钱……（作诱惑状下）

【王大川在迎亲队的诱惑下，双手紧握钱包欲去，突然转身，举起钱包。

王大川 三千元……这玩意（儿）谁个见了不喜？谁个见了不爱？可是，山里人要挣这三千元实在不容易呀！我不能见钱昧良心，丢咱山里人的脸！（把挎包放在原处，欲走）不行，不行！（捡起挎包）这钱放回原处，要是被其他的过路人捡去，装入自己的腰包，岂不苦了失主？唉，掉钱的人呀，我王大川捡到你这三千元，这才是旱塬上划船——进退两难哟！我不能把它（指挎包）带走，也不能把它放回原处，哎，只好坐在这里等失主来取了！（绕入树后）

唐　云 （唱）
春燕约我来见面，
地点定在茅草山。
此时正好十二点，
总算没有误时间。
（看）春燕为啥来晚了点？（寻看）

王大川 啊呀，终于等来了……别忙，（看了看手中的挎包，用衣裹住

挎包）

唐　云　（唱）等人等得心发烦。

王大川　（从树后出）小伙子，看你这个样子，很着急呀？是不是？

唐　云　咋个不急，连个影子都没见到！哎，你……

王大川　（试探地）你莫非为了一件东西？

唐　云　（不解地）一件东西？

王大川　一个断了背带的挎包……

唐　云　一个断了背带的挎包？

王大川　里边有钱……

唐　云　有钱？……

王大川　三千元……

唐　云　三千元？……哎呀，为了这三千元，可把我急坏了！

王大川　是你的？

唐　云　一个断了背带的挎包，里面有钱三千元……

王大川　年轻人，你咋个这么慌啊？

唐　云　大哥，不是我慌，是我心里着急呀！我妈住医院，急等钱开刀动手术。你想，山里人穷，一时哪里拿得出三千元现金嘛？是我跑回家来，东家借点，西家借点，好容易凑足了三千元，只说带上钱早点儿跑到医院，哪晓得还没跑到医院，钱就跑掉了……幸好，大哥捡到了……

王大川　（深信不疑）总算等到你了！快点点数，我要走了！（递挎包）

唐　云　谢谢！（接包）大哥，你真是一个拾金不昧的活雷锋！（从挎包里抽出一张拾元的人民币）给！

王大川　干啥？

唐　云　当今社会干啥都得讲报酬，这是给你捡到东西又还东西的手续费！

王大川　（惊愕地）你——

唐　云　你嫌少了？好，再添一张“大团结”！

王大川　（感受到了侮辱）你——给我滚！

唐　云　哎？大哥，你风格高，不要就算了，发啥火嘛？拜拜！（急下）

王大川　哼！我要是他想的那种人，这三千元我还会给他？真是门缝里看人把人都看扁了！我王大川会要这种手续费？（欲走，忽然间想起了什么，忙从手里提着的衣服口袋里取出一封信和一叠人民币）

【春燕慌乱地寻找着什么东西，见王大川手里捏着钱，忙躲在树后观看。

王大川　（看了看手中的钱，自语地）这是我在外打零工的积蓄，要相亲、要结婚都离不了它！别像那小青年，掉了就麻烦了……（小心翼翼地用信封夹住人民币，谨慎地放进衣袋里，欲走）

春　燕　请你别忙走！

王大川　啊？……

春　燕　（从树后闪出）把钱还来！

王大川　什么钱？

春　燕　你捡我的钱！

王大川　我捡你的钱？什么时候？

春　燕　你不是已经装进你的衣袋里了吗？

王大川　装进衣袋里的是我的钱！

春　燕　哼！我掉的钱是三千元，你的钱也是三千元，真凑巧……

王大川　请问，你的三千元，票面是多少？

春　燕　二百张拾元的人民币。

王大川　那就请你看看我这三千元的票面（示钱）——伍拾元一张，不多不少六十张，是你的吗？姑娘？

春　燕　（看了看，傻了眼）啊！那我的钱……天啦，我怎么办……（急得直打转）

王大川　（欲走又止，关切地）请问姑娘，你的钱……

春　燕　我的钱装在一个断了背带的挎包里……

王大川　（惊）啥？你的钱装在一个断了背带的挎包里？！

春　燕　（无语点头）……

王大川　（急）瞎咧！瞎咧！

春　燕　（惊疑地）大哥，你……

王大川　你来晚了！你来晚了……

春　燕　怎么？

王大川　一个断了背带的挎包里装有三千元，是被我捡着了，可是……被一个小青年从我手中冒领走！（四处寻看）

春　燕　（猛惊，昏昏欲倒）啊！……

王大川　（欲上前搀扶，又碍于男女之间的接触）姑娘，姑娘……

春　燕　（缓过气来）三千元……三千元是我的卖身钱啦！……

王大川　卖身钱？姑娘，不是老大哥说你的话，山里人再穷，可穷不了我们的志气，穷不了我们的精神！你年纪轻轻的，啥事不可以干，怎么偏偏去干这种卖身的……

春　燕　大哥，你误解了，这事只怪我爹！

王大川　怪你爹？

春　燕　大哥！……

（唱）　　怪我爹红了眼，
丢了锄把荒了田。
梦想富翁一夜间，
生意亏本赔进五千元。
倾家荡产还债款，
还欠私人钱三千。
立下的借据到期限，
急得爹夜夜长叹不入眠。
昨夜晚爹爹踏月把家返，
心中像压一座山。

埋头只顾喝闷酒，
醉眼含泪泪花闪。
猛听爹爹一声喊，
爹爹有愧对我言……
他说道……
愧对我娘亡魂闭眼难。
怎奈债主逼债家穷难以筹欠款，
迫无奈将我与债主抵押钱三千。
一笔勾销欠款债款，
就算是给我的彩礼钱……
债主年过四十三，
丧妻又娶再婚男。
三日以后来见面，
彩礼送我出穷山。
爹知道我和唐云在相恋，
可是他——
拿不出帮我还债的钱三千！
债主有钱有家产，
他说道——
再不会让我穷居山中受煎熬……
春燕不愿嫁出山，
爹苦苦相劝声呜咽……
惊动左邻右舍农家院，
为我解难凑足钱三千。

王大川 难得的山里人呀……那你怎么又把钱掉了？

春 燕 我把乡亲们凑足的三千元，装在一个挎包里，约好我的男朋友，今日午时在茅草山黄槲树下相见，一同去找债主，当我来到黄槲树下，忽然听见有人呼喊，一个放羊的孩子不慎滚下山坡。我急忙跑去救人，孩子得救了，可是我还债的三千元却丢了。还不了债，我怎么给爹爹去说？还不了债，我怎么回见为我解难的父老乡亲啊！（痛苦）

王大川 啊……

（唱） 听她言心中卷巨澜，

眼中潮湿鼻发酸……

三千元，不平凡，

与她命运紧相连。

心中我把小青年怨，

你不该见钱丧失人尊严。

也怪我回家急切忙中出了乱，

误认失主错交钱。

假失主携款已远窜，

面对她我欲安慰却无言……

迎亲队 （男伴唱） 翻过茅草山，

穿过茅草湾，

山路弯弯十八盘，

茅草河边泛彩船，

泛彩船，

迎亲一曲唱月圆。

【王大川的眼中再次出现迎亲队唱词中的幻象，他情不自禁地向着“彩船”（人）奔去，“彩船”幻化为春燕，王大川眼中幻象消失，回到现实（手仍然在衣袋里）。

王大川 （唱） 我盼心中月儿圆，

可她的心中月难圆……

同见山中一轮月，

各人的彩船在哪边？

姑娘，你别急，山里人有个不成文的俗规，叫作天冷送炭、天热送扇。我这有三千元，你拿去解急，把债还了再说……（掏出用信封裹夹着的人民币）

春　燕　不，不，不……

王大川　姑娘……

（唱）　人生一世有坡坎，
谁能长挂顺风帆。
你我虽然不相识，
情系山水紧相连。
一人有危难，
众人当相援。
同是山里人——
风雨过渡同一船。
姑娘呀，我心望理解，
请收下山里人的三千元……

春　燕　不，谢谢你的好心……

王大川　放心，这钱是我在外做零工积攒下来的钱，干干净净，清清白白，不会脏你的手，姑娘……（再次递钱）

春　燕　不，大哥，你有事你走吧，我等我的朋友来了，再想其他办法……（背身，拒收）

【王大川把手中的钱放在黄槲树下的石头上，急下。

春　燕　大哥，你走吧，谢谢你的好心……（发现王大川离去）

【一阵山风吹来，放在石头上的钱被风吹落，春燕急忙拾捡，发现压在人民币下的信。

春　燕　（看了看信封）“王大川兄收”。啊，这是他的家信……（不自觉地抖开信页，念）“哥哥……”

（唱）　实难忘二十年前家遭难，
爹妈相继离人间……
丢下了兄妹三个，
生活的重担哥独担。

迎亲队　（唱）　又当爹，又当娘，
靠双手抚养弟妹无怨言。

春　燕　（唱）　十三个年头一转眼，
幼树临风过屋檐。

迎亲队　（唱）　你为兄弟把妻娶，
你为妹妹把家安。

春　燕　（唱）　忘却了自己还是单身汉，
年龄已过三十三。
弟妹为你心焦烂，
哥哥呀……
盼你早回把家安……

啊！这是人家准备安家的钱，我不能只为了自己，大——哥！你等一个！（欲追）

唐　云　（突上）春燕！

春　燕　唐云，你怎么这时才来？

唐　云　我来的时候，连你的影子也没见着。天又这么热，我才下河去洗了个澡。

春　燕　快！把这三千元给快要翻过山的那位大哥送去！

唐　云　（望了望、不解地）给他送去？

春　燕　这是他帮我爹还债的三千元。

唐　云　啊！有这样的好事，打起灯笼都找不到！去还他干啥？

春　燕　你不知道，人家这钱……

唐　云　这钱咋了？是假的？

春　燕　你看人家这封信嘛！

唐　云　（看了看）啊，准备办喜事！好呀，办喜事，又做好事，菩萨保佑他结个好老婆，生个胖小子……

春　燕　别耍嘴皮子了！快追上去还他！

唐　云　春燕，我说你呀，人家要做好事，要当雷锋，你干啥不要人家做好事，当雷锋？

春　燕　你……

唐　云　有了这三千元正好还你爹的债，你就不会去抵债。我们俩的事也就好办了嘛……

春　燕　你只晓得我们的事，可人家的事……

唐　云　人家的事，你操那么多心干啥？

春　燕　（从唐云手中夺过钞票）别忘了，你也是山里人！（欲走）

唐　云　（挡住春燕）我是山里人，可是，谁看得起山里人？现在，人的眼中，只有一个字——钱！为了这个钱，为了你，我没少吃苦，我没少遭人白眼……终因我们这里山穷、水穷、人穷，没有办法凑足你爹要的三千元……今天，总算遇上好人了！现在，我们不但有了还债的钱，我们还有结婚的钱！

春　燕　结婚的钱？

唐　云　三千元！

春　燕　三千元！

唐　云　你看——（从腰间取下断了背带的挎包）这是我为你爹刚凑足的三千元……

春　燕　啊！这三千元……

唐　云　来得不容易啊！人家赞助你的三千元去还债，我这三千元办我们的喜事……

春　燕　（夺过挎包）没想到，你才是这种人！唐云，我们的关系就此一刀两断！（冲下）

唐　云　（丈二和尚摸不着脑壳似的）一刀两断？为啥？有了这还债的钱、结婚的钱，还要和我一刀两断？纵然要一刀两断，为啥拿走我的钱？虽说那钱……天才晓得不是我的，但我也是为了你呀！真是好心无好报！哎——春燕，要一刀两断，该把钱还我呀！（追下）

【迎亲队拥着王大川缓缓地上。

王大川　（唱）半个太阳挂西山，

迎亲队　（伴唱）挂西山，

王大川　（唱）农家茅舍冒炊烟，

迎亲队　（伴唱）冒炊烟，

王大川　（唱）离家越近步越慢，

迎亲队　（伴唱）步越慢，

大川腰无半文钱……

王大川　（唱）狠心回头看一眼，

来年金秋再回还。

弟妹们，不是哥不想念你们，我怕负了你们的好心，我怕伤了你们的真情，我怕给你们增加累赘和麻烦……两年后，哥存点钱，再回来了却你们对哥的心愿……

春　燕　（上）大哥！

王大川　你……

春　燕　好心的大哥，谢谢你，我有钱还债了。

王大川　你有钱还债了？

春　燕　你看——（示挎包）

王大川　（惊异地）啊！这不是我捡的、被人冒领走那个断了背带的装有三千元的挎包吗？怎么，又到了你的手中？

春　燕　大哥，真没想到，冒充失主、从你手中领走钱包的人，就是我那相爱的男朋友！

王大川　（震惊）啊！这个人……也算不错，领走了，又还给你了……

春　燕　他万万没有想到，冒领的这钱就是我丢了的钱！

王大川　啊！

春　燕　请收下你帮助的这三千元……（把王大川的钱，装入挎包，送到王大川的面前）

王大川　这？……

春　燕　大哥，请你和我走一趟……

王大川　到哪？

春　燕　去找我爹的债主还这三千元……

王大川　这……

春　燕　大哥，走吧……（把挎包塞在王大川的怀中）

王大川　太阳都要落坡了……

春　燕　一轮圆月就要升起来了……（挽起王大川的手臂，向着落日走去）

唐　云　（呼上）哎——春燕！我们的事情吹了，把钱还我呀！

【迎亲队上，挡住唐云的去路。

迎亲队　（伴唱）

翻过茅草山，
穿过茅草湾，
山路弯弯十八盘，
茅草河边泛彩船，
泛彩船，
迎亲一曲唱月圆。

【伴唱声中，火红的落霞衬映出王大川和春燕的剪影。

【伴唱声中，唐云始终不能追上已经远去的春燕，懊恼地抱头退下。

【伴唱声中，迎亲队向着春燕和王大川列开迎亲的队形（剪影）。

【稍静，喜乐声大作，幕急落。

——剧终——

夜　逃

尹维新　尹利宝

时　间　现代

地　点　陇南武都某农村

人　物　张二伯　男　五十余岁　张弯村村干部

张二婶　女　四十六岁　张二伯妻

李月娥　女　二十六岁　张家媳妇

月娥妈　女　四十多岁　李月娥母亲

第一场

【傍晚，农家小院。

【张二婶匆匆上，东张西望，叹气。

张二婶　（唱）

计划生育正吃紧，
手术队今日把村进，
老头儿镇上去开会，
二婶我呀，哎——
站不住，坐不稳，
越思越想心难宁。

哎！这计划生育越抓越紧了，今天中午，县上派来的手术队又进村了，我这心里急得筛糠一样。我那媳妇，人年轻，看事浅，我劝她避一避，人家（模仿儿媳口吻）却说："响应国家政策嘛，两个娃就好。"俗话说"人留子孙，树留苗"，两个尕女子能干啥？长大了还不是人家的人。再说了，这么大一个国家，我们张家多生个娃就把烧红的碌碡[1]惹下了，就把老天爷给戳破了？劝了半天，我嘴都说烂了，人家就是不听，化不过影儿[2]了，就说等他爸回来做决定。（思索）不行，不行，夜长睡梦多，等手术队检查到我家那可就全完了。（转身，在李月娥窗前轻声喊）月娥——月娥——

李月娥 （睡眼蒙眬边穿衣服边上）妈，半夜三更的，咋的了？

张二婶 天刚黑，啥半夜三更的，娃睡了吗？

李月娥 吃完奶就睡了。

张二婶 睡了好，睡了好，睡了才好走路。

李月娥 妈，黑灯瞎火的走哪里去？

张二婶 走哪里去？还是前面的话，手术队进村了，今晚你要避一避！

李月娥 妈！避啥哩，"逃过了初一，逃不了十五"，再生个是违反国家政策的……

张二婶 政策、政策，政策的事儿你甭管，今夜你咋说都要避一避。

李月娥 那我爸呢？

张二婶 还你爸呢，你爸开会开迷了，到现在还没回来。

李月娥 妈，这事怕……

张二婶 嗨，我听话的娃吆——

（唱） 此去娘家紧藏身，

千万别出娘家门。

李月娥 （唱） 村干部前来把你问，

---

1. 碌碡：武都方言，半径5寸、高约1米的圆柱形石头，骡马等畜生拖上后，当地人常用来碾麦子。

2. 化不过影儿：武都方言，同"找不出理由了"意雷同。

你拿啥话去应承？

张二婶 （唱） 家中事儿你别管，

我有办法哄他们，

就说咱俩吵了嘴，

你一气之下跑出门。

李月娥 （唱） 编谎哄人人不信，

他们要你把我寻。

张二婶 （唱） 我说你跑得无踪影，

不知向西或向东。

为人[3]都有两条腿，

老妈我赶不上年轻人。

张二婶 我的乖媳妇吆！你怕啥哩！三成在外地，你爸开会去了。这个家，现在我说了算，有啥事，妈担着哩。

李月娥 妈，我就怕……

张二婶 嗨！我听话的娃呀——

（唱） 你莫怕来赶快逃，

见了你妈说根由，

你妈定会巧安排，

把你藏得牢又牢。

人不知，鬼不晓，

谁也把你难寻找，

单等手术队离了村，

我就接你和巧巧。

李月娥 妈，我走了那娃们可咋办哩！

张二婶 嗨！大巧我们照管，二巧——娃吃奶着哩，我没法喂，你背上不就行了。

3. 为人：武都方言，同“做人” 意相同。

李月娥 那我……

张二婶 那你等着！我抱娃去。（张二婶下）

李月娥 （望着婆婆欲言又止，长叹一声）哎——我这婆婆啥都好，就是没文化，思想顽固。

张二婶 （匆匆上）来来来，娃睡得正香。来，快背上，妈送你。给，这是你门上的钥匙，装好，快走！快走！

【系带子，背娃。

李月娥 妈，这……

张二婶 还要我费多少唾沫哩，你把我急死哩！快走！快走！

【推月娥下场，目送，高兴地出了口长气。

（唱） 偷送月娥夜出逃，
神不知来鬼不晓，
回到家中睡大觉，
老婆我今晚喜上眉梢。

（大笑）哈哈哈哈……

【张二伯兴致勃勃地上。

张二伯 哈哈哈……娃他妈，你笑啥哩？

张二婶 瞧你那高兴的样子，你笑啥哩？

张二伯 哈哈……

（唱） 政府传达新文件，
发家致富路更宽。
一家人儿叫当面，
咱把这，
勤劳致富的精神谈一番，谈一番。

张二婶 谈啥呢？

张二伯 就谈如何抓紧机遇，发展特色产业，建设新农村。

（唱） 十七大精神学不完，

抓紧机遇谋发展。
康县有：
香菇、木耳和毛尖，
咱们有：
花椒、红芪、油橄榄，
特色产业路子宽，
新农村建设在眼前。

张二婶 （唱） 党给咱指明新路线，
你定计划大家干，
发家致富路谁不爱，
谁在家里爱偷闲。

张二伯 这就好，这就好，你把月娥叫来，我给她说说计划生育的事。

张二婶 你鼻子底下有嘴，自己叫嘛。

张二伯 月娥，月娥——

张二婶 哈哈哈……

张二伯 你笑啥哩？

张二婶 哈哈哈……你往门上瞧，哈哈哈……

张二伯 （看门）门上挂茄子[4]了，人呢？

张二婶 人呀，走了。

张二伯 哪里去了？

张二婶 上天了，入地了，哈哈哈……远了！

张二伯 （惊讶、生气地）哎呀呀，你个老不正经的，作为村主任媳妇，计生工作她要带好头呢，人是不是又让你藏了？

张二婶 带好头，带好头，就你晓得带好头，凭啥要我们带好头，为啥要我们带好头？咱们给人带好头，谁给咱们带好头……

张二伯 你—— 你—— 你——哎！

4. 挂茄子：方言语，“门上锁了”的意思。

（唱）　　你的思想有嘛达[5]，
不顾政策忘国家。
人人若是都像你，
计划生育该咋抓？
你把媳妇快叫回，
明天就去作节扎，
计划生育你犯法，
还得补充做检查。

张二婶　（唱）　　帽子扣得那么大，
你去吓唬娃娃家，
我偏要抱个孙儿子，
不能只有两朵花。

张二伯　你还啰唆啥哩！还不快把人叫来！

张二婶　哎呀呀！看你那势样[6]，说变脸就变脸，我偏不叫？

张二伯　你不叫，我叫。（大声地）月娥，月娥——

张二婶　（急忙跑上前，作捂嘴状）你疯了？大张旗鼓的，叫人听见好看得很[7]？

张二伯　你也晓得不好看？说，月娥呢？

张二婶　月娥——月娥走远了。

张二伯　走哪儿去了？我去寻。

张二婶　你当真不想抱孙子？

张二伯　抱孙子、抱孙子，这都啥社会了，男孩、女孩都一样，咱都有两个孙娃子了，你还想抱个孙子。啥思想嘛！说，月娥到底去哪儿了？

---

5. 嘛达：武都方言，“问题”“麻烦”之意。
6. 势样：方言语，同“样子”。
7. 好看得很：反语，“不好看”的意思。

张二婶 （气冲冲进屋）找去、找去、找去，黑灯瞎火的看你上哪儿找去。

张二伯 你……哎！（张二伯进屋）

第二场

【树木丛生、月明星稀。

（月娥匆上）

月 娥 （唱） 山路弯弯夜风寒，

思潮滚滚如浪翻。

心怯怕见娘亲面，

左思右想进退难。

【圆场、下场。

张二伯 （匆上）几家邻居问遍了，都说没见人，看来定是让那老糊涂打发到娘家去了。哎—— 月娥这娃，啥都好，就是耳朵软，她妈说啥她听啥。哎！

（唱） 低头行来暗思量，

都怪我，

思想工作没赶上，

媳妇软弱老伴犟。

月娥她，

深更半夜跑出庄，

娘家门上找见她，

是非曲直说端详，

怕她一时走错路，

劝她迷途快返航。

【圆场、张二伯下。

第三场

【夜色更浓，月光似隐若现，突兀的山顶上偶见几棵小树，远处传来几声狼嚎。

【月娥匆匆跑上，圆场，跌倒，背上枕头落地。狼声不止，月娥匆匆跑下。

【场后伴唱。

羊肠小道离家远，
声声狼嚎心胆寒。
慌不择路恨腿短，
前悔容易后悔难。

【张二伯匆上、圆场，在树旁被某物滑倒，抱起细看，原来是一枕头。

张二伯 嗨！糊涂、糊涂啊！看这都急成啥了，连枕头和娃背上跑，多亏把娃没遗了[8]。

张二伯 （唱） 荒唐荒唐真荒唐，
糊涂媳妇马虎娘。
深更半夜娘家藏，
这家丑怎敢向外扬。

【张二伯拿上枕头下，月娥匆匆跑上）

第四场

【娘家门前，园内农具收拾得井然有序。

李月娥 （唱） 半夜赶得鸡儿叫，
娘家门上静悄悄。
母亲知晓，定会唠叨，

8. 遗了：武都方言，“丢了”的意思。

月娥我心里直乱跳。

妈——妈——妈——快开门。

【月娥站在门旁，擦汗，神色慌张。

【月娥妈开门，见状后大惊。

月娥妈　月娥，你怎么了？家里出事了？

李月娥　妈呀！

（唱）　手术队进了张弯村，

计划生育做节扎。

我妈让我娘家藏，

女儿只好依着她。

松树坡前遇见狼，

声声嚎叫吓破胆，

连滚带爬两腿软，

女儿差点掉山崖。

【李月娥一脸委屈，哭泣。

月娥妈　没叫狼吃了就好，还好意思哭。

（唱）　控制人口做计划，

百年大计为国家。

你婆思想有嘛达，

理应你去劝导她。

你们已有两个娃，

赶紧计划莫拖拉，

生儿育女不出己，

你怎能，

光顾个人忘国家。

还哭啥？快先进屋休息。

李月娥　妈，先看看娃……

月娥妈 怎么？三更半夜的，你把娃都背着哩？快解下来，我看看。

【解下被子，发现并无小孩，月娥妈大惊失色。

月娥妈 我娘娘吆！仙人[9]！你背的娃呢？

李月娥 啊！这……

月娥妈 （生气地）你们婆媳俩啊！

（唱） 你俩人太荒唐，
背花被无儿郎。
死女子做事不像样，
半夜跑来气你娘。

李月娥 （唱） 都怪我妈太慌张，
透过月光抱儿郎，
把娃捆在我背上，
我只当孩子睡得香，
心急如焚跑出庄。
妈妈呀！
松树坡前把娃找，
莫不是，
把娃遗在半坡上？

月娥妈 哎，死娃娃呀，快把那根木棍拿上，咱俩找娃去。（看看天色，思考）不行，你先等等，我取个手电去。

【月娥妈进屋取手电，月娥顺手拿了个木棍。

【母女俩欲走时，张二伯突然出场。

张二伯 还往咋咋[10]跑哩……

月娥妈 老亲家，你咋来了？你手里拿的是……

张二伯 亲家母，还跑啥哩！还跑啥哩！你看，这都慌成啥了，枕头都遗

---

9. 仙人：夸张的说法，武都方言中常在情急、无奈的情况下说。
10. 咋咋：武都方言，“哪里”的意思。

到路上了，娃没摔着吧？

李月娥 （接过枕头，焦虑万分）啊！妈，妈，我的娃……呜呜……

张二伯 哎？这是咋回事？

月娥妈 嗨！她背着空被子跑回来了，哎——

张二伯 哎哟！这下糟了。

（唱） 赶紧返回松树坡，

寻找孙女莫耽搁。

李月娥 （唱） 月娥心里急似火，

怨天怨地怨婆婆。

月娥妈 （唱） 三步并作两步赶，

但愿孙女有下落。

【三人匆下。

第五场

【天色渐亮，松树坡前。

【张二伯、李月娥、月娥妈三人匆匆上，四处寻找。

张二伯 （唱） 枕头就在这树旁，

不见孙女却为何？

李月娥 （唱） 就在此处听狼嚎，

我稀里糊涂跑下坡。

月娥妈 （唱） 莫非我娃被狼伤？

李月娥 （唱） 这可叫我该咋活！

天啦——呜呜——（月娥痛哭）

月娥妈 哭哭哭，要知今日何必当初？

【月娥妈生气地扔被子给月娥，月娥没注意，将被子滑落于地。张二伯若有发现。

月娥妈 没出息的，单知道哭……

张二伯 等等，亲家母。

（唱） 枕头小孩包一起，

小小花被怎能裹？

莫不是老太婆太慌张，

小孩枕头她抱错？

（张二伯拿起枕头，看看被子细加琢磨）嗨，一定是弄错了。你们看，这么小的被子哪能包得住娃和枕头？

月娥妈 （较惊喜地）是啊是啊，这被子，光这枕头都包满了，咋能再包个娃。这娃……

张二伯 月娥，再别哭了，二巧娃是……

李月娥 娃是我妈抱出来让我背上的，当时娃是睡着了的，走得急，我没细看就出庄了。

张二伯 出庄后，娃一路上没哭吗？

李月娥 没哭。

张二伯 你在这里摔倒时娃也没哭？

李月娥 没哭。

张二伯 看看看，一定是那老糊涂抱错了。月娥，你说，你是现在回家呢，还是……

李月娥 爸，我、我这就回家。

张二伯 亲家母，你说呢？

月娥妈 咱都回家看看吧，一来看娃，二来大家伙儿都给娃她婆做做思想工作，让月娥计划了算了。

张二伯 好！好！那咱都回家。

【三人同下。

第六场

【张家小院，小孩哭声不止，张二婶在门外，一会儿看门上的锁子，一会儿伸长脖子看窗子。

张二婶 （唱） 月娥早把娃背去，
屋内小孩哭声急，
今晚这事真奇怪，
我心慌意乱没注意。
转来转去门难开，
钥匙不在我手里。

【屋内小孩哭声止。

张二婶 哎哟吆，我的小仙人，你终于哭乏了、哭累了，你把婆婆吓死了，你先睡一下吗，婆婆正给你想办法着哩。（自语）对对，先找个东西把窗子砸了。

【张二婶擦汗，欲走时，哭声又起。

张二婶 哎呀呀，老天爷哎，你咋又哭了，我该咋办呢？
（唱） 孙女儿哭声阵阵紧，

【场后伴唱。

哭声紧哎哟哭声紧。

张二婶 （唱） 声声如揪我的心，

【场后伴唱。

我的心呀我的心。

张二婶 （唱） 束手无策急死我，

【场后伴唱。

哎哟吆，哎哟吆，急死我吆哎。

张二婶 （唱） 浑身上下汗津津，

【场后伴唱。

汗津津、汗津津，
浑身上下汗津津。

张二婶 娃吆，婆婆晓得你口渴了、肚饿了，想吃奶呢，可乖娃儿，你妈没在，门没开，我没法子啊。

（唱） 我盼呀盼，等呀等，
老天为何还不明？
月娥走得无踪影，
死老头半夜三更人不回。
我盼呀盼，等呀等，
啥时能盼到老天明，
搬来木凳砸烂窗，
赶紧把那孙女寻。

【张二婶找来木棍上凳，砸窗，爬着窗子进屋时，张二伯、月娥妈、月娥正好赶到，张二伯示意，三人在门外偷看。

【张二婶从窗子里吃力地抱娃出。

张二婶 好心肝、乖心肝，别哭了，别哭了，婆婆给你喂奶去。

【张二伯给月娥妈与月娥示意后，愁眉苦脸急上，与张二婶碰了个正着。

张二婶 （生气地）你——你还晓得回家？娃都……

张二伯 没追究你的责任，你还倒晓得问我。快快快，快开门，取五百元钱去。

张二婶 开的啥门，娃哇啦哇啦叫唤[11]了一夜了，我都顾不来，你还有天大的事？没钱！

张二伯 好好好，看来你不顾月娥的死活了。

张二婶 月娥？月娥咋啦[12]？

11. 叫唤：武都方言，“哭”的意思。
12. 咋啦：武都方言，“怎么了”的意思。

张二伯　咋啦？黑天半夜的你让她一个人往家里跑，你说咋啦？

（唱）　　半夜三更往家跑，

松树坡前遇狼嚎，

黑灯瞎火路难找，

人落山崖无人晓。

要不是，

我闻声找去把她救，

你所犯大法不可饶。

【张二婶闻言，腿脚发软，张二伯急忙接过小孙女。

张二婶　月娥呀，我的好娃吆，娘对不起你，呜呜——娘错了。

张二伯　错了，错了，你错哪里了？

张二婶　（唱）　　错在认识浅来觉悟差，

偷让媳妇跑回家。

张二伯　就这？

张二婶　（唱）　　跑回家能干啥？

害得儿媳滚山崖。

张二伯　还有！

张二婶　（唱）　　滚山崖心如麻，

不如早早做计划，

响应号召不违法。

你还问啥哩，给钥匙，快开门去。（张二婶慌慌张张找钥匙，找不见）哎、哎，钥匙呢？

【张二伯哈哈大笑，月娥妈、月娥笑上。

张二婶　这——你——你们——

李月娥　妈，我没事。钥匙在这儿哩！（月娥将钥匙递给张二婶，从张二伯手中接过娃喂奶）

月娥妈　亲家母，你可想通了！想通了就好。

张二伯 你们看，我说她老迷了[13]颠三倒四的还……

张二婶 哎哟！（对张二伯）你个老不死的，你给我[14]开这么大的玩笑，你差点儿把我吓死了。我把你——（脱下鞋欲打）

月娥妈 亲家母，大清早的，我们可冷得直哆嗦呢。

张二婶 （若有所悟地）哦，对对对。她妈，来来来，快进屋（开门），（对着月娥）月娥，快，抱娃进来。

【张二婶开门，月娥妈、月娥进屋。张二伯欲进屋，门突然被张二婶关住。片刻，门被打开，张二伯进屋，屋内传来笑声。

——剧终——

13. 老迷了：方言语，同“老糊涂了”意相同。
14. 你给我：武都方言，与“你与我”“你跟我”意相同。

婆婆 妈妈

邓剑秋

时 间 现代

地 点 陇南山村，农家小院

人 物 东 枝 农村妇女 二十五岁

张大妈 农村妇女 五十多岁 东枝的母亲

李大妈 农村妇女 五十多岁 东枝的婆婆

乔桂香 农村妇女 二十五岁 张大妈的儿媳

【这是陇南山村一家养鸡专业户的家庭，室内悬挂“五好家庭”和“孝敬公婆好儿媳”光荣匾。院子一侧有一中型鸡栏，旁有古式人推的石滚子小磨。

【启幕，张大妈腰系围裙上，在公鸡叫鸣、母鸡下蛋的喧闹声里，张大妈做放鸡、端粮食、撒粮食、喂粮食的动作；鸡吃食时，她又做数鸡、吆鸡动作，欢喜地欣赏着鸡群吃食；吃饱了，又做关鸡的动作。然后用毛巾擦汗。

张大妈 哎呀！

（唱） 三中全会政策好，

千村万户赞承包。

而今生活富裕了，

好比那芝麻开花节节高。

我儿子运输公司把车跑，
儿媳她通情达理不辞劳。
万元户名声大家喻户晓，
不由我老婆儿喜上眉梢。

（笑）哈哈哈！

【乔桂香神色紧张地上。

乔桂香 妈！妈！

张大妈 桂香，啥事这么慌张啊？

乔桂香 妈！有一位老婆婆跳河，被我和“村妇联”救下了，快把床子收拾一下，我要把她背回来调养。

张大妈 啊？人呢？

乔桂香 由妇联主任扶着，已到大门外了。（转身欲走）

张大妈 我也去。

【乔桂香与张大妈匆匆下场。接着，一位披头散发的老婆婆，由乔桂香背着。张大妈在后面扶着，吃力地背进屋里，扶在床上躺下。

张大妈 她是谁家的老婆婆呢？

乔桂香 妈！你仔细瞧瞧，她是你女儿东枝的婆婆！

张大妈 （吃惊地）啊！（仔细辨认）啊呀！当真是她！（急忙灌姜汤；用干毛巾擦头发；换衣服）

乔桂香 （唤）大妈！

张大妈 （唤）亲家母！

李大妈 啊！我、我这是到哪儿了啊？

（唱）
昏沉沉天旋地又转，
病怏怏只觉夕阳残。
水淋淋来到谁家院？
眼睁睁却怎么还在人间？

张大妈 亲家母！你仔细看看，是我呀！

乔桂香　大妈！

李大妈　（仔细辨认）啊！　你是……

张大妈　我是东枝的母亲。

乔桂香　我是东枝的嫂嫂！

李大妈　唉！我总算找到你们了！

张大妈　亲家母！有什么想不开的事，你就对我们说，我们一定替你调解，你何必走那条路呢？

李大妈　啊！

（背唱）　　亲家母和桂香都在当面，
满腹的含冤话不好明言。
她女儿与婆婆如同冰炭，
哪一个当娘的心眼不偏！
罢罢罢咱将苦水咽，
学一个哑巴吃黄连。

张大妈　亲家母，咱们是儿女亲家，你难道还不相信我吗？

乔桂香　是啊！有话就说出来，我们也好为你分忧解难啊！

李大妈　唉！

（背唱）　　事到此我何必优柔寡断，
把真情说出来求她周旋。
娘劝女或许能改恶从善，
亲家母总不会袖手旁观。

张大妈　亲家母，我是个热心肠，你应该相信我才是。

乔桂香　是啊！我们婆媳俩都是好人，你如不信，请看这个（指“五好家庭”和“孝敬公婆好儿媳”光荣匾）

李大妈　（看着，点头）唉，看你们婆媳俩多好，可我呢？

张大妈
乔桂香　你……难道东枝她……

李大妈 我的亲家母啊!

（唱） 看你们婆媳和睦子孝媳贤阖家欢乐成典范,

想自己儿子参军儿媳狠年老的婆婆多可怜!

张大妈
乔桂香 啊!（互相交换眼色）

李大妈 （唱） 每日里吃的是残汤剩饭,

虽有病我还要劳动田间。

稍不随心她脸就变,

恶言辱骂实难堪。

今早晨我想去乡上把病看,

她骂我“老不死的真麻烦”!

怒冲冲关住门两扇,

我老婆气不过才离家园。

实想说求亲家将女儿规劝,

行走在燕子河两腿发酸。

过河时不小心落入水面,

搭救我还多亏那位“妇联”。

张大妈 （唱） 亲家母把情由讲说一遍,

恨东枝小蠢材无法无天。

乔桂香 （唱） 婆媳怎能结仇怨,

虐待老人黑心肝。

张大妈 （唱） 这件事还需我出面,

乔桂香 （唱） 用巧计定叫她回头转弯。

张大妈 亲家母你别伤心，东枝对你不孝，由我出面解决。牛头不烂多费柴炭。她若不改，我就和她没完!

李大妈 亲家母，东枝媳妇虽然不贤，但她毕竟不年轻。况且儿子参军在外。家务全靠她一人支撑着，你只能劝说，也够辛苦的了，你只能劝说，不能打骂。我们穷人家给儿子找个媳妇不容易！

乔桂香　大妈放心，这些我都知道。

张大妈　桂香，快，扶你大妈到东厢房歇息。回头请个医生看看，好好吃几服药。

乔桂香　哎！大妈，走吧！

李大妈　这太感激你了！

【乔桂香扶李大妈下。

张大妈　哼！这个小冤家不得了！

（唱）　小冤家不知道天高地厚，
　　　　将婆婆关门外好没来由。
　　　　叫她来为的是惩前毖后，
　　　　不听劝娘与她决不罢休！

桂香！

【乔桂香出。

乔桂香　妈！

张大妈　你马上给东枝捎个话，就说我病重得很，叫她前来看我。

乔桂香　东枝如果来了，咱们就（与张大妈耳语），你看咋样？

张大妈　（领悟，含笑点头）对，好主意，好主意。桂香你真聪明。

乔桂香　妈，不过……不过到时候媳妇态度不好，语言粗鲁，你可不要记在心上。

张大妈　哎！哪能会嘛，咱这是周瑜打黄盖——一个愿打，一个愿挨。

乔桂香　那就好。妈，你先服侍大妈去，我到村委会去给东枝打电话，叫她马上就来。

张大妈　好，好。

（唱）　为东枝咱婆媳暂行权变，

乔桂香　（唱）　到时候还要你委曲求全。

【婆媳两分下。

【二幕闭。

【东枝手提竹篮，神色紧张地上。

东　枝　我的天大大呀！

（唱）　　方才间桂香嫂打来电话，

　　　　我的妈患重病忙去看她。

　　　　妈本是风烛残年老人家，

　　　　急得我两腿如飞，心乱如麻！

唉！老不死的婆婆走了，儿子上学去了，连个看门的人也没有。方才接到电话，说我妈病重得很，我只得锁上门去看我妈。（抬头观望）槐树湾已经到了，待我上前叩门。

乔桂香　老……老……（难以启齿）

张大妈　你！（从门里探出头来，暗示媳妇不要害怕，大胆骂她）

乔桂香　老不死的，你咋还不出来推磨去！啊？

东　枝　（惊）咦？老不死的？她这是骂谁呀？我爸爸过世了，家里只有我娘最老，她莫不是骂我娘？哼！她还是个“孝敬公婆的好儿媳”哩，才是老虎戴佛珠——假善人，白白骗取了人民政府的奖励，而今原形毕露，原来是一只母老虎。

乔桂香　（到门后去窃听，从门缝里偷瞧，见到东枝来了，又假装生气，故意大声地）老不死的，怎么还不出来啊？

张大妈　桂香，好媳妇，妈有病不能推磨。你先把药端来让我喝。等我病好了再推磨，行吗？

乔桂香　不行，人老了，喝药能咋？老不死的，你还没活够呀？

东　枝　（惊）我的妈呀！她的语言，怎么和我对婆婆说的一样呀？这……

张大妈　桂香！我的好儿媳呀！（哭）

（唱）　　你看我病得这么重，

　　　　头晕眼花腰如弓。

求媳妇先为我服药治病，
病愈后再推磨再喂鸡群。

乔桂香　常言道“三分病，七分挣”，你咋不挣扎挣扎呢？你看看，你儿子不在家，这地还种不种？粪还出不出？麦地里的草还拔不拔？菜园子里的水还浇不浇？拾柴呀，磨面呀，挑水呀，垫圈呀，里里外外我一个人，你不干能行吗？啊？（大声）告诉你！再不好好干活，我就要把你从这个家里赶出去哩。（又去门缝偷瞧，笑）

东　枝　（更惊）我的妈呀！她怎么和我一样地对待婆婆了？这……

张大妈　（大声）那也得让我先把药喝了呀！

乔桂香　（大声）不行，老了就老了，喝药顶屁用！

张大妈　把药给我吧！

乔桂香　不给！

【桂香说着，“啪”地就将药碗摔在地上。

【东枝忍无可忍，“哗”！推开门冲了进去。

东　枝　你……

乔桂香　我咋了？

东　枝　（强压住怒火）我，我看我妈来了！

张大妈　东枝，你看妈我（哭）……

东　枝　（扑上去）妈！你、你咋成了这个模样了？（哭）

乔桂香　（偷笑，又假装生气）你妈还没死，那你就好好看吧！啊？

东　枝　（忽地转过身来）你、你咋能这样说话呢？

乔桂香　她又不是我的亲妈，没生我的胳膊没生我的腿。我就这个态度，你能咋样？

东　枝　你——

（背唱）　母老虎实在太凶悍，
说出的话儿像刀剜。
我有心和她把理辩，

又担心为妈妈结下仇怨!
出口的话儿又咽下,
让人一步自己宽。

唉!当女儿的看见嫂子这样对待我妈,心里比刀剜还难受。我想和她拼个你死我活,怎奈我是嫁出门的女,泼出去的水。早晨来看娘,下午要回去。如果把这个母老虎惹怒了,我妈就有受不完的气哩。唉!说啥哩!我还是强咽下这口恶气,好好劝劝嫂嫂再说。(东枝从竹篮里边掏礼物边说)嫂子,这是我为你和我妈拿的鸡蛋。

乔桂香 (爱理不理地)鸡蛋我家里有的是。(对张大妈)哎!你怎么还不去推磨啊?

张大妈 我就去,我就去。(弓着腰,听话地去推磨)

东　枝 嫂子!这样重的活,你怎么不干?

乔桂香 我干?眼瞅着春耕下种的时候到了,地还没犁,粪还没送,小麦地里的草还没拔,这些活哪样轻松?想轻松,就得躺在棺材里,真是站着说话不腰疼。哼!

【东枝无可奈何地去帮母亲推磨。

【桂香偷瞧,笑下。

东　枝 妈你歇会儿,磨就让我来推吧!

张大妈 唉!人老了就不值钱了,活着总得吃饭,吃饭就得干活。来,我们两个一起推。

【娘俩手把一个磨拐,边说话边推磨。

东　枝 妈!看见你受罪,我心里难……难受得很哪!(哭)

张大妈 东枝!妈老了,不中用了,成了媳妇的累赘了!她这样虐待我,我真不想活了哇!(也哭)

东　枝 妈!

(唱)　　　看见我妈她受罪,

女儿心里实伤悲。
她从前为获奖殷勤献媚，
到今日原形毕露施淫威。
堪笑她是小人灵魂污秽，
女儿我怎能够与妈解围？

张大妈　女儿啊！

（唱）　　自古道家务事以和为贵，
不必与她争高低。
你婆婆也是老一辈，
妈盼你要当个贤惠儿媳。

东枝！俗话说，老猫打瞌睡，一辈传一辈。你年轻当然尝不到媳妇虐待婆婆的味道，等你将来当了婆婆，就、就知道了！

东　枝　（吃惊）啊！我……（背白）是啊！我也有老的时候哩！将来等我当了婆婆……（眉毛一扬，又假装镇静）妈！我可不像桂香嫂子那样，当面一套，两面三刀，反复无常，实在可恨！

【张大妈急忙用手去捂女儿的嘴，听见媳妇来了，急忙又去推磨。

【乔桂香冲进磨坊。

乔桂香　哈哈！背后骂人的人不是人！张东枝，猴儿耍把戏哩——有啥本事都拿出来吧！咱们当面锣，对面鼓，谁是谁非说清楚。

东　枝　说就说。嫂子，你从前当过模范媳妇，知不知道孝敬老人这是社会公德？

乔桂香　知道，我对婆婆孝敬着哩！叫她住的大瓦房，穿的布衣裳，睡的木板床，只是把她没有泡在糖水哩。

东　枝　（惊）啊？（背白）天哪！这是我对婆婆说过的话，她怎么知道了？这……

乔桂香　怎么？我说的话你不相信？告诉你，我还想把她赶出门去哩——

东　枝　（更惊）啊？这……

（背唱）　　我把婆婆赶在外，
因为她年老体又衰。
我的妈今有病又受虐待，
丁对丁卯对卯礼尚往来。
看起来我待婆婆太越外，
赶出门实在不应该。

（背白）唉！在嫂子面前我不能嘴软。

（对桂香）嫂子，你刚才说了个啥？

乔桂香　我说你娘年老多病，成了家庭累赘，我想把她赶出去！

东　枝　哼！虐待老人，欺辱婆婆，国法不容！

张大妈　（放下磨拐）东枝，你就别说了，重活我能干，残汤剩饭我能吃，窝囊气我能受。唉！谁叫咱老呢？（哭）

东　枝　妈呀！

（唱）　　母老虎说话太蛮横，
妈受虐待儿心疼。
忠言逆耳她不改正，
我便要扭她上法庭。

乔桂香！你要是不改，我就要上法院告你。

乔桂香　虐待婆婆还能告？哈哈哈！（大笑）

东　枝　你笑什么？

乔桂香　我笑你是瞎子打灯笼——照人不照己。

东　枝　此话怎讲？

乔桂香　我先问你，你对待婆婆怎样？

东　枝　我……

乔桂香　我叫有病的婆婆干重活、吃残汤剩饭、受窝囊气，是虐待老人，那你哩？

东　枝　我……

乔桂香　告诉你，别猪鼻子插葱装象了，你婆婆她已经跳河自杀了。要告，你就赶快上法院告去吧，法院的大牢等着你坐哩！

东　枝　啊！（吓瘫在地上）

【张大妈忙去呼唤。

张大妈　东枝！东枝！

东　枝　啊！

（唱）　婆婆她跳河死娘家上告，
我虐待老人必坐牢。
家丢下小儿谁照料，
丈夫回来怎开交？
细思想还怪我生性狂傲，
对婆婆怎能够逞奸撒刁！
今日里见嫂嫂横行霸道，
待我妈依样葫芦学画瓢。
方才间妈对我好言相劝，
她言说人老犹如草木凋。
儿孙如果不孝道，
日暮穷途无下梢，
苟且偷生人耻笑。
还不如早些死了好解嘲。
张东枝今日明白了，
求娘亲为儿多操劳！

张大妈　要我操劳不难，需要依妈三件大事。

东　枝　只要把我婆婆救活，十件八件女儿都依。

张大妈　第一件，今后你们吃什么，就给老人吃什么，再不准给她吃残汤剩饭了。

东　枝　女儿依从就是。

张大妈　第二件，你婆婆人老了，又是个病身子，再不能叫她干重活了。

东　枝　行，行。

张大妈　第三件要你向桂香嫂子学习，要像她对待我一样对待你的婆婆。

东　枝　向嫂子学习？不！她对待你凶恶得像老虎一样，我向她学习什么？

张大妈　哎！她待我比亲闺女还好，她乃是人民政府表彰的模范媳妇！

东　枝　那刚才……

张大妈　刚才是我们用计劝你的。东枝，你也是个女人，你也有个儿子。我们的今天，就是你们的明天，你也有当婆婆的时候。房檐水滴的旧窝窝，难道你就不怕将来你的儿媳妇虐待你吗？

东　枝　啊！

（背唱）　好妈妈和嫂嫂用心良苦，
为规劝东枝我才设阴谋。
悔当初还怪我性情粗鲁，
待婆婆不孝顺实在糊涂。

（背白）妈妈的话说得对：我也是个女人，我也有个儿子，我也有当婆婆的时候。她们的今天，就是我们的明天。我……我……（转对妈妈）妈！嫂子！我明白了！

张大妈　明白就好！明白就好！

东　枝　都怪我不好。我一定知过必改。

乔桂香　锣不敲不响，木不钻不透，理不讲不明。知过必改，乃是完人。

东　枝　只是我婆婆她……

乔桂香　她跳了燕子河，幸好被我们村的妇联主任救下了。我为救你，才劝她没有向派出所报案。人，在我家东厢房睡着哩。你等着，我去把她扶出来（下）。

东　枝　只要我婆婆活着就好！天啊！我今后再也不敢虐待婆婆了！她和我妈一样！她也是我妈！

（唱）　　听说婆婆还健在，
　　　　　东枝才把心放开。
　　　　　从今后我要把婆婆敬爱，
　　　　　学嫂嫂待人宽襟怀坦白。

【桂香扶李大妈上。

【东枝扑上去，跪在婆婆面前。

东　枝　婆婆！妈妈！媳妇我错了！我对不住你啊！
（唱）　　求婆婆你将儿原谅，
　　　　　媳妇我痛心疾首九回肠。
　　　　　从今后再不敢将你顶撞，
　　　　　学桂香把婆婆当作亲娘。

李大妈　媳妇你起来吧！
（唱）　　见媳妇她悔过我心情舒畅，

乔桂香　（唱）　　满天的阴云散露出阳光。

张大妈　（唱）　　你嫂嫂就是好榜样，

东　枝　（唱）　　敬老人亲邻里学习桂香！

【东枝和桂香，各人扶着各自的婆婆。亮相，幕落。

邓剑秋老师是一位资深剧作家，该剧根据唐光玉《婆婆　妈妈》（《驼铃》1990年第1期）的部分故事情节改编而成。

认亲记

陈仁川　杨　智

时　间　现代

地　点　省城

人　物　张金钟——男，二十七岁，某厂劳资干部

夏玫瑰——女，二十八岁，某厂生活区营业员

张大娘——六十开外，张金钟的母亲，农村老大娘

周大实——男，三十八岁，某厂技术科长

辛　梅——女，三十三岁，周大实的爱人，工人

记　者——男，四十多岁，省报记者

客人甲、乙、丙、丁、戊、己

第一场　撵娘

【夏初的一个下午。

【张金钟的新房，职工宿舍大楼第三层的一套房间。

【幕启：张金钟和夏玫瑰对新房作最后的布置，各端花盆上。

夏玫瑰　（唱）　端一盆吊金钟，

花儿朵朵挂红灯，

它为新婚添喜庆，

但愿它叶常青来花常红。

张金钟 （唱） 端一盆红玫瑰，
花儿朵朵送香风，
大喜之日花似锦，
但愿它花常香来叶常青。

夏玫瑰 （唱） 大红双“喜”字，
贴在正当中。

张金钟 （唱） 这一旁摆上红玫瑰，

夏玫瑰 （唱） 这一旁摆上吊金钟。

张金钟 （唱） 你名叫夏玫瑰，

夏玫瑰 （唱） 你名叫张金钟，

张金钟 （唱） 鲜花“喜”字相辉映，
咱二人花好月圆笑盈盈。

【夏玫瑰端详室内布置，长叹一声坐下。

张金钟 （忙去安慰，唱）
你看这打坐钟，
样式多时兴，
听！
滴答滴答铮铮响，
看！
孙悟空骑着火箭游太空。

【夏玫瑰不屑一顾。

张金钟 （唱） 新式家具好几件，
它把我的力努尽。
钩花台布真新颖，
全凭你巧手夺天工。

【夏玫瑰撇嘴。

张金钟 （唱） 还有这：“三洋牌”收录两用，

它时常给咱播新声。

【打开收录两用机放出轻音乐。

夏玫瑰 （不耐烦地关掉，唱）

生活现代化，

要有高标准，

你这还差着八九成！

张金钟 啊？！

夏玫瑰 咋，不对吗？

张金钟 哎，对着哩！对着哩！

（唱） 你莫嫌低标准，

你莫嫌太寒碜，

只要咱俩齐鼓劲，

日子步步往上升。

夏玫瑰 哼！靠咱们两个呀，这辈子就不要想望过上人家那日月。

张金钟 你也不要太悲观嘛！

夏玫瑰 你没听人说，金疙瘩、银疙瘩，不如有个好爹妈。跟我同站一个柜台的林小惠找了个高干子弟，电冰箱、电视机、空调、洗衣机……要啥有啥；我初中的同学常燕子的公婆是外贸局长，到人家里一看，嘿，保险把你吓一跳。咱们，咱们……唉！

张金钟 玫瑰，你要是希望有个公婆，这好办……

夏玫瑰 算了吧，你家在农村，有妈才是人累赘。我就是冲你上无父母下无兄弟才……要不然，哼！

张金钟 不说了，不说了。（看表）还有半小时就要举行婚礼，快把房子布置好，晚上闹洞房的人一定不会少。

夏玫瑰 你外是厂里的劳资干部，人缘好嘛！（拿一钩花窗帘进里间）

张金钟 （唱） 我一个“妈”字刚出嘴，

她就嫌家在农村是累赘。

想从前我俩才相会，
她问我家中都有谁，
牙一咬我把良心昧，
对她说父母双亡早成灰，
独身一人无拖累，
劳资干部有权威。
烟酒不沾钱不费，
恰似那十五的月亮放光辉。

娘、娘！

不是儿有意来咒你，
没有你儿才能比翼双飞。

（整理室内陈设）

【张大娘手提竹篮，风尘仆仆上。

张大娘 （唱） 儿子要把婚事办，
却为何书不捎来信不还？
连夜上车把路赶，
娘盼的就是这一天。
东问西找腿跑断，
大城市里找人难！

（四顾，喊）狗娃子、狗娃子！

张金钟 （正摆弄花瓶，大惊）我娘咋跑来了？（手中花瓶几乎落地）糟啦！

张大娘 （发现双“喜”字）门上有双“喜”字，就在这里。（敲门）狗娃子！

张金钟 （忙关上里间的门，低声地）来了，来了！（开门）娘。

张大娘 狗娃子，可把你找到啦！

张金钟 悄声点，人家都在办公。

张大娘 哎，狗娃子……

张金钟 娘，人家有官名。（接过竹篮，担心地张望里间）

张大娘 噢，对对对，张金钟！（笑）狗……金钟，你好几年都没回家了，这一年多又连个信也不打。不是韩家山的韩学信回家探亲给我说，娘还不知道你要结婚哩。

张金钟 悄点声，城市里住大楼要三轻：说话轻、走路轻、关门轻。

张大娘 噢，城里的规矩就是多。（环顾室内，低声地）结了？

张金钟 就在今天晚上举行婚礼。

张大娘 （又高兴地放开嗓子）来得早不如来得巧哇！（见张金钟紧张地打手势，又压低声音）噢、噢、噢！金钟啊！

（唱） 娘想儿好似长流水，
梦里见你多少回。
儿结婚娘心得宽慰，
孤老婆子笑微微，
缓缓气，歇歇腿。

（坐）

张金钟 （喝）沙发上沾了一层灰！

张大娘 啊！（忙站起，环顾室内，唱）

新房摆设得真个美，
红双喜字生光辉。
丝绸被面色气萃，
五彩气球当空飞。
大柜小柜玻璃柜，
耀得人两眼直发黑。
金钟啊！快快对娘说仔细，
娘的那好媳妇她在哪里？

张金钟 （急得一头汗，忙倒水，唱）

歇口气，喝口水，

万莫要问东又问西。

张大娘 哈哈哈，二十七的老小伙子了，还怕羞呢。好好好，不问了，不问了。

夏玫瑰 （拿了几件衣服边喊边上）金钟，金钟，你看我穿哪件合适？

张金钟 （惊）啊！（忙挡住夏玫瑰的视线）都合适，都合适！

张大娘 （上前拉住夏玫瑰欣喜地左右端详）哈哈哈！

（唱） 你俩把喜事办，

我老婆喜心间，

隔山隔水把你们看，

带了点土特产表心田。

（从竹篮里取出一样样土特产）

黄花、木耳五斤半，

核桃、蜜饯一盘盘，

醪糟一罐罐，

粽子一串串，

刚摘的樱桃是时鲜，

攒下的鸡蛋一篮篮。

东西有限情无限，

愿你俩白头到老百年好合。

夏玫瑰 （亲热地）大娘，你太有心了！

（吃了几颗樱桃）金钟，快看这樱桃，一颗颗都像红玛瑙。真好看，真甜！（吃个不住）

张大娘 （拉过张金钟）新媳妇叫啥名字？

张金钟 （紧张地）不要问了，哎，喝水！

夏玫瑰 （疑惑地拉过张金钟）这是谁？

张金钟 她……她呀！（背唱）

（拉过夏玫瑰，低声地）

她是我乡邻来审亲，
女儿是炼油厂的技术员，
今日顺便来贺喜，
乡党的心意表一番。

夏玫瑰 原来是位乡邻。（亲热地）老大娘，吃喜糖。

张大娘 不吃不吃，只要你把我亲亲地叫声娘，比吃外喜糖甜得多！

夏玫瑰 啥？！

张金钟 （埋怨地）嘿呀，你！

张大娘 （不解地）我咋了？

张金钟 没啥没啥。玫瑰，（指手表）快到点了，咱们快走！

夏玫瑰 （甩开张金钟）慢着！

（唱） 老大娘说话有疑问，

张金钟 （背唱） 我浑身发麻降了温。

张大娘 （背唱） 说声把我叫“娘亲”，
他二人为啥慌了神？

夏玫瑰 （背唱） 莫非金钟把我哄，
山区家中有老人？

张金钟 （背唱） 坐不安来立不稳，
心惊胆战头发昏。

夏玫瑰 （唱） 叫大娘，听我问，
你是他的什么人？

张大娘 我？

张金钟 （忙上前）是……

夏玫瑰 少插言！（推张金钟坐一旁，对张大娘）你跟他到底是啥关系？

张大娘 我跟他嘛——

（唱） 同饮一泉水，

同住一个村，
看他爬，看他滚，
尿一把，屎一把，滚滚爬爬不离我的身，
吃我的奶水长成人。

张金钟 对对对，是我奶……奶娘。

张大娘 啊，奶娘？

张金钟 真的。

夏玫瑰 去去去，她是你娘。

张金钟 不不不！

夏玫瑰 敢说不！

张金钟 是是是！

夏玫瑰 好啊！

（唱） 你骗你哄心狠毒，
竟敢对我昧良心。
我上当，我悔恨，
我和你结的什么婚！

（端起花盆摔过去）

张金钟 （接住花盆）玫瑰，玫瑰，听我说嘛，我们家乡把奶娘也叫娘。

夏玫瑰 好，那咱们三对面，是娘还是奶娘，你去叫上几声。

张金钟 （为难地）玫瑰！

夏玫瑰 叫嘛。

张金钟 这，唉！

（唱） 我好比蜘蛛网上 ·苍蝇，
蜘蛛缠绕裹我身。
实想说骗她把婚定，
谁料想老娘找上门，
我若不把亲娘认，

怎忍她乘兴而来添泪痕。

我若上前把娘认，

幸福家庭化灰尘。

罢罢罢，心放宽，

为爱情甘愿毁娘亲。

昧着良心把她叫，

王、王、王大娘，

我的奶娘、好乡邻。

张大娘 啊，王大娘？

张金钟 王、王大娘，你是我奶娘又是乡邻，对不对？（暗示让默认）

夏玫瑰 就说嘛！他追我的时候说得清清楚楚，父母双亡，孤身一人。

张大娘 你说啥？

夏玫瑰 他父母双亡，孤身一人。

张大娘 啊？父母双亡，孤身一人！

（唱） 一句话，如雷震，

字字如刀刺我心，

实指望母子见面多和顺，

儿媳能长娘精神；

乡亲们夸我有福分，

独生儿子格外亲。

谁料他为娶媳妇忘根本，

亲娘反作墓中人。

怒气冲冲去责问……

唉！

只怕儿媳打离婚。

儿不认娘心酸痛，

满面含羞怎样回山村？

【远处传来吹奏乐，接着幕后有人喊：“张金钟，夏玫瑰，集体婚礼开始了，就差你们一对了，快来！”

张金钟 婚礼就要开始了，我，我给你找个旅店，送你走！（欲出门）

夏玫瑰 （拉住张金钟）她女儿不是在炼油厂当技术员嘛，跟我换衣服上俱乐部！

张金钟 你老自己上路吧！

夏玫瑰 快点！

【夏玫瑰拉张金钟进里间。

【幕后有人喊：“张金钟、夏玫瑰，快点快点！”张金钟、夏玫瑰在里间答应：“来啦，来啦！”

张大娘 （悲愤地）父母双亡……奶娘……

张大娘！

（唱） 母子情，顷刻断，

天各一方不相干！

这一口苦果怎下咽？

强压怒火在……

（提空竹篮愤然离去）

第二场　遇救

【当晚，离市中心较远的街道。

【二幕前：闪电雷鸣，风雨交作。

张大娘 （内唱） 炸雷响狂风吼乌云滚动，

【张大娘提空竹篮顶风冒雨上。

张大娘 （接唱） 出门来辨不清南北西东。

一步一回头，回头添悲痛，

泪如雨叹如风欲哭难出声。

山高水远离乡井，
欢天喜地到省城。
来时一盆火，
去时怀抱冰，
未见儿子常思念，
见了儿子倍伤情。
六月的庄稼冰雹打，
断线的风筝飘半空。
城市虽好我儿不好，
点灯虽明我的路不明。
冷雨浇身不觉冷，
浑身发烧路难行！

（步履艰难，举起手中竹篮）

望眼竹篮更悲痛，
竹篮里装过慈母情。
恨不能家乡土产都装尽，
……
这才是竹篮打水一场空！

（摔掉竹篮踉跄跌倒）

【周大实骑车上。

周大实 （唱） 电视大学讲罢了课，
偏逢大雨当头泼。
紧蹬车子街上过……
老大娘倒卧街头为什么？

（忙下车）大娘，大娘！

张大娘 （呓语）父母双亡……

周大实 （摸）呀，滚烫滚烫的。大娘，大娘！（扶张大娘起）

张大娘 （甩开周大实）你还有脸叫我！（欲倒）

周大实 （忙扶）大娘，你病得不轻啊！

张大娘 走开！

周大实 大娘！（脱雨衣给大娘披上）

张大娘 你是……噢，同志。

周大实 大娘，我送你回家吧！

张大娘 家！我……没有家！

周大实 听你的口音不是本市人，外地来的吧？

张大娘 哎，看儿子来的。

周大实 走，快找你儿子去。

张大娘 儿子？他……他死了！

周大实 啊！

（唱） 老大娘遭逢失子痛，
孤身一人在省城，
沦落街头病沉重，
破船遇上顶头风。

大娘！

当务之急先看病，
避风雨暂到我家中。

（捡起竹篮）快走吧！

张大娘 不不不，不给你添麻烦了。

周大实 一点儿都不麻烦，我家里只有爱人和一个八岁的女孩，住在刚分配的一套新楼上，你去了啥麻烦都没有。

张大娘 不，我不去！

周大实 你不放心我吗？我叫周大实，厂里当技术员，爱人叫辛梅，当工人。放心跟我走吧。

张大娘 （推辞）同志……

周大实 你这病不轻，儿子又……唉，来，我把你带到车子上，快跟我回家！

张大娘 不，我不去！（晕倒）

周大实 啊！（忙扶张大娘上车，推车下）

第三场　惊婚

【接前场。

【台左是三楼张金钟的洞房。台右是二楼周大实的家。

【二幕启：楼下，张大娘卧病在床，周大实、辛梅在旁伺候。

【幕后伴唱。

芳草满天涯，
枯木喜逢春。
一曲新风赞，
风雨夜归人。

周大实 辛梅，大娘淋了大雨，先烧碗姜汤去。

辛　梅 等着，今晚楼上闹新房，不要吵了大娘，把窗子关上。

周大实 哎！（轻轻地关好窗户）

【辛梅、周大实同下。

【楼上，闹房的男女客人嘻嘻哈哈地拥张金钟、夏玫瑰进屋。

客　甲 （唱）　新房多豁亮，

客　乙 （唱）　风流人成双。

客　丙 （唱）　祝你俩幸福生活如鲜花放，

客　丁 （唱）　相亲相爱甜甜蜜蜜日月长。

客　戊 （唱）　凌云展翅只是个头，

客　己 （唱）　前程似锦多辉煌。

众 （唱）　凌云展翅飞，

还要更辉煌，

欢欢喜喜、喜喜欢欢乐呀乐洋洋！

客　甲　新娘子表演节目。

客　乙　（拿出红线系着一块水果糖）来来来，新郎、新娘共同吃喜糖。

客　丙　对，吃个和气糖。

众　吃，吃！（推张金钟、夏玫瑰）

客　丁　好了好了，报告恋爱经过。

众　讲，快讲。

夏玫瑰　来宾们！还是让我们尽情地跳起来吧！

张金钟　好，我俩带头。

众　（鼓掌）跳它个通宵！

【两用机播出轻音乐，众结伴翩翩起舞，渐渐舞下。

【楼下，周大实、辛梅端姜汤上。

周大实　（唱）　手捧着热姜汤，

辛　梅　（唱）　侍候老大娘。

周大实　（唱）　失去儿子患重病，

辛　梅　（唱）　细料理才能够恢复健康。

大娘！

张大娘　（呓语）父母双亡……

辛　梅　（惊）啊！

张大娘　奶娘……王大娘！

周大实　大娘受的刺激太大了，一说起胡话来，就是这几句。

辛　梅　大娘，大娘醒醒。

张大娘　（醒）啊，你是……

辛　梅　我叫辛梅，他叫周大实。

张大娘　我这是在哪里？

周大实　这是我的家……

辛　梅　也跟你的家一样，你就安心躺着。

张大娘　噢？

（唱）　　似醒似梦心悲惨，
　　忽听耳边叫大娘，
　　叫大娘，费心量，
　　前后左右细端详。
　　曾在风雨街上躺，
　　如今为何睡软床？
　　莫非满天风雨过，
　　云开雾散出太阳？

周大实　（唱）　　伤心事，别多想，
　　祛风散寒喝姜汤。

张大娘　（唱）　　接过姜汤热泪淌，

辛　梅　（唱）　　大娘莫要再悲伤。

张大娘　我这是高兴的！

（唱）　　喝一口姜汤暖心上，
　　化掉我心头一层霜。

【传来楼上喜庆之声。

周大实　（皱眉）楼上闹腾得太厉害了。

辛　梅　你呀，老古板。去，把窗帘拉上。

周大实　（拉上窗帘）辛梅，我上医院取药，你……

辛　梅　我晓得照顾好大娘，你快去！

周大实　（欲去又问，低声地）下挂面，打鸡蛋。

辛　梅　知道知道。

周大实　（欲去又回）千万别问她儿子的事，免得大娘伤心。

辛　梅　啊呀，啊呀！婆婆妈妈的，（推）我知道，快去！

周大实　看你这脾气。

张大娘 （第一次笑了）多好的一对！

辛　梅 大娘，好好睡一觉，发发汗。（扶张大娘睡下）

【张金钟从三楼跑下二楼，与刚才开门出来的周大实相遇。

张金钟 嗨，我的周科长，你技术革新打先锋，结婚典礼上咋不露面？

周大实 谢谢，谢谢！我有点儿急事。

张金钟 啥急事也得去。（进屋）噢，辛梅也回来了。请请请，一同上楼。

辛　梅 他真有事。

张金钟 就差你们俩了，大喜日子请一定赏光。

【张大娘坐起，见张金钟，气倒，用被子蒙住。

辛　梅 家里有病人，确实离不开。

张金钟 （看床上一眼）老人病了？应该照顾，应该照顾。你走吧！（硬拉周大实上楼）

【辛梅下。

【楼上，夏玫瑰出迎周大实。

张金钟 （唱）　新任的技术科长来贺喜，

夏玫瑰 （唱）　来迟了罚你三大杯！（敬酒）

周大实 谢谢！（喝了一杯，唱）

我不会虚情和假意，

祝你俩互相帮助勤学习。

夏玫瑰 （唱）　请你参加跳舞会，

周大实 （唱）　家中有事难奉陪。

失陪了，失陪了。（欲走）

夏玫瑰 刚来就走，不行不行！

周大实 （唱）　要给病人把药取，

夏玫瑰 谁病了？

张金钟 他家老人有病。

夏玫瑰 （唱）　　照顾老人是应该的。

周大实 （唱）　　新娘子说得很在理，

恕不奉陪，恕不奉陪！

张金钟 （唱）　　改天再请坐上席。

周大实 不麻烦了，再见！（匆匆下）

张金钟 真是个里里外外的大忙人。

夏玫瑰 来，继续跳！（音乐声中下）

【楼下，张大娘忽然坐起。

张大娘 我这是在哪里？我这是在哪里？

【辛梅闻声上。

辛　梅 （以为又在说胡话）大娘醒醒！你老人家又说胡话了，你在我们家哩。

张大娘 过来，让我走！

辛　梅 大娘，到哪里去呀？

张大娘 我要离开这里，我要离开这里！

辛　梅 是不是楼上结婚吵了你老人家？

张大娘 （悲伤地）结婚！……让我走！

辛　梅 大娘，你有病啊！

张大娘 我不愿待在这里呀！（要走，踉跄欲倒）

辛　梅 （忙扶）你的病这么重，儿子又去世了……（顿觉失口）噢，等你病好了，我们帮你找他的单位，再送你回乡。

张大娘 （辛酸地）儿子……儿子……

辛　梅 我就跟你的亲儿女一样。

张大娘 闺女，你们两口子……好人啦！

辛　梅 那就快上床歇着。（扶张大娘坐）我给你煮鸡蛋挂面去。你可不能走！（转身自语）唉，老大娘失去儿子，一听见有人结婚，就逗起她的伤心事了。（下）

【楼上播放着热烈的乐曲，中间有猜拳行令声。张大娘闻声悲痛欲绝。

张大娘 （唱）

听楼上一阵阵歌声嘹亮，
又猜拳又行令声震房梁。
儿在楼上心欢畅，
娘在楼下暗悲伤。
陌路人胜过亲生儿子，
亲生儿子不认娘。
楼下我觉春风暖，
楼上对我冷如霜。
楼上楼下如霄壤，
骂一声狗娃子你丧尽天良！

（气急，倒地）

【楼上，舞会进入高潮，众快步舞上。

【记者匆匆上到三楼。

记　者 （看门号）对对对，就在这里。（进屋）喂，这是张金钟同志的家吗？

【众停止跳舞。

夏玫瑰 （热情地）噢，记者同志，欢迎欢迎！请吃糖。

记　者 谢谢！

夏玫瑰 记者同志，你是采访举办集体婚礼来的？我俩是其中一对。这样办移风易俗，符合四化要求……

记　者 （抱歉地岔开）做得对，哎，哪位是张金钟同志？

张金钟 我就是。

记　者 你有个母亲是不是？

张金钟 （吓得不敢承认也不敢否认）哎，哎……

记　者 青山公社中午打来电话，说你母亲参加你们的婚礼来了，对不对？

张金钟 （更惊）啊！没有……没有……（擦汗）

记　者　那就是还在路上走着哩，真不凑巧，（匆匆欲走，复回头）张金钟同志，你母亲来了，请马上给报社打电话，号码三二一零。（欲走）

夏玫瑰　（试探地）记者同志，有啥事吗？

记　者　有件惊人消息！

张金钟　（大惊失色）啊！

记　者　最近，你母亲挖出来一罐黄金……

张金钟　（一把抓住记者）记者同志，你说啥？

记　者　你母亲挖出来一罐黄金。

张金钟　多少？

记　者　一百七十五两四钱六分……

夏玫瑰　（拉过张金钟）啊呀，你过来！下午送樱桃的到底是谁？

张金钟　（悔恨地）咳！是咱娘呀！

夏玫瑰　混账！金钟哎！

夏玫瑰　快寻咱娘去！（拉张金钟同下）

记　者　（莫名其妙）咦？你娘在哪里？张金钟同志。（撵下）

众贺客　（奇怪地互相观望）咦！这是咋回事？

（唱）　一声惊雷炸了群，
一对山鹿窜出门，
撇下客人冰冰冷，
这个舞会咋进行？

（扫兴地）走，走！（纷纷离去）

【楼下，丰梅端碗进屋，见张大娘倒地，惊呼“大娘”！

第四场　追娘

【紧接前场。

【二幕前，雨中，路上。

夏玫瑰 （内唱） 洞房花烛顾不上，

【张金钟、夏玫瑰跑上。

张金钟 （唱） 新婚夫妻雨中忙。

夏玫瑰 （唱） 睁大眼睛四处望，

扯开嗓子叫亲娘。

张金钟 娘，我的老娘！

夏玫瑰 娘，我的亲娘！

张金钟 （失望地）没有！

夏玫瑰 （泄气地）没有！

张金钟 再喊！

夏玫瑰 再喊！

张金钟 亲娘哎！

【仍无反应。

夏玫瑰 走，再找！

（唱） 穿大街，过小巷，

风里雨里苦奔忙。

汗水和着雨水淌，

张金钟 （唱） 哎呦，我抱住电杆错当娘！

夏玫瑰 （唱） 看你这笔挺的礼服泥水浆，

张金钟 （唱） 看你这烫发就像母鸡落了汤。

夏玫瑰 （唱） 这些我都顾不上，

张金钟 （唱） 不怕满天风雨狂。

【张金钟、夏玫瑰跑圆场，记者追上。

记　者 （唱） 记者冒雨四下望，

为抢新闻追大娘！

张金钟 （边跑边喊）娘，我亲亲的亲娘哎！

夏玫瑰 （边跑边喊）我的亲娘，你在哪里？

记　者　张金钟同志，张金钟同志！（追）

夏玫瑰　（唱）　　　哎哟，摔了个跟头朝天仰！

【张金钟忙扶，记者追到眼前。

记　者　（唱）　　　问同志你可受了伤？

夏玫瑰　没关系。

记　者　张、张、张金钟同志！

张金钟　记、记、记者同志！

记　者　你娘在、在哪搭哩？

张金钟　不知道啊！

记　者　那你俩跑啥哩嘛。

夏玫瑰　我俩在找哩！

记　者　（大失所望）我当有线索了。

夏玫瑰　有线索倒好了！

记　者　喂，你娘来了，一定电话通知报社。我要写一篇访问记，回见，回见！（疲惫地下）

张金钟　玫瑰，咋办呢？

夏玫瑰　找！一定要找到。

张金钟　找！

（唱）　　　后悔事，没法讲，

撵走了老娘又找娘。

莫非娘故意试探我？

这才是砸烂西瓜露了瓤。

夏玫瑰　（唱）　　　一恨记者不像样，

你就该早些上门说端详，

二恨咱娘装得像，

不该把天大的事心里藏，

三恨金钟太混账，

你不该欺瞒我父母双亡，
十月怀胎把你养，
谁叫你无情无义不认娘！

张金钟 这还不是为了你嘛！

夏玫瑰 是你无情无义，把福神爷爷脚踢哩！

张金钟 都是你逼出来的，没你咋会有这事哩！

夏玫瑰 啊，你反给我扣屎盆子！

张金钟 不说了，不说了，寻娘要紧。

夏玫瑰 咦，那边房檐下站了个人，像咱娘。

张金钟 啊呀，啊呀，就是就是。娘，娘！（跑上前去）

夏玫瑰 （跑上前去）我心疼的娘哎！

张金钟 （失望地）啊？

夏玫瑰 （失望地）啊？

张金钟 （垂头丧气）唉，是张宣传画。

夏玫瑰 活脱脱就像真的一样。

张金钟 （有所发现）哎，玫瑰，快来看！

夏玫瑰 看啥呢？

张金钟 银行的通告，调整黄金兑换牌价。

夏玫瑰 一两多少钱？

张金钟 一克十三元，一小两就是……四百六十来元，咱娘挖了……

夏玫瑰 一百七十五两四钱六分！

张金钟 叫我算算能换多少钱。

夏玫瑰 算账是我的老本行。

【两人紧张地计算着。

张金钟 啊呀，是好几万元！

夏玫瑰 不对，是十几万元！

张金钟 说不定是几十万元！

夏玫瑰 哟，我的头发晕！

张金钟 哟，我的腿发软！

夏玫瑰 你太激动！

张金钟 你太兴奋！

夏玫瑰 冷静冷静。

张金钟 清醒清醒。

夏玫瑰 金钟，咱娘真好！

张金钟 好啥哩，“金疙瘩，银疙瘩，不如有个好爹妈。”咱娘是农村户口。

夏玫瑰 你不要多心，谁晓得咱娘真打老实揣着金疙瘩，这下咱们可有大钱花啦！

（唱） 欢度蜜月心花放，
飞机轮船游四方。
桂林山水甲天下，
峨眉山上好风光。
各大城市都走遍，
一天一套新衣裳。
山珍海味任我点，
上北海，进仿膳，要把那西太后的佳肴美味亲口尝。

张金钟 （唱） 要开眼界去香港，
五大洲来四大洋。
吃、穿、用全把外国电影来模仿，
先修一幢新楼房，
里外设备现代化，
四周鲜花吐芬芳，
小卧车，嘀嘀响，
穷酸干部再不当。

（神气地打火抽烟）

【幕后伴唱。

黄金梦做得涎水淌，
哎哟哟，
这样的儿女黑了心肠！

夏玫瑰 金钟，对咱娘要尽心尽孝。

张金钟 那当然，我又不是无情无义之人，不像那些“五子一娘嫌娘多”的家伙。

夏玫瑰 把我爹妈也得接这儿来。

张金钟 这个嘛，连你都得重新考虑啰！

夏玫瑰 啥，你要变心？

张金钟 谁叫你找对象条件那么苛刻，挑挑拣拣，耽搁得比我还大一岁。

夏玫瑰 啊，我把你个没良心的，娶了媳妇不认娘，有了黄金蹬婆娘，我把你个白眼狼啊！（哭）呜呜……好，离婚也行，家产平分，金子我要分一半，咱们上法院去，吹就吹。哼！

张金钟 哼！

【二人气呼呼地背向而立，周大实骑车上。

周大实 哎，新郎、新娘，深更半夜站在雨地里做啥呢？（停车）

张金钟 呃，我们……

夏玫瑰 噢，他酒喝多了。

张金钟 对对对，溜达溜达，清醒清醒。

周大实 夜深了，快回吧。

张金钟 不忙不忙。

夏玫瑰 周科长，你上医院取药？

周大实 对，我得赶快回去。（欲走）

夏玫瑰 你在前面没碰见一个金罐子？

周大实 啥？

夏玫瑰 噢，老婆子。不对不对，我娘我娘！

周大实 你娘？

夏玫瑰 就是他娘。（比画）提个竹篮子，包着蓝底白花布头巾。

周大实 （比画着自语）竹篮子……蓝布头巾？真巧，我今天遇到的老大娘，跟你说得一模一样。

张金钟 真的？

周大实 不过，大娘说他的儿子死啦。

夏玫瑰 没死没死，那是她说胡话哩。

周大实 噢，对，大娘发高烧，一个劲儿地说胡话。

夏玫瑰 我娘她在哪搭哩？

周大实 就在我家里。

夏玫瑰 金钟，我先找到的，接娘去！（跑下）

张金钟 等着等着！（跑下）

周大实 哈哈，这下好了，大娘有儿子了！

（唱）　　周大实，哈哈笑，

大娘的儿子找到了。

近在咫尺未相见，

母子团聚在今朝。

（骑车下）

第五场　盘金

【紧接前场。

【景同第三场。

【二幕启：楼下，辛梅侍候大娘吃鸡蛋挂面。

【幕后伴唱。

芳草满天涯，

枯木喜逢春。
一曲新风赞，
风雨夜归人。

张大娘 饱了，真吃饱了。夜深了，你也歇着去吧。

辛　梅 大娘，你躺着，大实一会儿就把药取回来了。

张大娘 唉，把你俩麻烦扎了，我心里实在过意不去呀。

辛　梅 快不要这么说了，新社会处处有亲人嘛。

张大娘 亲人……亲人！（更伤感）

辛　梅 大娘不要难过，你躺着吧！（扶张大娘睡在床上，端碗下）

【夏玫瑰跑上，进周大实家。

夏玫瑰 娘，娘哎！

【张大娘惊起。

夏玫瑰 啊呀就是的，可把你找着了，娘哎！

张大娘 你是……噢，我不是你娘！

夏玫瑰 就是的，就是的！你老人家再不要考验我们了。

张大娘 （不解地）考验？

【张金钟跑上。

张金钟 娘哎，可把你老人家找着了！娘哎！

张大娘 你娘早死了！

张金钟 没有没有，你是我亲亲的亲娘。谁敢咒你死，天打五雷轰！

夏玫瑰 对对对，你是咱们的亲娘。

张大娘 哼，我是他奶娘。

张金钟 你老人家听错了，我说你是奶大我的亲娘。

夏玫瑰 对对对，他正是这么说的。

张大娘 我的耳朵不背，他把我叫王大娘哩。

夏玫瑰 没有没有，那是他叫隔壁王大娘哩。

张金钟 对对对，为人在世，哪有不认亲娘的道理。娘，快上楼！

夏玫瑰 快上楼，娘！

【二人拉扯张大娘上楼，辛梅闻声上。

辛　梅 哎哎哎，不入洞房去，跑到这里吵闹啥哩，去去去，老人家病着哩。

张金钟 她老人家是我娘。

辛　梅 啊？

【周大实跑上。

周大实 辛梅，这下好啦，大娘的儿子才没……才是他。你看巧不巧？快叫大娘喝药。

【辛梅倒水，张大娘喝药。

张金钟 药也喝了，时候也不早了，娘，回咱家去。

辛　梅 哎，等着等着，大娘这么远的路上来了，人生地不熟，你们都不接一下，叫大娘病倒街头，风吹雨打。要是有个三长两短，你说咋得了呀？

夏玫瑰 嗯。

周大实 （拉过辛梅）哎，大娘有了儿子，儿子找着了亲娘，这就是天大的喜事，多余的话再不要说了。

张金钟 辛梅说得对，都怪我！

（唱）　今日忙着办婚礼，
顾了东来误了西，
都怪我俩慢待你，
老人家多多受委屈。

夏玫瑰 （唱）　都是金钟少恩义，
媳妇是个孝顺的，
听说亲娘就是你，
我催他上街快寻觅。

张金钟 （唱）　为找娘跑肿了两条腿，

夏玫瑰 （唱）　为找娘浑身都是泥。

张金钟 （唱）　跑得我大口大口出长气，

夏玫瑰 （唱）　跑得我呼哧呼哧汗淋漓。

张金钟 （唱）　娘啊娘，快随儿子上楼去，

夏玫瑰 （唱）　娘啊娘，快随媳妇回家里。

【二人抢拉张大娘。

辛　梅 哎哎哎，不要把大娘拉扯糊涂了。

张大娘 （唱）　这才是东边日出西边雨，
忽阴忽晴费猜疑。
刚刚撵我出门去，
为什么到处又寻觅？
看他俩也不像虚情假意，
为找我浑身上下都淋湿。
这都是党的好教育，
知错改错在今夕。
要为金钟顾名誉，
过去的事情莫再提。
你们俩不要把我拽，
先感谢大实和辛梅。

张金钟 （唱）　新长征路上的活雷锋，

夏玫瑰 向你俩学习学习再学习！

周大实 （唱）　快接大娘上楼去，
母子婆媳甜如蜜。

张金钟 娘，我扶你上楼。

夏玫瑰 叫我把娘扶上。

张金钟 我扶！

夏玫瑰 我扶！

张金钟 干脆，我把咱娘背上。（背张大娘）

张大娘 哎哎哎！（回头对周大实）你俩快歇着去，明天一定上楼来坐。

周大实 等着等着，篮子跟药带上。

【夏玫瑰接过篮子和药，张金钟背张大娘上楼，进屋。

周大实 嗨，一块石头这才落了地。

辛　梅 我外石头还在这里（指胸）悬着哩。

周大实 为啥？

辛　梅 我有点儿怀疑。

周大实 怀疑啥哩？害怕叫人冒领着去吗？

辛　梅 不，我要上去看一看。

周大实 那，我陪着你。

辛　梅 怕我丢了？

周大实 嘿嘿！（与辛梅上楼，在门外谛听）

【屋内，张金钟放下张大娘。

张金钟 娘，坐到沙发上软和。

夏玫瑰 （取一件呢外套）娘，披件衣裳暖和。

张金钟 娘！

（唱）　从今后我要孝顺你，

夏玫瑰 （唱）　干脆接娘到城里。

张大娘 （唱）　我还要回农村去，

夏玫瑰 （唱）　你回农村我不依！

张金钟 （唱）　顿顿白面和大米，

张大娘 （唱）　粗茶淡饭才相宜。

夏玫瑰 （唱）　衣裳脏了有我洗，

张大娘 （唱）　娘是劳动惯了的。

张金钟 （唱）　过几天领娘去看戏，

夏玫瑰 （唱）　闲了就听收音机。

张金钟 （唱） 再买台彩色大电视，

张大娘 （唱） 那东西太贵不急需。

张金钟 （唱） 明天就上绸布店，

夏玫瑰 （唱） 给娘扯布缝新衣。

张大娘 （唱） 只要咱们能欢聚，

不在穿来不在吃；

尊老爱少多和美，

不由我欢天喜地笑眯眯。

张金钟 娘！

夏玫瑰 娘！

张大娘 哎！（同笑）

【室外。

周大实 （指辛梅胸）你外石头？

辛　梅 （大声地）落地啦，下楼！（跑下，周大实后）

夏玫瑰 （闻声）谁？

张金钟 怕是闹房的听墙根来了。

夏玫瑰 啊呀，幸亏咱们连个啥啥都没问哩。

张金钟 我看咱娘这阵情绪很好。

夏玫瑰 抓紧时机，快把那个黄灿灿的东西盘问出来。

张金钟 看我的，（开门，四顾无人，关门）娘。

张大娘 哎。

张金钟 今天是我俩的大喜日子，你老人家那么远地来了，有啥要紧话，就给我们叮咛叮咛。

张大娘 要紧话？

夏玫瑰 我俩最爱听你老人家的话。

张大娘 那好，就讲个《两箩筐》的古今。

张金钟 （惊喜地）两箩筐？（向夏玫瑰示意）不少哇！

夏玫瑰 快听咱娘说。

张大娘 （唱） 马家庄有个马六旺，
上有老爹和老娘，
他老爹年过八十不健壮，
他老娘双目失明更难肠。
马六旺多嫌爹娘是拖累，
与婆娘暗中做商量，
有天晚上没月亮，
把父母装进两箩筐，
悄悄抬到山岗上……
（夹白：正要往崖底下掀——）
忽听得儿子赶来喊爹娘：
“摔死了爷爷奶奶还犹可，
千万留下两箩筐。”

夏玫瑰 要箩筐做啥呀？

张大娘 （唱） “等爹娘长到爷爷奶奶这般样，好把你二老装箩筐。”

张金钟
夏玫瑰 （尴尬）啊！

张金钟 娘，这都是编下的古今，世上哪有外号事。

夏玫瑰 娘，我跟金钟都是孝了，叫你老人家大大享清福。

张大娘 媳妇啊！
（唱） 我不愿闲着把福享，
在队里干些轻活还在行，
到后来实在不能动，
再给你看门、做饭、抱孙孙，清闲自在享安康。

夏玫瑰 好好好。（示意张金钟）再问。

张金钟 娘，你老人家这次来，没给娃带啥东西吗？

张大娘 拣你爱吃的带了几样，白天都给你了。

夏玫瑰 再有啥贵重的吗？

张大娘 农村里哪有啥贵重东西。

夏玫瑰 （对张金钟）口真紧。

张金钟 娘，你老人家再想想看。

张大娘 噢，就是那五斤半黄……

张金钟 （急切地）黄，黄啥？

张大娘 就是那五斤半黄花木耳，还能值一二十元钱。

夏玫瑰 （泄气地）唉！

张金钟 （泄气地）唉！

夏玫瑰 娘，今晚洞房花烛，你老人家在农村碰到啥高兴事，说出来大家热闹热闹。

张大娘 高兴事？有！有！

（唱） 提起农村心花放，
喜事一桩接一桩；
庄稼汉投票选县长，
人人做主把家当；
生产有了责任制，
小山村要变成鱼米乡；
集市贸易也兴旺，房前屋后果木香。
党的政策变了样，
多亏粉碎了"四人帮"！

张金钟 再有啥稀罕事没有？

张大娘 稀罕事？有！有！

（唱） 铁柱家一头老母猪，
一窝下了十三双，

还有那……

张金钟 不要说了，不要说了。

夏玫瑰 娘，你碰到啥稀罕事没有？

张大娘 我？

张金钟 对，你。比如说……

夏玫瑰 比如说……

张金钟 你老人家有没有……

夏玫瑰 （推过张金钟，单刀直入）你挖出啥贵重东西没有？

张大娘 噢，你俩是问我挖出啥贵重东西没有？

张金钟 对对对！

夏玫瑰 是是是。

张大娘 有，有。

张金钟
夏玫瑰 （惊喜地）啊！快说，快说！

张大娘 好，我说。

（唱） 那一天精神爽，
背土垫圈房。
日出东山天晴朗，
手拿镢头背着筐。

张金钟 手拿镢头？

夏玫瑰 背着筐？

张大娘 （唱） 连着背了三四趟，
日色过午该歇晌。

夏玫瑰 啊，你休息了？

张金钟 你老人家再坚持一下嘛。

张大娘 （唱） 我看还差一筐土，
再次挖土上山岗。

夏玫瑰　又去了？

张金钟　应该去，应该去！

张大娘　（唱）　　挖到一个罐子上。

夏玫瑰　罐子？

张金钟　快揭开，快揭开！

张大娘　（唱）　　揭开看——沉甸甸来明晃晃。

张金钟　沉甸甸？

夏玫瑰　明晃晃？

张金钟　就是的！

夏玫瑰　就是的！

张大娘　（唱）　　原来是满满的一罐金子土里藏。

夏玫瑰　金子？

张金钟　嘿，金子！

张大娘　（唱）　　连声我把乡亲喊，

夏玫瑰　啊，不敢喊！

张金钟　千万不要喊！

张大娘　（唱）　　四下无人在近旁。

夏玫瑰　没人？

张金钟　正好。

张大娘　（唱）　　我把罐子筐里放，

独自一人回村庄。

张金钟　（吁气，抹汗）真惊险啊！

夏玫瑰　（拉过张金钟）咱娘真的挖了金子？

张金钟　（骄傲地）那还有假！

夏玫瑰　快问，放在哪搭了？

张金钟　娘，嘿嘿，你碰得真巧！

张大娘　是巧啊，全庄人都在那搭挖土哩，偏偏叫我碰上了。

夏玫瑰 还是咱们家的福气。

张大娘 大家的福气。

夏玫瑰 是不是一百七十五两四钱六分?

张大娘 嗯。你咋知道的?

夏玫瑰 俺消息灵通嘛。

张金钟 娘，这金子……

张大娘 金子是贵重东西。

夏玫瑰 对对对，顶贵重的。

张大娘 是值钱东西。

张金钟 对对对，顶值钱了。你把它……

张大娘 听说金子能从外国买回新式机器，我一个老婆子给“四化”不能添斤，也该添两，就把它……

张金钟 把它咋样了?

张大娘 交给国家了。

夏玫瑰 （大惊失色）啥，交给国家了?

张金钟 国家没给钱?

张大娘 那又不是我的，要啥钱哩嘛!

张金钟 一两一钱都没剩?

张大娘 全交了。

夏玫瑰 这不是把肉包子往外推哩嘛!

张金钟 娘，你就不替我们想一想。

张大娘 将来享“四化”的福，也有你们一份嘛。

夏玫瑰 哼，简直是疯子，不可思议!

张金钟 哼，你真是傻瓜蛋!

张大娘 啊!

夏玫瑰 （脸色突变）张金钟，咋办呢?

张金钟 （气极）娘，你对儿无情，儿也对你无义。你，你回去!

张大娘　（如雷轰顶）啊！张、张、张金钟！狗、狗、狗娃子！我才把你的黑心烂肝花看透了！好，我走，我走！（踉跄出门，“呼”的一声把门带上，头晕目眩，慢慢倒地）

夏玫瑰　张金钟，穷光蛋！你不是要跟我打离婚吗？

张金钟　哪里哪里，玫瑰，玫瑰，喷香的、带刺的玫瑰，你永远是我心中的一颗辉煌灿烂的闪闪发光的明星！

【灯暗。

【二幕闭。

第六场　认亲

【三天以后。

【周大实家。

夏玫瑰　（唱）　　新婚三天整，
　　　　　　　　满面带春风。
　　　　　　　　大街上车来人往如潮涌，
　　　　　　　　逛罢了百货大楼进餐厅。

张金钟　（唱）　　她花钱如泼水叫我心痛，
　　　　　　　　一上午把钱包全部倒空。

（揣袋里钱包，忧心忡忡）

夏玫瑰　金钟，那边就是悦宾餐厅，走快点，占个好座位。

张金钟　（迟疑地）玫瑰，是不是……

【记者匆匆上。

记　者　啊呀，张金钟同志，你俩到这繁华闹市度蜜月来了？咋没见你的电话？你娘呢？

张金钟　我娘……

记　者　你娘拾金交公的消息刚刚见报了，看到没有？报社让我写篇访问记，还准备发个短评，大力表彰，号召向你娘学习。

张金钟 那有啥表扬的。

夏玫瑰 那有啥学习的。

记　者 啊呀，一百多两黄金哪，全部交给国家，胸怀不宽广做得出来吗？心里有私念办得到吗？张金钟同志，快领我采访你娘去！（拉）

张金钟 记者同志，我娘……还没来呢。

记　者 哈哈，你这位同志太谦虚了，还跟我打埋伏？走走走！

张金钟 真的没来，真的没来。

记　者 你娘离家都四五天了，三天内肯定到达。不要绕弯子，快领我走！（拉）

张金钟 记者同志，记者同志……我娘……已经回老家去了。

记　者 看看看，前矛后盾！同志，你应该支持我们的新闻采访。（拉）

夏玫瑰 （拉张金钟）时候不早啦，快走！（拉张金钟）

【二幕前：张金钟、夏玫瑰挎提兜上。

张金钟 对不起，我有要紧事。（挣脱，与夏玫瑰跑下）

记　者 哎哎哎！他为啥一个劲儿地回避呢？（思索）嗯，我也给他来个迂回战术，干脆，走访他们的邻居周大实，那可是有一说一的老实人。（急下）

【二幕启：张大娘轻手轻脚地把室内收拾得干干净净。

张大娘 （唱）

脚步轻轻怕响动，
周大实厂休在家中。
白天工作累，
夜读灯长明，
吵醒他俩我心疼。
我在他家三整天，
朝夕相处乐融融，

相敬如宾客，
胜似骨肉情，
大实和辛梅都真诚。
一股暖流除百病，
深情厚谊化寒冰。
几次要走他不答应，
我还是不辞而别快启程。

（进里面）

【周大实挎提兜轻轻推门进屋。

周大实 （低声地）辛梅，辛梅！

【辛梅上。

周大实 大娘午睡没起来？

辛　梅 悄声！大娘的病刚见好，让她多休息一会儿。菜买回来了？

周大实 嗯，看，还有条活鲤鱼。（放下提兜）

辛　梅 今儿个厂休，咱俩美美地做顿饭，让大娘高兴高兴。

周大实 唉，遇上那号子儿子，大娘咋能高兴得起来。

辛　梅 提起楼上那两口子，把人的肺都能气炸。

周大实 他们把大娘欢天喜地请回去，为啥当晚又闹翻了？这到底是啥原因？

辛　梅 几次问大娘咋都不肯说。

周大实 奇怪！

辛　梅 这几天咱们上楼劝说他俩把大娘接回去，嘴皮都磨出老茧，临了还是一推六二五，我找领导去！

周大实 看看看，又要上交矛盾了。

辛　梅 他们俩硬是吃了秤砣铁了心，我看不如让法院出面。

周大实 你呀，再做做工作嘛。

辛　梅 对这种油盐不进的石头人，你就少抱幻想。你猜人家咋说的？

“你们学雷锋就学到底嘛！你们风格高，你们咋不认娘哩！”

周大实 （高兴）哎，说得好！

辛　梅 还好？

周大实 辛梅，你的爹娘没有熬到解放那一天；我的父母又惨死在牛棚里；大娘呢，高高兴兴来看儿子，反倒给推在门外。咱们真是一根藤上的三棵苦瓜，咱们就把大娘认下，你看好不好？

辛　梅 好，太好了，我这个没娘娃，多想喊一声“娘”啊！

周大实 就是咱小莉莉放学回来，也能叫上奶奶了。

辛　梅 好是好，不知道大娘愿不愿意……

周大实 只要咱们心诚嘛。

辛　梅 那今天就商量。

周大实 咱们先做饭。（拿起提兜与辛梅进灶房）

【张大娘包蓝布头巾，提竹篮上。

张大娘 （低声地）大实，辛梅！

（唱）　　莫怪我悄悄离家走，

等我回到家乡后，

再把平安书信投。

几次欲走频回首……

（留恋不舍，把心一横）

压住心头别离愁。

（向门口走去）

【辛梅出，拉张大娘。

辛　梅 大娘，你到哪搭去哩？

张大娘 我要回去了。

【周大实闻声上。

周大实 大娘，我俩照顾你有啥不周到的地方，千万不要在意。走，可不行啊。

张大娘 你俩救了我这条老命，这就感激不尽了，咋能再打搅你们！看，我这身子骨好多了，该走啦。

辛　梅 身体再好也不能走，你就长久住在这里。

张大娘 长久？哈哈，那可不成啊。

周大实 咋不成？你就给我俩当娘，我们照顾你，养活你。

张大娘 （突如其来）啊！？

辛　梅 我俩是诚心诚意。

周大实 绝不后悔。

辛　梅 答应我们吧，娘！

周大实 娘！

张大娘 （几次张口欲应，终未出声）你们……

辛　梅
周大实 亲娘！（接过竹篮）

张大娘 （悲喜交集地答应着）哎，哎——

（唱）　他一声亲娘叫出口，
我悲喜交集热泪流。
张金钟把我的心伤透，
万念俱灰恨悠悠；
周大实两次把我救，
一片赤诚来挽救。
只说是人老灯残难持久，
又谁知枯木逢春花枝稠；
只说是浪打破船船将漏，
又谁知风雨同舟破浪游。
他夫妻诚恳朴实多忠厚，
句句话感人肺腑暖心头。
与这样好儿女终生相守，

不知忧不知愁欢度春秋。

（对辛梅、周大实）你俩的好心好意我领受……

周大实　（高兴地）大娘答应啦！

辛　梅　（指责地）“大娘”？

周大实　哎哎，咱娘答应啦！

辛　梅　娘，从今以后，咱们就是一家人啦！

张大娘　一家人，一家人！

众　（同唱）　一家人和和气气水长流。

【记者匆匆上。

记　者　周大实同志！

周大实　请坐，请坐。

记　者　（端详张大娘）这位大娘是？

周大实　是我娘。

记　者　噢。（拉周大实）大实同志，你可知道青山公社张家沟有位老大娘来找儿子吗？

周大实　找儿子？谁？

记　者　（指楼上）张金钟！

周大实　你也知道了？

记　者　我是专门采访张金钟母亲的事迹来的呀。

辛　梅　（急插话）记者同志，你要好好写篇稿，把败坏社会道德风尚的人狠狠揭露出来！

记　者　揭露？大娘的高尚风格要好好表扬哩！

辛　梅　（不解）表扬？

记　者　是呀，他娘在家乡挖了那么多金子，全部交给国家，你说，该不该表扬？

周大实　（茫然）金子……交公……

辛　梅　娘，这么动人的事迹，你咋连一丝风气都没透？

记　者　（背白）怎么又是她娘？

辛　梅　记者同志，你要表扬的就是她啊！

记　者　（高兴地）啊，可找到啦！大娘，快介绍事情的经过，特别是当时的心理活动。（掏本子欲记）

张大娘　“新理”？

记　者　就是你当时咋想的。

张大娘　就那点儿小事，赶巧叫我碰上罢了，有啥新理旧理可说的嘛？

记　者　大娘你真谦虚，你的事都登报了。（取出报纸）今天的报。（念）“青山公社张家沟女社员张青兰，在劳动中挖到黄金一百七十五两四钱六分，全部交给国家，支援四化建设……”

周大实　娘，您老人家真值得我们好好学习！

辛　梅　（更亲热地）娘，你真好，真好！

记　者　（对他们称呼娘不解）你们也是大娘的儿女？

张大娘　哟，哪有啥奖励的！

记　者　大娘，省银行听说我来采访，委托我带给你奖金通知书，到银行领款。

张大娘　不要不要！（与记者推辞）

【张金钟、夏玫瑰急上。

夏玫瑰　刚刚看了报，

张金钟　眉开眼又笑！

夏玫瑰
张金钟　（破门而入）娘！

张大娘　哼！

记　者　咦？到底咋回事？

周大实　（对辛梅）看，人是可以转变的嘛。

辛　梅　出水才看两腿泥。

张金钟　娘，都怪我前几天喝醉了酒。

夏玫瑰 他是酒后失言。

张金钟 大人不记小人过。

夏玫瑰 要打要骂都由你。

张金钟 千言万语并一句："娘，请你上楼！"

夏玫瑰 即刻回家！

张大娘 哼，只怕是瘦狗又闻着油腥味儿了，上当只上一回。

张金钟 娘，儿子是一颗诚心。

张大娘 你外诚心叫狗掏着吃了！

夏玫瑰 娘，媳妇是一片热肠。

张大娘 你外热肠在凉水盆子里冰着哩。

张金钟 娘，我向你发誓，一定孝顺！（跪）

夏玫瑰 娘，快回家去，我求求你！（跪）

记　者 哎哎哎，搞这一套干啥？有话起来说，起来说。

张金钟
夏玫瑰 娘不答应，我们不起来。（假哭）

记　者 大娘，这到底是咋回事？他们是你的儿子、媳妇？

张大娘 记者同志，国家的奖金我本来不要，这会儿一看，还非要不可。

记　者 应该要应该要。一方面是国家对你的奖励，另一方面也是你的荣誉嘛！给，这是奖金通知书。

张大娘 （接通知书，唱）

多谢国家来奖励，
我的心中有主意。
辛梅呀，你是我的好闺女，
大实呀，你是我的好儿子，
奖金全部交给你……

【张金钟、夏玫瑰霍然而起，挡住张大娘。

张金钟
夏玫瑰 （唱） 你要给他我不依！

张金钟 （唱） 我是你的亲生子，

夏玫瑰 （唱） 我是你的亲儿媳。

张金钟 （唱） 外姓之人少插手，

夏玫瑰 （唱） 谁插手跟他见高低！

辛　梅 （唱） 谁把娘撵出家门去？

周大实 （拉过辛梅，唱）

同他争吵又何必！

张金钟 （不顾一切）周大实，怪道你一而再、再而三地强拉我娘，原来你消息灵通，早就打了瞎主意。

夏玫瑰 就是嘛，谁不向“钱”，捞名得利，哼，我看得透透的了！

张大娘 住口！天下的儿女都像你们，当父母的早该死绝了！记者同志，我有多少话要说，要喊出来啊！

记　者 大娘你说。

张大娘 我说！

（唱） 一股怒火掀波浪，

提起往事欲断肠。

张金钟是我亲生养，

孤儿寡母度时光。

针针都是慈母线，

粒粒皆为慈母粮，

盼望着树大成材快快长，

八年前招工离故乡。

儿结婚满怀欣喜来看望，

谁知他黑了心肝不认娘。

撵我出门无处去，

病卧街头风雨狂。
周大实救我大街上，
他夫妻问寒问暖、请病治医、端饭又端汤。

——剧终——

特殊党费

尹利宝

时　间　2008年5月12日后某天

地　点　陇南米仓山村

人　物　李大爷——男，七十二岁，农村老党员

李大妈——女，六十八岁，李大爷妻，农村老党员

王　强——男，三十岁，村支部书记

建　元——男，三十三岁，米仓山面粉加工厂厂长

第一场

【五月的陇南山区，山高林密。搭建在米仓山村子的打麦场上的数顶防震帐篷依稀可见。李大妈四下张望，焦急地上。

李大妈　（唱）　今早晨老头儿去交特殊党费，

到现在还不见人儿转回。

（叹气）哎——

（唱）　5.12震得房屋西歪东倒，

5.12震得人心痛如锥。

千万同胞受灾受难，

我老两口儿从此后坐立不宁。

昨晚我俩商讨决定，

交点党费略表寸心，

交点党费略表寸心。

李大爷 （急上，接唱）

从早到晚说到黑，

王强真是个老牛筋。

好说歹说他不听，

难交党费难表情。

李大妈 为啥交不成？

李大爷 他说咱家受灾也严重，咱们积攒点儿东西也不容易，等灾难过去了，咱们还要靠它贴补点儿油盐酱醋，还要灾后重建呢。

李大妈 这是啥话嘛，国家现在受这么大的灾难，全家伙儿都抗震救灾哩，咱们给国家出这么点儿小力都不成，那不是门缝里看人哩——把人看扁了？再说了，咱俩还是五六十年代的老党员哩，他难道就不认？

李大爷 小兔崽子，他敢不认，连他入党都是我介绍的——我说你会说话，你去交好，可你偏偏让我去，这不——

李大妈 谁交还不都一样。（思索）哎，不对，这娃儿是不是嫌弃咱们的东西？

李大爷 这——他倒没说，只是说咱们交的党费太特殊了。

李大妈 特殊时期、特殊情况，要不咋叫特殊党费来？

李大爷 他说他不好上交，不好折价。

李大妈 那有啥折价不折价的？鞋垫二十双，一双一个包，给灾区人民送去，让他们穿了；蜂蜜，连缸抬走，让灾区人民吃了喝了不就成了。

李大爷 他还说他怕交上去，乡党委不接收哩。

李大妈 嗨，咋有那么多的理由，（对着李大爷）娃他爸，俗话说“黄金有价，情无价”，咱的东西再不上档次，王强不收咱的党费，他也说不过去人。（思考）也许，也许——对对对，人家可能真有人家的难处哩。（斩钉截铁地）咱也不为难他了。走，进屋安顿好肚子后，咱俩亲自上乡党委交去。

第二场

【王强肩扛一袋大米，手提一箱方便面上。

王　强　（唱）　震灾物资作用大，
干部分工往下发。
大伯大妈年纪大，
亲送物资到他家。

王　强　大伯——大伯——大伯——

【李大爷手里端着方便面边吃边与李大妈上。

李大妈　来了，来了。

王　强　大伯、大妈，才吃哩？

李大爷　吃啥哩、吃啥哩，光气[1]都把人吃饱了。

王　强　大伯，又咋了？

李大妈　（打断话题）王强，你提的这些东西是给……

王　强　提到你家门口了，当然是给你二老的了。

李大爷　我们不要，我们不归你管！

李大妈　他爷！胡说啥哩？咱不归王强管，咱归谁管哩？东西咱要收下！强娃，我们感谢党，感谢政府，感谢给咱灾区伸出援助双手的所有的人。

李大爷　收啥哩，人家连咱们的党费都不收。

李大妈　强娃儿不是有难处吗？强娃，甭听你伯的话，你也别和他见教。来，大妈正好给你有说的哩。

王　强　大妈，你说，只要我能帮上忙。

1. 光气：“光”是“单”“只”的意思。

【建元上。

李大妈 大妈求你给我老两口写个介绍信，就说我们交的党费你无法收，让乡党委收上算了。

王　强 大妈，这——

李大妈 强娃，你晓得，我那小孙女身子骨原本就不硬棒[2]，这次地震房屋坍塌，娃被埋在墙下，在政府的帮助下咱们就算是在土堆里给娃刨出来了条命，医药费政府给咱掏了，奶粉钱咱不能让政府也管吧？实不相瞒，大妈我积攒的百十块钱这不都买了奶粉了。现在交特殊党费，我——我实在没钱了。强娃，我知道，我们交的东西不值钱，可那也是我俩的一点儿心意呀。

王　强 大妈，特殊党费是在今年的这种特殊情况下，共产党员对人民的一种关怀、一种帮助。但更重要的是，它传递的是一种温暖、一种友爱。特殊党费的缴纳是一种自愿行为，你们家里境况原本不算好，这次又是重灾户，我们咋能收你的党费哩。

李大妈 听听听，这娃说的，我们算重灾户，那四川汶川的、陕西宁强的、咱陇南文县的乡亲们算什么？你说特殊党费的缴纳是一种自愿行为，我问你，我们若不自愿，你大伯大清早跑你跟前干啥来了？

王　强 可是，大妈——

李大妈 还可啥是哩，大妈不是吹牛，我那鞋垫一双就是按一元钱卖，至少也能卖它个一二十元，你大伯经管[3]的那缸蜂蜜一斤按五元卖至少也能卖个一百多元。强娃，特殊党费嘛，我们便特殊地交，你呀就按特殊情况写不就成了。

王　强 大妈呀——

（唱）　　你一席话儿撼人心，

　　　　　言语诚恳道理深，

2. 硬棒：方言语同“硬朗”。

3. 经管：方言语同“照管”“看管”。

黄金有价情无价，

特殊党费特殊情。

建　元　大伯、大妈，（深鞠一躬）请接受我这个年轻党员的真诚敬意。

李大爷
李大妈　建元，你干啥来？

建　元　大伯、大妈，我也是来交特殊党费的，（对王强）听说你给大妈们送东西来了，我就顺脚儿[4]来了。王书记，大妈的话感人肺腑。鞋垫也好，蜂蜜也罢，灾区人还不都可以用，开啥介绍信呢，你一股脑儿收了不就成了。

李大爷　（对王强）听，连建元娃都这么说哩，就你兔崽子麻烦多。

王　强　这——

建　元　这啥哩，（对李大爷、李大妈）大伯、大妈，在政府、乡亲们的帮助下，我的面粉加工厂前天又开业了，地震震垮了我的厂房，可震不垮咱们团结向上的心。（对王强）王书记，我前天、昨天两天加工生产的五千斤面粉——和大伯、大妈们一样，也作为特殊党费交给灾区人民，你看成不成？

王　强　这——

李大爷　这啥哩，男人家说话哩——有话就说，有屁就放，痛痛快快，干干散散[5]。

王　强　行行行，大伯、大妈、建元，你们的党费我做主都收下！赶明天我和村委干部送往乡党委，看乡政府怎么安排去。（鞠躬）大伯、大妈、建元，我现在代表党支部、代表乡亲们先感谢你们了。

李大妈　哈哈哈……

李大爷　哈哈哈……

建　元　哈哈哈……

---

4. 顺脚儿：沿路儿的意思。
5. 干干散散：干净利落，不拖泥带水的意思。

李大妈 这就好，这就好。

李大爷 就是嘛，这才像我们知冷知热的好书记。

李大妈 听听听，你大伯都学会拍马屁了。

【幕后伴唱。

好一些普普通通的中国人，
表现出真真切切的民族魂。
特殊的岁月，同样的情怀，
呈现出中华民族的美德永恒。
面对灾难呀我们众志成城，
面对灾难呀我们众志成城。

（同笑，在欢快的乐曲中下）

——剧终——

2008年5月12日，突发汶川地震，邻近四川的陇南满目疮痍，作者被重灾区人们的互帮互助、团结友爱、以干克难的精神所鼓舞，《特殊党费》创作于帐篷之中。2008年8月，在“甘肃省小戏小品剧本评奖”中获一等奖。

青橄榄　紫橄榄

尹利宝

时　间　20世纪八九十年代

地　点　陇南白龙江畔

人　物　苏　芹　女　二十三岁

三　来　男　二十四岁

四　来　男　二十岁

三来妈　女　五十三岁

三　婶　女　五十二岁

一根筋　男　三十岁

张一算　男　四十五岁

村里人若干

序　幕

【幕启。

【大湾沟树木葱茏，盏盏花香，溪水潺潺。

【苏芹与一群洗衣少女在溪水边嬉闹。

【山脚一侧。

三　来　（唱）　　哎——

盏盏花开（哟）粉白的红（哎），

蜜蜂（呢着）采花（哟）闹嗡嗡。

蜜蜂（呢着）采花（哟）花下的死，

盏盏开花（哟）只为（那个）你。

姐妹甲 芹姐，你那小情哥可给你唱情歌哩！你还不快去！

苏　芹 （追打）让你胡说、乱说！让你胡说、乱说！

【在追逐中众姐妹笑下。

三　来 （迎上）芹——

苏　芹 你送我的盏盏花呢？

三　来 （拿出一束油橄榄花）看！

苏　芹 （不解地）这是——

三　来 这是油橄榄花。

苏　芹 （把玩）这花真特别——成串地生长哩——这油橄榄真像你说的那么名贵？

三　来 怎么不名贵！我听北京来的专家们说油橄榄在云南大理、四川广元可是宝贝树、摇钱树。不过，经过考察，咱武都大湾沟才是全国最佳油橄榄适生区——

苏　芹 这可是个了不起的发现！

三　来 （满怀希望地）芹，你放心，咱结婚后就发展油橄榄产业，时机成熟了咱就建一个油橄榄加工厂——我一定会让你，让爸妈，让咱们大湾沟的乡亲们都过上幸福的生活！

苏　芹 谁要跟你结婚？谁答应要跟你结婚？

三　来 你不是早答应了嘛！你要赖皮——

苏　芹 你赖皮——

【在嬉闹中灯光渐渐隐去。

第一场

【半年后。

【大湾沟黄土坡上，热闹的劳动场面。

苏　芹　（唱）　　阳春三月好风光，

众　　（唱）　　好风光——

苏　芹　（唱）　　蝴蝶泉边蝴蝶忙，

众　　（唱）　　蝴蝶忙——

苏　芹　（唱）　　今日拓开荒坡地，

众　　（唱）　　荒坡地——

苏　芹　（唱）　　明天迎来橄榄香，

众　　（唱）　　橄榄香——

二狗娘　苏芹，这油橄榄树真像你说得那么好？真能让咱富起来？

苏　芹　二婶！我在林科所培训学习时听专家们说这橄榄果榨出来的油——

女　甲　（插话）人们叫“液体黄金”哩！

女　乙　（插话）可以做保健品、化妆品——

女　丙　（插话）还可以做橄榄酒、橄榄罐头哩！

二狗娘　我娘娘吆——一棵树有那么多用途！

张一算　没用途，咱图了个啥？老支书说了，等四来从山西把三来们挣的钱给咱们提回来，等政府把油橄榄树苗给咱们发下来，等咱把橄榄园一扩建，咱大湾沟人（夸张地，唱着说）就走上脱贫致富的道路了！

一根筋　（指着张一算）你这就是老支书说的“等、靠、要”思想——我看你不叫张一算，你叫张等算对了！

众　哈哈哈——

老支书　能跟上大伙儿开荒就说明（指张一算）他的思想还算有了进步。（对二狗娘）你可别担心，你家二狗们前期透支的钱，苏芹说了她会给你们带息还哩！（对众）乡亲们，苏芹给咱争取了这么个产业不容易，三来、二狗子他们出门打工挣钱来作咱的启动资金也不容易，咱们可要干起来啊！

众 干起来！

老支书 （唱） 人逢哎喜事哎精神爽，

众 （唱） 精神爽——

苏　芹 （唱） 科学的务农呀心里亮，

众 （唱） 心里亮——

二狗娘 （唱） 致富的路上呀有方向呀，

众 （唱） 有方向呀——

一根筋 （唱） 鸡窝里飞出了（指苏芹）金凤凰，

众 （唱） （指苏芹）金凤凰——

哈哈哈——

【四来急上。

四　来 （跪地，痛哭不已）大爷——天塌了——

老支书 咋了？你这是咋了？你咋这么快就回来了？

【众皆惊异。

苏　芹 （焦急地）四来，咋了？

三来妈 你到底说句话啊！

四　来 （对三来妈）娘——（对老支书）支书爷——（对苏芹）嫂子——（对众人）乡亲们——煤窑坍塌，几十个煤工全埋在窑下了——（从包里拿出两个骨灰盒）这是二狗子、小三娃的骨灰——我哥、进财、土生——他们三个埋得太深了——尸体都找不到了——

三来妈
二狗娘 （歇斯底里地）啊——我的老天啊——

张一算 （踉踉跄跄冲上前，抓住四来）四来——你说啥？你说啥？

四　来 你家进财和我哥他们几个埋得太深了——人都找不到了——

张一算 啊——老天啊——（对苏芹）苏芹！你们联系的啥子活路？你个扫把星！你们胡乱折腾啥哩！你——

土生娘　（对苏芹）你发展的啥子烂产业啊！（痛哭）你可把人害苦了——（扯住苏芹衣服）你还我儿啊——

苏　芹　我——我——（昏倒）

四　来　嫂子——

【切光。

第二场

【数月后，秋风萧瑟。

【大湾沟黄土坡。

【苏芹单薄的身影与右下侧光着膀子劳作的四来构成两个表演区。

【灯光转。

【三来妈上，三来爸追上。

三来爸　娃他妈！你就别去了！

三来妈　我不去？我不去让苏芹累死去？你身体不好就别去了！

三来爸　发生了这么大的事还发展啥产业哩！咱大湾沟人就是个穷鬼命，咱别乱折腾了！背地里乡亲们都骂开了——骂她和三来不该发动大家伙儿种树——骂她是个害人精——骂她——

三来妈　不出事前还夸娃们的眼光长远哩，出事了，咋就把屎盆子往一个弱女人身上扣？

【灯光转。

【表演区--。

【幕后伴唱。

盏盏花开吆花相似吆，
黄土坡上哎人不同哎。

苏　芹　（唱）　听得噩耗晴天雷响，
听得噩耗日月无光。

为挣钱三来煤窑里把命丧，

幕　后　（唱）　把命丧——

苏　芹　（唱）　为梦想好好的日子遭风霜，

幕　后　（唱）　遭风霜——

苏　芹　（唱）　曾记得，

弯弯曲曲的山路上人影成双；

曾记得，

起起伏伏的土坡上盏盏花香。

可如今——

可如今阴阳隔一方，

可如今——

可如今满目是凄凉。

可如今，独留我苏芹黯然神伤，

可如今，独留我苏芹寸断肝肠。

开荒山，种橄榄，泪满眼眶，

幕　后　（唱）　寒风里，土坡上，弱影逞强。

【苏芹出现幻觉，话外音。

三　来　苏芹，无论如何你得坚持——为了乡亲们，为了爸妈，为了咱们的油橄榄，为了咱的承诺——请担起这个责任吧！

【三来的幻影消失。

苏　芹　（无助地）三来——你别走——你别走！我——我担不起——担不起啊——

【苏芹踉踉跄跄，倒地。四来欲扶却又犹豫不决。

【灯光转。

三来爸　（唱）　看苏芹悲伤我心里有愧，

三来妈　（唱）　穷家底害娃儿丢了性命。

三来爸　（唱）　现如今，我一家人是村里人的眼中钉，

三来妈　（唱）　现如今，我一家人在村人面前罪不轻。

三来爸　（唱）　我懊悔呀，我伤心，
娃们丢命心不宁，
我懊悔呀，我伤心，
黄泉路上魂难归。

【三来爸突然倒地。

三来妈　（疾呼）娃他爸——

苏　芹
四　来　爸——

【切光。

第三场

【三年后。

【大湾沟黄土坡。

【初长成的油橄榄树显现出欣欣向荣的景象。

【苏芹在树间小鸟般穿梭，一幅和乐甜美的画面。

【幕后伴唱。

小小的橄榄树，
穿上青青的衣，
随风儿摆身姿，
多像快乐的你。

苏　芹　（唱）　橄榄树啊橄榄树，
枝叶儿朵朵紧相依，
橄榄树啊橄榄树，
你可有心里的小秘密？
为什么不长大？

为什么玩调皮？
你那紫红的小果子，
为什么姗姗要来迟。

（忘情地）油橄榄啊，油橄榄，我和你在这儿共经风雨都好几年了，你快快儿长大，快快儿挂果吧！

【灯光转。

【一根筋微醉，摇摇晃晃地上。

一根筋　（唱）　洋芋砸搅团，
吃起来真个欢，
三摇两晃到橄榄园，
心里呀真舒坦！
心里呀真舒坦！

（思考，叹息）哎——
心里也不舒坦！
心里也不舒坦：
前番张一算把命算，
说我与苏芹有姻缘。
可心上人不把我正眼看，
三番五次把我赶！
把我赶！把我赶！
好似刀子胸口剜，
好似伤口撒椒盐！

一根筋　（窥望，自语）我就晓得在油橄榄园哩！（悄悄上）苏芹！

苏　芹　（惊异地）你——你咋又来了？

一根筋　我——你不是没有劳力给树培土施肥、整形修剪吗？（见苏芹沉思，上前一步）芹，这橄榄园需要我，你也需要我。

苏　芹　你再胡说——我可要喊人了。

一根筋　给你说了八百遍了——你当（方言语气词）别想你的三来了，他若活着，我——我从牛沟子里钻三回！（上前一步）你当别哄你自己了——你再吃劲（厉害）也是女人，是女人就有想男人的时候，你给哥送的油橄榄苗哥心里记着哩！那可是摇钱树，是你送我的感情树！

苏　芹　（生气地）你——

一根筋　不管别人说啥闲话，不管他们怎么作难你，哥可是一心一意一往情深支持你的人！（轻浮地）我是光棍，你是寡妇，咱在一搭（一起）正好凑成了一对苦鸳鸯——

苏　芹　（捡起树枝欲打）你滚！

一根筋　我娘娘吆（方言词，同“我的天”）——你咋打人哩！男子汉大丈夫——滚就滚！（在远处吆喝）我——迟早要滚着你一搭（一起）哩！滚着你一搭哩！（咧咧下）

【切光。

第四场

【数月后。

【开会现场。张一算等落后分子（此处简称“群众”）站在一边。

张一算　（唱）　母鸡叫鸣哎——

群　众　（唱）　驴呀耕地，

张一算　（唱）　婆娘当家哎——

群　众　（唱）　不呀吉利。

张一算　（唱）　骆驼怎能哎——

群　众　（唱）　麻捻系，

张一算　（唱）　黄土坡建橄榄园哎——

群　众　（唱）　是儿戏。

张一算 你们可想清楚，黄土坡旁边那十多亩自留地可是咱们的口粮地。一亩地一年可收三千斤洋芋哩！种那破树七八年后才能挂果哩！七八年后就是满树都挂上金蛋蛋也弥补不了咱几万斤洋芋的损失。再说了，咱那自留地上可有穴位哩——

一根筋 我听说苏芹这回回（这次）跟北京专家学习的技术三年就能挂果哩！

张一算 开国际玩笑哩！我就不信你家嫂子今儿刚结婚，明儿个就生娃——

众 哈哈哈——

一根筋 张一算，你个烂嘴，你胡乱举的啥例子——

张一算 人和物一个理！七八年才能挂果的树在她手里就能三年结果？（忽然想起什么似的）唉——不对啊！一根筋，我可是为咱大湾沟几百口子人着想哩！你和我较的啥劲啊？哦——我想起来了——（对众，戏谑地）一根筋这是心疼他的“金凤凰”哩！

一根筋 张一算！你——

二狗娘 你啥哩！你给苏芹唱情歌的事连吊鼻的娃娃都晓得。

群众乙 我说一根筋啊！人家守寡才两三年，你咋就那么大胆？苏芹是谁？

一根筋 谁？用现在的流行话叫“女强人”！她可是能从政府白要五千株油橄榄苗的人！

二狗娘 啥女强人？她这是钻国家政策的空子把咱们往绝路上领哩！我看她就是克男人的命。克了自己的男人不算，还害了村里的四条人命。

【四来上，站在一侧。

张一算 对！她就是个扫把星！一个女人家不洗锅抹灶、背土垫圈，整天在外折腾啥？你们看，自从她进了老刘家，先是死了三来，后又死了三来爸，依我看——依我看她家那四来迟早也会让她给克死！

四　来 张一算！你个烂嘴！我打死你——

【四来和张一算厮打在一起。

【会场乱成一片。

【老支书、苏芹上。

老支书 住手!

【大家各自散开，四来、张一算歪斜着站起身来。

老支书 （对张一算、四来）你们是开会来的还是打架来的？（对张一算）不是说今晚有话说嘛？（对众）墙头子不要避雨，舌根子不要压话！有话就说，有屁就放！

【会场一片寂静。

老支书 我说!

（唱） 大湾沟的黄土坡，
鸡不下蛋穷山窝。
麦子洋芋产量少，
栽种油橄榄最适合。

苏　芹 （唱） 咱要把那穷根割，

老支书 （唱） 咱的思想得搞活，

苏　芹 （唱） 开荒种树勤劳做，

老支书 （唱） 五年橄榄种满坡。

苏　芹 （唱） 科学务农谋发展，

老支书 （唱） 特色产业唱新歌。

乡亲们，有些事该放下的就放下吧！（对苏芹）这两年爷爷我也犯了糊涂——没好好支持你。（对大家）从苏芹试种的那几亩油橄榄树看，苏芹娃的坚持是对的。她的思路也符合咱地区、县上特色产业发展的大政策，实践证明：栽种油橄榄树是让我们大湾沟群众发家致富的好主意！

张一算 好主意？好主意就是腾了（挪动了）我们的自留地，让她胡乱折腾破坏风水？

老支书 折腾啥了？咱大湾沟啥都缺就是不缺烂地方。我问你们，既然是风水宝地，你们咋把骡马牵在上面拉屎撒尿？咋不在上面修房盖屋？以前开荒的时候咋不早言喘？

苏　芹　乡亲们！

（唱）　　穷日子改变并不难，
转变观念是关键。
国家政策有贷款，
贷款责任我承担。
我和村委合同签，
占用土地有偿还。
橄榄经济促发展，
脱贫致富换新颜。

张一算　转观念，转观念！咱祖祖辈辈多少代人了不出这大湾沟一日三餐把谁饿死来？你倒好，一个转变观念害死了村上五条人命。黄土坡有穴位哩！“穴位挪，七煞活！”黄土坡的坡场不可乱动——

二狗娘　（插话）动了七煞星还会来索命，村上又要死七个人哩！

【众人议论纷纷。

张一算　（对众）我看老刘家把人死绝了，连个当家的人都没了，却让一个女人胡闹腾，顺便还要把我们捎带上！

四　来　你家把人死绝了！（冲上去欲打）

张一算　来呀！有本事来呀。（躲在一根筋等人背后咆哮）你来——我让你白刀子进，红刀子出！

【大家劝架，会场乱成一片。

苏　芹　（情急中走到最高处）乡亲们！谁愿意让自己刚结婚的丈夫去无端寻死？（大声疾呼）谁愿意？

【会场一片沉寂。

（唱）　　叫一声众乡亲请听我言，
咱出门挣钱却为哪般？
还不是想将穷日子改变，

还不是想让苦生活过得香甜。
大湾沟山高路远，
大湾沟劳作艰难。
这些年政策有变，
要发展咱先得转变观念，
种油橄榄咱村子有地理条件，
科学务农就要扬长避短。
致富路上才能够催马扬鞭。

苏　芹　乡亲们！事故发生与政府有啥关？可政府却给咱送来了抚恤金，送来了温暖。乡亲们！你们不相信我了，总得信政府吧！扩建油橄榄园可是符合政府经济发展规划的长远之计——

老支书　乡亲们，咱们仔细想想，那次灾祸与苏芹一家到底有多大关系？随三来出门的人哪个不是往自己的腰包里挣钱去的？（大家动容）这事今后不准再提！至于建橄榄园的事——（对苏芹）大爷支持你！

苏　芹　（激动地）大爷！

【切光。

第五场

【几年后。

【油橄榄园内，橄榄果紫红一片。

【幕内高喊："摘果子了——"

【在欢快的音乐声中，苏芹和众姐妹载歌载舞上。

苏　芹　（唱）　橄榄叶绿，橄榄果紫，
橄榄树棵棵紧相依。

众　合　（唱）　紧相依呀紧相依——

苏　芹　（唱）　你伴着我，我伴着你，

你我相伴心欢喜。

众　合　（唱）　心欢喜呀心欢喜——

【舞队变，音乐变。

苏　芹　（唱）　摘一箩橄榄果——

众　合　（接唱）　福满地。

苏　芹　（唱）　摘一缕橄榄香——

众　合　（接唱）　飘万里。

苏　芹　（唱）　摘下了粒粒幸福籽哎——

众　合　（接唱）　摘回了欢乐真甜蜜。

【姐妹甲匆上。

姐妹甲　（对苏芹）芹姐，云儿出事了，四来哥让我叫你哩！

苏　芹　又咋了？快！（匆下）

【暗转。

【音乐起。

【四来背受伤的云儿急上：翻山，过河。匆下。

【暗转。

【回家路上。

【四来背云儿出，苏芹、姐妹甲随后。

苏　芹　云儿！云儿！（云儿不理睬）云儿！你个“气口袋”！大夫说，要不是你四叔送得及时就出大事了。你说，好好上学的人咋让蛇咬了？你——你是不是又逃学了？你以后再不听话（声音哽咽地）我——

四　来　娃没事就好！

姐妹甲　姐！批评教育也不是这个时候。

苏　芹　今天就饶你一回！（擦眼泪）来，你四叔累了，妈背你。

云　儿　不！我要四叔背我！

苏　芹　你想累死你四叔吗？

四　来　不累，不累。

姐妹甲　（对苏芹）姐，你腿都吓软了能背吗？来！云儿，让小姨换换你四叔！

云　儿　不换不换！你是女生，我不让你背。

苏　芹　（生气地）不换一下，你四叔能受得了？

云　儿　受得了，受得了，四叔力大如牛，把你背上也受得了。

【苏芹面红耳赤，姐妹甲偷笑。

苏　芹　你嘴里再没高没低地乱说——看我不打烂你的屁股！（欲打）

云　儿　四叔，快跑！我妈又打我了，快跑！快跑！（跑下）

【暗转。

【橄榄园内。

苏　芹　（唱）　看他叔侄进了庄，
忽然间一股酸痛从天降，
恰似那霜飞雪卷雨疯狂。
雨疯狂，暗思量：
这虽是虚惊一场，
看得出：
云儿啊，爱四来如亲爹，
四来呀，疼云儿如儿郎。
哎——短命的三来啊在何方？
在何方？在何方？

【灯光转。

【一根筋摇摇晃晃地上。

一根筋　（唱）　人都说：
想吃热饭锅边边转，
想吃苞谷上地里掰。
想吃鹞子山坡里撵，

想吃鱼娃儿下河滩。

（摩拳擦掌，自语）呸！你是树，我是藤——我绕！你是灯，我是油——我熬。我一根筋就是一竿子扎到底的主儿！

【灯光转。

苏　芹　你滚！

一根筋　（吓了一跳）我娘娘吆（方言词同“我的天”）——可打人了——（跑下）

【苏芹气不打一处来，看着橄榄树忧思万千。

苏　芹　（唱）　云儿娃医院安顿刚妥当，
一根筋恶意纠缠把人伤。
橄榄园里眼迷茫，
橄榄园里神自伤，
橄榄园里泪汪汪，
橄榄园里断肝肠。

【苏芹哭泣。

【幕后伴唱。

几番愁肠断，
几多心艰难。
胸中恨，心中怨，
千头万绪怎堪言。
辛酸的泪水独自咽，
柔弱的身子强承担。
误了华年！
误了华年！

【三来妈无意中看到眼前的一切。

【切光。

第六场

【几天后。

【油橄榄园，爽朗的笑声。

苏　芹　三婶，你咋又胡说呢？我是他嫂子（佯怒）你咋又提上他胡说呢！

三　婶　胡说？我胡说啥了？我咋胡说了？四来娃人品好，又有本事，和这样的男人生活在一起咋了？再说了，这些年来你俩互帮互衬撑起这个大家庭，这村前房后哪个不晓，谁个不夸？就连吊鼻的娃娃们都说你们呢！

苏　芹　（敏感地）啊？说我们？说我们啥？

三　婶　说啥？我娘娘吆！说得不中听（不好听）得很！

（唱）　　一根青线青又青，

骨头连肉肉连筋。

苏芹是那开荒的人，

四来就是守坡的神。

苏芹是那牵牛的花，

四来就是那花把把（花枝）。

苏芹的生意做得好，

离不开四来满山的跑。

苏芹的橄榄紫又红，

红透了两个有心的人。

苏　芹　婶子，你——不要瞎编了！

三　婶　我我我！又是我。这些可都是旁人（别人）说的。（语重心长地）娃——国家都搞改革开放哩，你的思想咋就不开放一下？不改革一下？你担心啥着哩！再说了，你妈她——

苏　芹　我妈咋了？

三　婶　你妈说，自你进了刘家比她亲闺女还有孝心。你在家伺候她、照管娃，要务农教子，要给大家谋利益。这些年苦了你了！她说，这是刘家欠你的！你如果看不上四来想和别的人另走一步她也愿意。只是——只是太舍不得你这么好的娃，太舍不得云儿这么个乖孙子啊！

苏　芹　（哭泣）三婶——

（唱）　听三婶一席话心如刀剜，
不由得苏芹我泪流满面。
这些年几度茫然，
这些年几多心酸。
眼望那蝶飞鸟鸣皆有伴，
哪似我独守空房整六年。
心中的喜乐与苦甜，
生活的无奈与作难，
向谁诉？给谁谈？
忍受了不解与埋怨，
忍受了碎语与闲言，
忍受了无助和孤单，
忍受了苦痛和辛酸，
苦说不尽，累道不完。

三　婶　天上的大雁成串哩，水里的鸳鸯看伴哩。娃，这人呀“少叫夫妻老叫伴”！“伴”是啥？伴就是说话的、聊天的、坐在炕上暖脚的！这人呀，就像咱们的煤油灯，不留神，油着（方言读ché）完了灯就灭了；不留神，“扑——”一口气吹来也就灭了！人这命呀——短得很啊！

苏　芹　婶，这事不顺！

三　婶　凭啥不顺？为啥不顺？联合国做了规定说不顺了？

苏　芹　哈哈哈——三婶，你咋还晓得联合国呢？

三　婶　吆吆吆——你抹布子上扎花哩——欺负我的人瞎（音读“哈”，意思是“没本事”）哩！三婶我不单晓得联合国，还晓得联合国秘书长外甥的二姨夫的小舅子姓甚名谁哩——（神秘兮兮地）我还晓得你和四来为建油橄榄加工厂吵过架的秘密哩——

苏　芹　三婶——他不同意我建厂。

三　婶　他不同意，那是心疼你，他怕你负担过重，怕累坏了你的小身体——

苏　芹　婶——

三　婶　哈哈哈——就这么定下了——就这么定下了——哈哈哈——（笑下）

【切光。

第七场

【音乐起。

【婚宴上，油橄榄盆景、富有地域特色的窗花、剪纸等。

【喜庆祥和的场面。

【歌舞表演。

【幕后伴唱。

（唱）　　青山绿水树成行，

　　　　　橄榄香飘满厅堂。

三来妈　（唱）　红红的衣服呀亮堂的房，

三　婶　（唱）　大红的“喜”字呀贴上墙，

三来妈　（唱）　先贴呀一对水鸳鸯，

三　婶　（唱）　再贴呀橄榄花飘香，

三来妈　（唱）　唢呐哎——

众　（唱）　唢呐声声吹得响，

三　婶　（唱）　　鞭炮呀——

众　　　（唱）　　鞭炮阵阵催人忙。

新政策带来新气象，

新气象温暖了热心肠——

【老支书带张一算、一根筋等人上，张一算、一根筋手里端着奖牌。

老支书　哈哈哈——苏芹——苏芹呢？

三来妈　看把你老急的，咋的了？

老支书　苏芹油橄榄产业的经营模式受到了政府领导的高度赞扬。领导们说，要把咱武都逐步打造成“中国油橄榄之都”哩！苏芹是咱区、县油橄榄产业发展的带头人，这是政府颁发的奖牌，快让苏芹领奖来——

一根筋　（插话）这可是政府奖！了不得！

张一算　这奖牌挂在橄榄园那可给全村镇宅驱邪哩！这往后的牛鬼蛇神到咱大湾沟可要绕着走哩——

老支书　你咋又散布迷信思想呢？

张一算　（掌嘴）我忘了——怪我——

【众笑。

老支书　苏芹呢？

三　婶　哈哈哈——你老可真老糊涂了，苏芹今天是新娘子，她在洞房里咋能出来？

老支书　哈哈哈——糊涂了！糊涂了！来来来——咱把这匾牌挂起来！

众　挂起来！（挂牌）

【暗转。

【大湾沟外景，油橄榄满山遍野，紫红的橄榄果夺目耀眼。

【三来西装革履，腰里挂个黑皮包，兴高采烈上。

三　来　（唱）　　家乡的山吆总是那么美，

家乡的水吆总是那么清，

　　　　　　　　这山山水水多少回让我梦绕魂飞，
　　　　　　　　这山山水水多少回让我泪湿衣襟。

大湾沟——我回来了。大湾沟，你歪歪斜斜的石板房到哪儿去了？你弯弯曲曲的小路怎么变得如此舒展？（看见了油橄榄树，万分惊异）啊——这么多油橄榄！佛奥、莱星、皮削利、九峰6号！这么多品种？

（接唱）　　苏芹啊，苏芹——
　　　　　　　　这些可是你亲手的栽培？
　　　　　　　　苏芹啊，苏芹——
　　　　　　　　这定是你编织的秀美！

（慨叹）大湾沟——我几乎认不得你了！

【圆场。

【暗转。

【新婚房外。

【三来犹豫，徘徊，鼓足勇气敲门。

【三来妈出。

三来妈　谁呀？（见三来，后退数步，万分惊异地）你——

三　来　妈——是我！

三来妈　（惊恐不已，难以置信地）啊——你是——

三　来　妈——是我，我是你儿子三来啊——

三来妈　（压抑许久的情感得以释放）唉吆——我把你冤家哎！你不是死上了嘛！

三　来　妈——我——我活着哩！

三来妈　（喜极而泣）我的娃啊——

【母子俩抱头痛哭。

（唱）　　　　娘日日夜夜把你挂念，
　　　　　　　　夜挑孤灯哭瞎了双眼，

老来丧子我肝肠寸断，
茶饭不思我坐卧不安。

三　来　（唱）　听母亲一席话好不心酸，
不孝儿让你老受此熬煎。
今儿个三来儿回娘身边，
尽孝道赎罪孽为时不晚。

三来妈　来，让妈瞧瞧。我的娃（摸头、看脸）这些年胖了，风光了。

三　来　妈——你瘦了，头发也白了。（发现奖牌）妈，苏芹油橄榄产业做得真大啊！连奖牌都挣回来了，我听村口有人说她正筹钱给乡亲们建油橄榄加工厂哩！建工厂好啊，建了工厂咱农村的剩余劳动力就可以在自家的地方上发家致富了！妈，（指着皮包）我这包里的钱给二狗子儿家，过后正好派上用场！（看见墙壁上的“喜”字，疑惑地）妈，咱家今天有啥喜事？是不是四来结婚了？我爸、苏芹他们呢？

三来妈　啊——老天啊——（自语）这不是造孽嘛！（不知所措地）这可咋办哩？这可咋办哩！（突然对三来）不不不，我家三来早死了。你——你——走！走！你快走！

三　来　妈——

【云儿拉四来上。

云　儿　爸，咱家里来的就是这个城里人。

【三来、四来双目相对，四来惊恐万分。

四　来　哥——

三　来　四来——

【相拥而泣。

三　来　（看四来服装）你今天是不是当新郎了，真好！真好！爸呢？苏芹呢？他们——

三来妈　（声色严厉地）你这个外人打听别人家的家务事干啥？还不快走！

三　来　妈——（三来妈不理睬，走到四来身边）四来，妈刚才还好好的，咋突然撵（赶）我走哩？爸呢？他老人家呢？

四　来　哥——爸——爸过世好几年了。

三　来　啊？啊——（双膝跪地）爸——三娃儿不孝啊——

（唱）　双膝跪地泪横流，
　　　　磕破脑袋心更痛。

三来妈　（唱）　看孩儿如此悲恸，
　　　　老婆我泪如泉涌。

三　来　（唱）　只怪我没尽孝道没送终，
　　　　只怪我把亲人变成了陌路人。

三来妈　（唱）　亲孩儿，贤媳妇，
　　　　哪个轻？哪个重？
　　　　手心手背都是肉，
　　　　老婆我着实难思忖。

三　来　（唱）　爸呀——
　　　　屋漏偏逢连夜雨，
　　　　上天害的是苦命人。

三来妈　（唱）　不认他，于心不忍？

三　来　（唱）　如今你娃我成了——
　　　　不忠不孝不仁不义不负责任的大罪人。

三来妈　（唱）　认了他，这日子从今往后可咋折腾？
（痛哭）老天啊！这造的啥孽呀——

【三来妈昏厥过去。

三　来
四　来　妈——

【苏芹闻声急出。看见三来，惊恐万分。

苏　芹　你——你——

三　来　苏芹——

四　来　妈——妈——

苏　芹　（从惊愕中清醒过来）四来，快扶妈进屋。

【四来、苏芹扶三来妈进屋，云儿随后。三来手足无措，欲进屋，被出来的苏芹挡住。

苏　芹　活着哩！还有口气哩！

三　来　我——

苏　芹　七年了，你都死去七年多了，你今天咋活过来了？

三　来　我——矿难发生，几十人被困井下，人连尸体都找不到——我——

苏　芹　（插话）你却活着！

三　来　那天，煤窑坍塌时我正好出了窑口。我被砸伤，昏睡了十多天。进财、二狗子、小三娃他们是我带出去的，他们死了，我却活着。你说，我——我哪有脸见老支书，见二婶，见家乡的人？哪还敢联系你们？（回忆地）所以——所以我缓好（养好）身子后只身一人到云南大理去打工。我——我改了名字，隐瞒了身份。我边打工边跟人家学习油橄榄的栽培技艺——我——我发誓要干出个人样来！经过几年的打拼，我开了自己的园艺公司，我积攒了点钱——我要给乡亲们一个交代——我不能忘了当初的承诺——

苏　芹　（冷笑）哈哈哈——承诺？你的承诺七年前就已死去。你一个死人的承诺让我一个活人来完成！你认为这公平吗？（情绪失控地）我呢？那你给我的交代呢？你给我的承诺呢？

三　来　芹，矿难发生我活着比死了更难受。“离家三尺就是外乡之人”，我在外低声下气吃尽了苦头，尝尽了艰难。但每每想起你，想起爸妈，想起二狗子他们，我就啥苦都能吃，啥累都能受！那么大的灾难发生了，乡亲们怎么看我这个带头人？我在大湾沟怎么立足？（回忆般地）我有家不能回，有亲不能认，（拿出一沓信）有信不敢寄。打工的时候，只要听到家乡人熟悉的声音，我就远远地躲起来，我多想找个人谈谈心啊——可是我不能！因为——因为我知道，我活着只会让乡亲们更痛苦——他们需要时间去疗伤。我——我也需要时间。（拿出毛底子布鞋）看！出门时，你送我的这鞋我带在身边都七年了——哪舍得穿啊——

苏　芹　（手里接过布鞋，喃喃自语）布鞋——布鞋——（遥远的记忆再次被唤起）

【幕后伴唱。

女　　毛底子布鞋（呟）一针一线，

男　　毛底子布鞋（呟）白帆布滚边。

女　　孤灯下，望眼欲穿——

男　　他乡里，梦绕魂牵——

苏　芹　（唱）　忆往事，心儿悲恸泪横流。

想当初，大湾沟里情难酬。

（冷笑几声）哈哈哈——

哈哈哈——谁记得我泪湿了多少衫袖？

哈哈哈——谁解得我心中那穿心的刺痛？

内心的伤疤已变旧，

新婚的日子却添愁。

我昏沉沉的头呀，

我颤悠悠的手，

我步履难走，

我如铅哽喉。

老天啊——

你怎能这样将我捉弄？

你怎能这样将我捉弄？

三　来　（唱）　千言万语心亦碎，

一腔无奈诉与谁？

愧对你默默深情长守望，
愧对你操持家务劳心房。
悔不该，新婚燕尔离家乡，
悔不该，留你独自受凄凉，
悔不该，带领村人把命丧，
悔不该，让你替我承受悲伤。
千杯苦酒自己酿，
万般苦痛我补偿。

苏芹——你就给我个机会吧！建油橄榄加工厂可是咱们的梦啊——

苏　芹　机会？梦？（冷笑）哈哈哈——刘三来啊刘三来，七年了——你我的梦七年前就已破碎，现在的大湾沟是我和六百八十四口乡亲们共同的梦！

三　来　我不是——

苏　芹　（紧接话茬）你不是死了嘛！（声嘶力竭地）不是说都死了吗？可我就是不甘心！好，都说找不到尸首了，那我等！等呀等——万一你那天没下井呢？万一——万一——我为了这个“万一”一等就是六七年。刘三来啊，刘三来，六七年算不算机会？算不算？

三　来　（插话）怪只怪我不该出门，不该带二狗子他们——

苏　芹　（冷笑）哈哈哈——听听，多堂皇的理由！刘三来啊刘三来，你这叫懦弱！你这叫逃避！你逃避得好！你逃避得好！你欺骗了国家两万多元的抚恤金，欺骗了爹娘，欺骗了所有人！

三　来　我是懦弱！我是逃避！可——四条人命啊——我——我怎么向乡亲们解释？我怎么交代？我今天回来——

苏　芹　（抢过话头）是是是！今天你是回来了，回来得可真是时候。你有出息了咋能不来呢？你看你，西装革履地回来了，回来了就可以告慰含恨而终的父亲了；回来了就可以见白发苍苍的母亲了；回来了就可以面对尸骨无存的死难者家属了；回来了就有脸见被你撇下七年之久的老婆孩子了；有脸见——

三　来　（抢过话头）孩子？孩子？刚才的那个娃是？——

苏　芹　（突然想起了什么）不，不，云儿是——

三　来　（不解地）云儿？

【三来妈出，四来、云儿追出。

三来妈　（对四来）你别管！三来！苏芹就是我的亲闺女！这几年娃忙里忙外，走得正，行得端！村上没有一个人说娃鼻子眼睛的。这些年你藏了、躲了、逃了、避了。苏芹娃一身子承担了多少责任？那五千三百八十株油橄榄苗是她一手栽下的，乡亲们十多家橄榄园是她帮着一手建成的。她一声不吭地在这儿把我们伺候着哩！支撑着这个家哩！在这儿替你赎罪孽着哩！

苏　芹　（痛苦不已）妈——

三来妈　（对苏芹）娃，天大的事要地上了哩！妈这都多少年不说话了，今儿个妈要说！（对三来）如今——如今苏芹和四来走着一搭了，主意是我拿的，事情是我办的。手续合法，云儿——（拉云儿在身边），云儿是你的娃但四来却是娃的爹！话挑明了，你怪也好告也罢，这事我一身子担着！

三　来　（惊讶、悲痛，幡然醒悟地）原来如此！原来如此！（仰天苦笑）哈哈哈——（自语）刘三来啊，刘三来——

【天色忽变，偶有闪电和轻微的雷声。

【云儿躲在四来身后，苏芹悲痛忧伤，三来妈瘫坐地上泪流满面，四来不知所措。

三　来　（唱）　听娘亲一席话天塌地崩，

不由得三来我泪如泉涌。

苏　芹　（唱）　昏沉沉这一切恍若噩梦，

三　来　（唱）　噩梦中我是那亡命的孤魂。

苏　芹　（唱）　凄惨惨一家人形同陌路，

三　来　（唱）　孤单单妻和子关系不同。
娘亲啊——
都怪我罪孽深重自酿苦果自己吞。

苏　芹　（唱）　三来他——
三来他的确也有难言的痛。

三　来　（唱）　苏芹啊——
都怪我自私懦弱逃避现实强逞能。

苏　芹　（唱）　三来他——
三来他也是一个苦命的人。

三　来　（唱）　四来弟性良善憨直忠厚，
云儿娃人乖巧让人怜疼。
但愿得老娘亲松鹤延年福禄寿，
但愿得好苏芹事业更上一层楼，
但愿得一家人相敬如宾情依旧，
但愿得一家人和和睦睦共富荣。

【大雨，闪电，雷声。

（苦笑）哈哈哈——刘三来啊，刘三来（痛打自己的嘴巴）你算什么东西？你算什么东西！

四　来　哥——（上前劝阻）你别这样，别这样！是我的错，都是我的错。哥，妈说的是气话！咱一家人还是一家人，是亲人哩！

三　来　（跪地）妈！儿不孝，儿不孝啊！都是我的错！都是我的错！（磕头）妈——（语重心长地）苏芹和四来走一搭（一起），我不怪；云儿把四来叫爹，我放心！妈——都说娃是娘身上掉下来的一块肉，在娃心中你永远是我最亲最亲的妈啊！（痛苦不已，磕头）妈——三娃儿给你磕头了！妈——（起身，跌跌撞撞，喃喃自语）你娃不糊涂！不糊涂！（看了看云儿，对四来）弟，照顾好妈，照顾好这个家。（把包放在桌上，走到苏芹跟前，深鞠一躬）我——走了！

【雷声更响，雨声更大。

【三来踉踉跄跄跑出门外，极度悲伤地狂喊着冲进了雨幕之中。

【音乐起。

三　来　（歇斯底里地）啊——（跑下）

【苏芹从后追出。

苏　芹　你——你回来——

【三来妈、四来随后追出。

四　来　哥——

三来妈　（歇斯底里地）我的娃——

【造型。

【雷雨声更强。

【歪斜的雨冲刷着每个人，人们的思绪在风雨中激荡、摇晃。

尾　声

【暗转。

【“彩虹牌油橄榄加工工厂”的匾牌醒目耀眼。

【悠扬的歌声。

橄榄花开呀一串串，
橄榄飘香呀在陇原。
青橄榄呀，紫橄榄，
你那圆圆的果子吆——
圆了苦乐有酸甜，
圆了希望在明天。

《青橄榄　紫橄榄》以20世纪八九十年代的武都为背景，描述了一对恋人发展油橄榄产业的艰难历程及其复杂的感情纠葛。

这个剧本把打造高山戏精品剧目与发展油橄榄产业巧妙地结合在一起，是一部地域特色浓郁、时代特征鲜明的新作。

:::致　谢:::

选集问世得到多位领导及专家、学者、好友、家人等相助。它是集众人智慧、心血的营养而萌发的一棵绿苗，非我一人之力的创作。在此特向为选集出谋献智的个人和单位一并表示至诚感谢！